炖马靴

迟子建

作家出版社

目录

白雪的墓园

父亲去世的日子离除夕仅有一月之差。父亲没能过去年，可我们必须要过这个年。要排解对一个人的哀思，尤其是父亲，三十天的日子未免太短太短了。我们办完丧事后连话都很少说，除非到了非说不可的时候。谁还有心情去忙年呢？然而年就像盘在人身上的毒蛇一样怎么也摆脱不掉，打又打不得，拂又拂不去，只能硬挨着。

天非常寒冷，我站在火炉旁不停地往里面添柴。炉盖有烧红的地方了，可室内的一些墙角还挂着白霜。我的脸被炉火烤得发烫。我握着炉钩子，不住地捅火。火苗像一群金发小矮人一样甩着胳膊有力地踏着脚跳舞，好像它们生活在一个原始部落中一样，而火星则像蜜蜂一样嗡嗡地在炉壁周围飞旋。炉火燃烧的声音使我非常怀念父亲。

我不愿意离开火炉，我非常恐惧到外面去，那些在苍白的寒气中晃来晃去的人影大都是紧张忙年的人们，碰上他们的满面喜气该怎么办呢？火炉砌在厨房的西北角，它走两面火墙，可以给两个房间供暖。厨房有一条长长的走廊，直通向门口，因为厨房里没有另开窗户，所以只能借着走廊尽头门上端的几块玻璃见见天光。光线艰难地沿着走廊爬行，往往爬到火炉边缘就精疲力竭了，所以火炉周围很少能接受到天光的爱抚，但炉火的光亮却弥补了这一缺憾，火炉周围的墙和炉壁以及那一块青色的水泥地，在冬季里总是微微地泛着炉火乳黄的光晕，好像它们被泡在黄昏中一样。

母亲躺在她的屋子里，炕很暖和，但我知道她没有睡着。她还不到五十，头发仍是乌色的，看见她的头发我就心酸。全家人中最痛苦的莫过于她了，可她并不像其他失去丈夫的女人一样大放悲声。她很少哭，有时哭也是无声的，这种沉重的不愿外露的哀思使我们非常害怕。在我年幼的时候，年前的这段时光中，母亲常常是踏着缝纫机为我们做新衣裳，那种好听的"嗒嗒嗒"的声音就像割麦子一样。那时候厨房里总是热气腾腾，一会儿蒸年糕了，一会儿又用大锅烧水洗衣裳了，乳白的水汽云雾般地涌动，晃得人眼神恍惚。往往是父亲撞上了我们，或者我们撞上了母亲，无论谁撞了谁都要乐一阵子。

姐姐从靠近火炉的房间中歪着身子出来咳了几声，从她的咳声中我知道她刚才哭过。她是我们家老大，父亲的去世使她的担子更重了一些。她哑着嗓子问我："你老是站在炉子这儿干吗？"

"烧火。"我说。

"烧火用不着看着，让它自己着。"姐姐说完就回屋了。

我站在火炉前茫然若失。我的心很空，眼前总是闪现出山上墓园的情景。父亲睡在墓园里，现在那里是白雪的墓园。父亲现在睡着的地方是我小时候进山最害怕的地方，那时候我去采都柿和越橘总是绕过那片地方，因为那里使我有一种莫名的忧伤。现在那里终于成为父亲的墓园，我才明白悬了多少年的心只是因为那里会成为收留我亲人的地方。现在它成了父亲的墓园，我才不害怕经过那里，我才心平气和地第一次认真观察那里的景色：那里地势较高，背后有一个平缓的山坡，山坡上长着稀疏的樟子松。而坡下，也就是墓园四周却是一大片清一色的落叶松，它们全都直直地卧在丰盈的白雪之上，是一片十分年轻的树木。再过百年，这些树木蔚为壮观的时候可能会使墓园看上去十分古老，它们的环绕将使灵魂越来越宁静。站在墓园朝山下望，可以看见小路和平缓下降的山势。树木好像在一点点地矮下去，矮到尽头的时候就出现了房屋和草滩，以及草滩尽头的太阳和月亮。

炉火越来越旺了，我仿佛看见父亲正推开走廊尽头的门，微笑着朝我走来。从他去世的那时起，这种幻觉就一直存在。他走到我面前了，他伸出手抚了抚我的肩膀。我握着炉钩子的手就抖了一下，墓园的情景又锐利地再现。我知道父亲根本不在这间房子里，可我又像是每时每刻都见到他似的。死亡竟是这般盛气凌人。墓园，我这样想着回头望了望幽暗的走廊，你现在真的成了我父亲的安乐窝了吗？

弟弟从火炉西侧最小的一间房子里走出来，走到我身旁。他黑着脸，一声不吭地争着抢我手中的炉钩子，他也想来烧火。我把炉钩子让给他，他站在火炉那儿，用炉钩子轻轻地敲着炉盖。他对我说："你进屋吧，我来烧火。"

"烧火用不着看着。"我重复姐姐对我说过的话。

他抬头看看我，我知道他也不愿意待在屋子里，他也要找一种活儿来排遣哀思，我就再也没有多说什么。

我走进姐姐的房间。从这个房间的窗口可以望见后菜园。天色仍然灰白，有几只鸟在菜园边缘的障子上跳来跳去。

"咱妈还没起来？"姐姐怏怏地问我。

"没有。"我说。

"这个年怎么过呢？"姐姐叹息了一声。

"是啊。"我一筹莫展。

"你说咱妈过年那天会不会哭呢？"她很担忧地问。

"不会吧，她是知书达理的。"我虽然这样说，但心里还是没底。

"我们单位的李洪玲，她爸爸和咱爸一样得同样的病死了，比咱爸早死五天。她妈妈现在天天在家哭，动不动就冲李洪玲喊：'快去车站接你爸爸回家，你爸爸回来了！'弄得全家人都神经紧张。"姐姐说。

"咱妈不会的。"我说，"她是个明白人。"

"可她今天连话都不愿意说。"

"过几天就会好的。"我站在窗前，朝菜园望着。园子中的雪因为一个冬天也无人涉足，所以显得格外宁静。雪地之外用障子间隔而成的小路上，偶尔可见一两个人影晃来晃去。路后面的几幢房屋的门前已经有挂灯笼的人家了，忙年的气氛越来越浓了。我的眼前又一次地出现墓园的情景，那里的白雪、树木和天空中的云霓，那里的风和墓前的供桌，一切都那么使人梦魂萦绕。我很想再回到厨房的火炉那儿去烧火，因为那里的温暖和光线很适宜回首往事。

我转回身，朝厨房走去。这时我突然听见母亲的房门响动的声音，接着我听见弟弟扔炉钩子的声音，他似乎是追着母亲出去了。他怕她出去想不开，我们都怕这样，所以母亲一出门总得有人装作无意地出去跟踪。我的心绞了一下。我站在弟弟刚才站过的地方，捡起炉钩子，掀开炉盖，看看炉子里全是一块块火红的木炭，就又添了几块柴火，炉膛里便迅速地响起一串噼里啪啦的燃烧的声音。火苗旺盛得不住地舔着炉盖，使炉盖微微颤动，炉盖被烧红的面积越来越大了，好像炉子在不停地喝酒，渐渐地醉了似的。

　　我心事重重地等待母亲和弟弟快点回来，这种等待像锥心一样的难受。不一会儿，弟弟先开门回来了，他手里提着一只竹筐，里面装满了碗和盘子。他神色有些喜悦，把竹筐放在墙角后神秘地走过来对我说："咱妈想过年了，她去仓房里收拾过年用的东西。"我如释重负。果然，母亲很快从门外进来了，她的一只手里提着袋面粉，另一只手里拿着一捆被冻得又白又直的生葱，她把它们放在锅台前，一副要大大忙年的姿态。

　　我赶紧把水壶添满水，掀开炉圈，将水壶坐上去。我知道忙年最不可缺少的就是温水，这种懂事的做法会使母亲欣慰的。

　　母亲把我们姊妹几个叫到一起，向我们布置忙年的工作。弟弟因为腿勤，大多是搞"采买"，酱油、醋、筷子、香、鸡蛋、猪肉等等的东西一律归他来买；而姐姐要搞"内务"，拆洗被褥、扫尘、抹玻璃、蒸年糕、炒花生瓜子等等；我虽说是个女孩，但干细活大多不精，所以就只能做挑水、倒脏水、打扫院子、劈柈子、归置仓房中的杂物这一类粗活儿。好在我有一身的力气，又是最不怕寒冷的，所以这些户外的活儿于我来讲还是一种奖赏呢。母亲一旦活起来，我们也就跟着活起来了。母亲吩咐活儿的时候她的左眼里仍然嵌着圆圆的一点红色，就像一颗红豆似的，那是父亲咽气的时候她的眼睛里突然生长出来的东西。我总觉得那是父亲的灵魂，父亲真会找地方。父亲的灵魂是红色的，我确信他如今栖息在母亲的眼睛里。

布置完活儿，母亲又对弟弟说："往年当买的鞭炮、挂钱、对联和纸灯笼今年一律不买了。""我知道。"弟弟低下头沉沉地说。死了主人的人家要在三年之内忌讳招摇这些喜庆色彩太浓的东西，我们从小的时候就知道这种不同寻常的风俗。看来有父亲和没父亲就是不一样，我的心陡地凄凉了一下，鼻子竟又酸了，又不好在母亲面前落泪，只能干憋着，痴痴地想着山上的墓园，墓园的白雪和那种无法形容的宁静之气。一定是我的神色引起母亲的注意了，她唤了一声我的乳名，然后对我们说："从现在起谁也不许再掉一滴眼泪。我和你爸爸生活了二十几年，感情一直很好，比别人家打着闹着在一起一辈子都值得，我知足了。伤心虽是伤心，可人死了，怎么也招不回来，就随他去吧。你们都大了，可以不需要父亲了，将来的路都得自己走。你们爸爸活着时待你们都不薄，又不是没受过父爱，也该知足了。"母亲说完话，就反身进厨房干活去了。我们姐弟三人互相看了一眼，就赶紧行动起来。

我担着铁桶朝水井走去。水井在我们家的西北方向，选择最近的路线也要绕过七八幢房屋才能到达那里。路上的雪可不像园子中的那么丰厚和完整，由于人来人往的缘故，雪东一块西一块像补丁一样显眼地贴在路上，路上还有牲口的粪便和劈桦子人家留下的碎木片。走在这样的路上心里有一种百无聊赖的感觉。天色非常苍白，如果不到黄昏时刻，连西边天上那一带隐隐约约的晚霞也看不到。我垂头走着，因为这一带路线我熟悉得闭着眼睛都可以行走，偶尔碰上两三个长辈的大娘和婶子，她们大都一开口就唤着我的乳名直直地问："你妈有心过年吗？""有心。"我稍稍抬头望一望她们，接着又垂头朝前走。绕到井台时，才发现那里挑水的人比往日多了。挑水的大多是男人，他们很自觉地排着队，但是见我来了，他们全都热情地让我先打。我执拗地谢绝着，因为我觉得他们是在可怜我刚刚没了父亲，我不愿意接受这种同情，所以我怎么也不肯站到最前面去。我站在这些男人身后默默排着队，我的脚下是厚厚的冰，冰呈现着一种乳黄的色彩，我就像踩着一大块奶酪一样。我不敢看这些男人的脸，因为他们容易使我想起父亲。父亲在世时，也是排在他们身后的一员。那时候这些男人在一起时有说有笑，现在因为我排在后面，他们都沉默无语。我只听见吱吱的摇水声和哗哗的倒水声以及许多男人的脚步像蚂蚁一样慢吞吞前移的微妙的摩擦声，其他我感受到的就是这单调的动荡之下潜藏着的深深的寂静和寒冷。这真是一个漫长的冬天。我又忆起了母亲眼里那颗鲜润的红豆。这时我脚边的两只水桶突然发出一阵狂饮的声音，原来前面的人把水先倒进我桶里了，我只好退出队伍，担起两只桶摇摇晃晃地离开井台。离人群远了的时候，我才敢掉出眼泪。我哭是因为他们狠狠地同情了我，我受不了。由于哭泣我的倔劲就给提上来了，倔劲一上来力气也就壮了起来，所以我很快走到家门口了。我把水担进厨房，厨房里有雾蒙蒙的水汽，母亲正守着一只大盆洗刷碗碟，而姐姐则蒙着一块头巾站在一把椅子上扫尘。母亲吩咐我把水倒进缸里后抱一些柴火进来，因为炉子里的火不多了。我鼻音浓重地应着。母亲便问："没出息的，又偷着出去哭了？"

"他们非要我先打水，我受不了。"我说。

"过了年他们就不会这样了。何况，你一定是见着他们不吭不响了，所以人家才可怜你。"母亲淡淡地说。

年已经像一个许多天没吃东西的大肚罗汉一样气喘吁吁地走到门槛了，只要稍稍开一下门，它就会饥肠辘辘地进来。再有两天就是年三十，我们要依照风俗去山上请爸爸回家过年。一大早，母亲就起来忙着煎鱼、炒鸡丝和摊鸡蛋，她做这些都是上坟用的，而我们姐弟三人则在里屋为父亲打印纸钱。为了让父亲在那边最富有，所以我们总是用面值一百元的钱币来打纸钱。心细的姐姐说票子都是大的父亲买东西怕找不开，所以我们才又打了一些角角分分的零钱。等一切都准备停当我们将要出发的时候，母亲突然说："让我也去吧。"母亲垂下手，很自然地征求我们的意见。我和弟弟同时看了看姐姐，因为她最具有发言权。姐姐说："你别去了，我们去就行了。"

"可我还一次也没去过呢。"母亲很有些委屈地说，好像我们剥夺了她探望丈夫的权利似的。

"可你一去又得哭了。"姐姐直率地说。

"我保证不哭。"母亲几乎是有些流露出女孩子气了，她飞快地摘掉围裙，冲进里屋去找围巾和手套。

姐姐仍然心有余悸地问我："你猜她去了会哭吗？"

"我想会的。"我说。

"肯定要哭。"弟弟补充说。

"那就不让她去了。"

姐姐说完，我们姐弟三人趁她还没出来就先溜出家门。我们像小偷一样飞速地沿着障子边东拐西拐地蹿上公路，很快就把母亲甩掉了。她不知道父亲墓园的确切位置，而且她发现我们是故意摆脱她之后，她绝对不会再追赶我们的。

天气极其寒冷，连空中乱响的爆竹声也是寒冷的。进山之后，我们的目光不停地朝父亲居住的地方眺望，好像久别归家似的那么望眼欲穿。有几只大鸟在墓地上面的树梢盘桓，像墓园守望者一样。我们到达父亲身边时就像看见上帝一样一齐跪下，我们做着最古老的祭奠。纸钱焚化时的氤氲烟雾使我仿佛看见了父亲的双手，他的确隔绝了我们，这双手我们再也牵不到了。这时我忍不住又想起了母亲，她若站在这里会怎样呢？

告别墓园走回家时已近晌午。厨房里很温暖，炉火很旺。母亲头也不抬地守着一只盆子刷鱼，看来她是生了气了，她很少这样对我们生气。我们洗过手后赶紧各就各位地忙自己分内的活儿，这时母亲突然直直地问："你们招呼你爸爸回家过年了吗？"

"招呼了。"弟弟心惊胆战地说。

"怎么招呼的？"母亲抬起头，我望见她的眼圈是红的，她一定哭过。

"我们说，家里什么东西都准备好了，爸爸你回家过年吧。"弟弟说这话时声音微妙极了。

"再没说别的？"

"我说了让他保佑弟弟今年考上大学。"我惴惴地补充。

"你还想让他这么操心？"母亲不留情面地挤对我，只能说明刚才不让她去墓园她不痛快。

"我不是故意的。"我说着，眼泪似乎又要流出来了，我赶紧走到火炉那儿去捅火。

"没事了，你们都该干啥就干啥去吧。"母亲叹息了一声，不再追究了。

年三十，按照母亲的吩咐姐姐必须回婆家过年，她不愿意因为失去丈夫而滞留女儿在家陪着自己，那么只有我和弟弟同她共度除夕之夜了。为了不惹她伤心，我们在那一天都表现得出奇的勤快，而且都装出很高兴的样子。午夜之时，外面的爆竹声连成一片，像地震似的。我们家虽然没放爆竹却也仿佛放了似的，从院子四周不停地传来噼噼啪啪的声音。母亲像往年一样以家庭主妇的身份站在灶前煮饺子，而我和弟弟则马不停蹄地往桌子上摆菜、筷子、酒杯和食碟。这是一个最难熬的时刻，只要过了除夕，年也就算过去，生活又会平稳起来。外面的夜是黑的，空气是冷的，没有雪花降临预兆来年是个丰年。我们无法抗拒地看着年的到来。年走了世世代代，已经苍老了，疲惫了，似乎它的每一个脚步都是迟暮的。我的眼前又闪现出了山上墓园的情景，现在那里是白雪的墓园，星光一定像萤火虫似的飞向那里。

我们坐在桌前举起酒杯为新年做着陈旧的祝福。母亲神情极其镇静。当我祝福她长寿，而弟弟依照惯例跪下磕头为她祈求万福的时候，她的慈祥就像阳春三月的植物一样丰满地复苏了。母亲也同样祝福我们，说着那些我们晚辈人很少能享受到的吉祥话，这使我们觉得这个年里我们将与众不同。自始至终，她没有落一滴泪，她的眼睛里收留着那个柔软的孩子般地栖息在她眼底的灵魂——那枚鲜红的亮点同母亲的目光一起注视着他们在这个世界上创造的共同的孩子。这是一个温暖的略带忧伤气息的除夕，它伴着母亲韧性的生气像船一样驶出港口了。我大大地松了口气。那天夜晚，炉火十分温存，室内优柔的气氛使我们觉得春天什么时候偷偷溜进屋里来了。

初一的时候天忽然下起漫无边际的大雪。冬天的早晨本来就来得晚，雪天的早晨就更像凌晨之时的天色了，所以我很迟才从梦中醒来。从床上爬起来，觉得屋子里暖洋洋的，用手试试火墙，才知母亲早已起来生过火炉了，我忽然有一种要哭的欲望。窗外十分宁静，菜园之外的道路上没有忙年的人影，年已经过去了，大家似乎都在沉沉地休息，整个小镇像瘫痪了似的。我披好衣裳，下地，走进厨房。先看了看炉膛中的火，添了些柴，然后就穿过黄昏似的走廊去母亲的房间。可我突然发现母亲不在房间里，她的房间收拾得十分干净。我的心沉了一下，慌慌地去弟弟的房间把他从床上摇醒，问他："妈妈去哪儿了？"

"不知道。"他睡眼惺忪地回答。

"她不见了。"我说。

"不会走远吧。"弟弟很自信地穿衣起来跑到屋外的院子里去找母亲，他先去了厕所，然后又进了仓房，但怎么也没能找到。

"会不会去挑水了呢？"弟弟问。

"不会，水桶都在家里。"我们急得几乎要放声哭了。正在这时，姐姐和姐夫回门来了，姐姐一进来就感觉到气氛不正常，她焦急地问我："咱妈怎么了？"

"昨晚她还在，早晨醒来时她不见了，她是生了炉子后走的。"我说。

"你们怎么不好好看着她？"姐姐埋怨着我们，眼里噙满泪花。

母亲会不会因为一时思念成疾而真的抛下我们呢？我的眼前突然闪现出山上墓园的情景。现在那里是白雪的墓园，母亲会不会去那里了呢？没等我来得及把这个可怕的想法告诉姐姐，母亲突然推门而入了。她一定是走了很远的路，她的身上落着许多雪，她围着一条黑色的头巾，脸色比较鲜润，目光又充满了活力。

"你去哪儿了？急死我们了。"姐姐说。

母亲摘下围巾，上上下下地拍打着她身上的雪花，有些不好意思地笑笑，好像她到别人家的园子偷花去了。她轻轻地告诉我们："我看你爸爸去了。"

"你找到地方了吗？"我们问她。

"我一上山就找到了。"她垂下眼睑低声地说，"我见到他的坟时心里跳得跟见到其他的坟不一样，我就知道那是你爸爸。"

我们全都垂下头来，真后悔那天没有带她去墓园。

"他那里真好。"母亲有些迷醉地说，"有那么多树环绕着，他可真会找地方。春天时，那里不知怎么好看呢。"她说完走进里屋把围巾手套放置好，又重新走回厨房，戴上围裙。我见她发丝乌亮，她看上去精神多了，而我的眼前再一次出现墓园的情景。现在那里是白雪的墓园，雪稠得像一片白雾，父亲被罩在这清芬的白雾中。

母亲掀开炉圈去看炉膛的火，这时我才吃惊地发现她的眼睛如此清澈逼人是因为那颗红豆已经消失了！看来父亲从他咽气的时候起就不肯一个人去山上的墓园睡觉，所以他才藏在母亲的眼睛里，直到母亲亲自把他送到住处，他才安心留在那里。他留在那里了，那是母亲给予他的勇气，那是母亲给予他的安息的好天气。窗外的大雪无声而疯狂地漫卷着，我忽然明白母亲是那般富有，她的感情积蓄将使回忆在她的余生中像炉火一样经久不息。这时母亲温和地转过身来问我们："早饭你们想吃点什么？"

1991 年

守灵人不说话

　　第一次见到守灵人是在二十一年前，守灵人是我的外祖父。那年我七岁，还住在北极村的外祖母家里。是一个冬天的深夜，我正坐在昏暗的灯下看外祖母洗脚，忽然听到院子里大黄狗的猖叫，以为只是过路人，吠几声就会过去的，然而狗的叫声越来越嚣张，看来必定是家中来人了。外祖母还没有来得及洗脚趾缝，她一边说着"这么晚谁还来"，一边用毛巾草草地将脚擦了，然后将湿乎乎的脚费劲地塞进鞋里去开门。

　　我兴奋地从炕上跳下地，披上棉袄跟到屋门口。隆冬的北极村到处都是白雪，如果月亮圆满的话，院子就显得又白又亮。我从门缝里看到了又白又亮的院子。外祖母拉开大门，一个黑乎乎的汉子出现在我的视野中，他的腰身一片雪白，那汉子像是挂了一个银圈又像是被什么东西拦腰斩断了两截。他见到外祖母"扑通"一声跪倒在地，连连磕头。原来这汉子的爹过世了，那类似银圈的东西是孝布，他是来请外祖父去守灵的。外祖父在公社打更，晚饭后就走了，我听见外祖母颤着声说："到公社找他去吧，他打更去了。"

那汉子谢过外祖母，放开步子朝公社方向去了。我听见他腾腾腾前行的声音，接着听见外祖母闩院门的声音，我赶紧关上屋门哆哆嗦嗦地跑上炕。

外祖母一回来，就坐在小板凳上抹眼泪，她哭的时候总是发出簌簌簌的声音。外祖母的脸像秋天的树一样往下落叶子，那时本来已经昏黄的灯显得更昏暗了，只有灯泡里的钨丝还发出乌突突的红光，后来这红光也不见了。一到晚上九点钟就停电了。

"停电了。"我说。

外祖母不吱声，她仍簌簌簌地哭着。我在黑暗中看着她，她穿着深色衣裳，因而身体本身是看不清的，只能隐约瞅见一个大致的轮廓。但外祖母的头却是很明显地能看出来，她的斑斑白发被从窗帘缝隙溜进来的月光给映得一片雪亮。

"姥姥，你不洗脚了吗？"

外祖母喜洁，每天必须洗脚，她也约束我每天洗脚。每次我坐在小板凳上把脚伸向洗脚盆的时候，她都督促说："水还没湿脚脖呢，把脚伸到底。"

那水总是热乎得有些过分，外祖母说洗脚水不烫就像割麦子镰刀不快一样让人扫兴，所以她端来的洗脚水每次都把我的脚烫得又红又胖。我常常先把两只脚搭在盆沿上，然后试探性地将脚往水上放，我忍不住"噢噢"叫着，嚷着："能烫死十好几只耗子了！"

外祖母过来用手指试试水，嗔怪我："邪乎什么，一点都不烫。"便不由分说将我的一双脚给按进水里，我挣扎着溅得满地水珠，但很快便老实了。我想外祖母是因为手上的茧子太厚，所以试不出水是烫的了。每次我洗完脚,她都把我的脚抓起来闻一闻,然后拍拍说"凑凑合合上炕吧",就把我从小板凳上抱起来,一悠甩进炕里。我咯咯笑着落到早已铺好的褥子上。外祖母甩我的时候我常常想起有一年开春她抓猪崽的情景。她从邻居家买回一头猪崽,是白色的,她就悠着劲站在新修的猪圈旁将猪崽甩向圈里的干草上,猪崽"吱——"地叫了一声。我想外祖母把我甩向炕里的那一刻,是把我当成猪崽了。

外祖母洗脚很慢,每个脚趾缝都要洗到。但因为她是裹足,所以根本看不出脚趾有缝了,那五个脚趾仿佛全都连在一起了。她一洗就要洗半个时辰,洗出响声来,她说那是搓灰,有时停电了她仍然坐在黑暗中洗。我习惯了看外祖母洗脚。有时我困得不行了,而外祖母还在忙别的活计,我就说:"我都困了,你还不快点洗脚啊!"

外祖母洗脚是非洗透彻不可的,但那天她是没心情继续洗了。

我问:"他家死人,找姥爷有什么用?"

外祖母停止了哭声,她淡淡地说:"去守灵。"

"守灵是怎么回事?"

"一个人刚离开亲人,他的灵魂在没升天前太孤单,就是找个人去陪陪他。"

"可他死了怎么会知道有人陪着他?"

"他的魂没死。"外祖母说。

我吓了一跳,问:"魂能飘吗?"

"能。"外祖母肯定地说,"魂要是不能飘,怎么能升上天呢?"

我吓得钻进被窝,用被子蒙住头,生怕魂飘进来。后来外祖母把洗脚水倒了，然后又打了盆清水洗脸，我听见她把水声弄得很响亮，她洗完脸，又坐在小板凳上沉静了好一段，然后才上炕撩开我的被窝。这时我已经出了一身的汗了，我像刚打上来的活鱼一样湿淋淋地钻进外祖母怀里，"我怕魂。魂要是飞进我的头发里可怎么办？"

外祖母用手揉了揉我的头发，说："魂不会吓唬小孩子的。它就是飞，也不往人的头发里钻，一进了头发，魂就散了。"

那一夜我偎在外祖母怀里梦见了魂，它是圆形的，与天空同色。

我胆胆怯怯地靠近出了丧事的人家。天才亮不久，所以雪地上的阳光并不刺眼，我看见了挂在黑柞木障子上的灵头幡。一股异样的寒风微妙地吹来，灵幡上的纸片悠然飘起，我想可能这是魂在飘动。后来这股风就消失了。我走进院子，我看见了外祖父，他坐在灵棚下，守着一口绛红色的棺材。外祖父穿着皮袄，他把驼得很厉害的背朝向我。他沉默无语地守着那口棺材，像痴情的女人守着一盏灯等着她的男人回来一样。

我走到外祖父身旁，他头也没回，可他是听见我的脚步声了。我便绕到灵棚的北面，这回我可以看见他的脸了。外祖父的表情有些木讷，目光在那口棺材上。棺材里躺着外祖父的伙伴，他们年轻时曾一同在胭脂沟淘过金，后来他们年纪大了，就坐在夕阳下做淘金梦，可如今他连梦也不能做了。外祖父还能打更，他却是连一步都不能再走了。

外祖父抬头朝我望了一眼，他嘴唇动了动，似乎想说点什么，可他什么也没说。我想，守灵人是不允许说话吧？

我离开了外祖父，回到家时外祖母正在梳二遍头，那缕花白的长发被她的手指牵来绕去后就神秘地盘在一起了，她绾好了髻。每天清晨她起来后的第一件事就是拉开窗帘梳头。梳完头她便忙那些千篇一律的活儿，生火炉，烧开水，喂猪（猪总是比人早吃食），收拾屋子——先用鸡毛掸子掸箱盖上的灰，然后把被褥叠好摞到炕角，用一块蓝方格的布单罩上，端来一盆水将油得锃亮的炕抹一遍，然后将抹炕的水均匀地洒在地上，从里到外地扫一遍也。最后一项程序是做饭，当然如果前一夜发好了面团的话，那么第二天清晨生完火炉后最先做的就是蒸馒头。外祖母蒸馒头用竹制的笼屉，一两屉馒头蒸出来，满屋都是白色的蒸汽了。外祖母干完所有的活儿，就开始梳第二遍头。

"守灵人不许说话吗？"我问外祖母。

"守灵人是说不出话来的。"外祖母将木梳吹了吹，然后放在梳妆台上。

"姥爷他不理我。"我说。

"他守灵呢。"外祖母说。

"姥爷他不和我说话。"我鼻子酸了。

"他守灵呢。"外祖母又说。

"我特意去看姥爷，可他不和我说话。"我终于抑制不住地落下泪。

外祖母把我抱入怀里，擦着我的泪水说："姥爷那不是在守灵吗？"

被守的灵魂离开有人间烟火的地方了。我看见许多人把棺材抬到马车上，摔过丧盆后，那灵魂就轻飘飘地朝冥途去了。蓝色的灵魂在白色的寒气中冷冷浮动着，伴着它的还有黄色纸钱落在雪地上的影子。雪地上的纸钱，像白纸上的一片片落叶。

外祖父守灵回来后，依然天天晚上到公社打更。后来春天来了，草发芽了，园子里种上了菜，大黄狗可以到花园中去骚扰花蕊上的蜜蜂了，就在那样一个春夜里，外祖母依然是刚把脚伸进盆里，还没洗几下，院子里传来大黄狗不止息的吠叫，外祖母费劲地将湿淋淋的脚插进鞋里去开大门，我提心吊胆地跟到屋门口，我看到了跟冬天一样的场景：一个汉子腰间戴着一圈银白的东西跪在地上连连给外祖母磕头，而院子里的砂地上铺满了银色的月光。

外祖父又去守灵了。春天没有使他的驼背好转一些，外祖父坐在蜂飞蝶舞的春天里沉默无语地守灵。

"守灵人在春天也不能说话吗？"我问外祖母。

"守灵人是说不出话的。"外祖母说。

"可是春天来了。"我嘀嘀咕咕地说。

"任何节气，守灵人都说不出话来。"外祖母再次重申。

外祖父当守灵人的次数一天天多起来，黄昏的色彩也日浓一日。外祖父的伙伴越来越少了，而他也越来越苍老了，他的眼力和耳力都不行了，就连打更的活儿也做不了了。秋天时他真正地闲在家里，绝少出门，他待在菜园里。

我问他："姥爷你死了，谁给你守灵呢？"

外祖父说："我的那些伙计。"

"你那些伙计快死光了。"我说。

外祖父的脸色阴沉起来，他一边轻轻嘀咕着"是快死光了"，一边用手抠着地上的泥土，仿佛在挖他的墓穴似的。后来他柔声说:"那就让你姥姥给我守灵,我不能白白娶了她。"

"她给你生了好几个孩子,怎么算是白白娶了她?"我说,"你天天和她在一起,死后还让她守灵,你不换个人吗?"

外祖父笑起来,他笑得支持不住了,歪在豆角架上,豆角架上干枯的叶子被窸窸窣窣弄下来许多。

后来我离开了外祖父和外祖母。我回到了父母身旁。十几年过去后,祖父去世了,我回家奔丧,在初春的潮气中看见了祖父的守灵人——我的父亲——腰间挂着孝,一言不发地守在灵前。我马上联想到往昔外祖父守灵的样子,我的眼泪下来了。

祖父死了,外祖父仍然蹒跚地活着。

又过了五年,父亲去世了。我在寒冷的无月的冬夜里为父亲守灵。坐在灵前,望着星空,什么也不想说。吊丧的人络绎不绝地从我身边经过,可我感觉到那一时刻世界只有我和父亲,只有两颗灵魂在不倦地倾心交谈。我终于明白,为自己所热爱的人守灵是一种幸福。而灵魂的交流是不需要语言的。

守灵人无法说出话。

许多年又过去了。某一日我在京城一隅的一幢瓦灰色楼房里突然接到外祖父故去的长途电话。在此之前我正心事茫茫地坐在校园的玫瑰园中想着十几年前的天空。放下电话,我静默良久。我所在的城市是初秋的时令了,那么北极村将是深秋的光景了。落叶萧萧,外祖父是吃完人生最后一季菜才走的,那菜园肯定是荒芜得不能看了。听说大黄狗也老死了,不用说花蕊间的蜜蜂也不会记得它了。我看看日历,发现外祖父死在满月的日子。一个死在满月时分的人,其灵魂必定是饱含光芒的。

一个守灵人死了，那将意味着另一个守灵人的诞生。

我想，外祖母真的成了外祖父的守灵人了。秋天的月光下，那院子和外祖母的头发都将是银白的。外祖母也将沉默无语吗？她在守灵之夜还会端来一盆烫烫的水洗脚吗？她的腰间如果不是系着一条白的带子，她的额头必将缠着一圈比月亮还明亮的白布，她那额头的白布可否是外祖父最后拥抱她的一个信号？

我想起了多年以前和外祖母的那场对活，她回答我三遍的话是同一个内容："他守灵呢。"

1993 年

鹅毛大雪

小的时候，一到了漫漫长冬的时刻，总有那么许多让人吃惊的事情。

常常是一觉醒来，门就推不开了。姥姥便和我合力去推那门。

推开门后，雪的芳香就灌了一屋子。门外是大雪，它是在夜间悄悄降临的。它似在平静中悠闲地为大地增加厚度，为银光闪闪的滑雪板和马爬犁铺路。

"鹅毛大雪。"姥姥一看到院子中厚积的雪总要这样说。然后她就拐着小脚去拽炕头上的姥爷，让他麻利地起来扫雪。

姥姥跟姥爷形容门外的雪时，又用上了"鹅毛大雪"几个字。姥爷惺惺忪忪地听到"鹅毛大雪"后，就低声重复一句。

他们对雪的到来一点也不感到吃惊，因为这一辈子他们见过的雪太多了。

可我却总觉得新奇。人间的事有许多让我新奇的，可天上的事就更让我新奇了。

姥姥生火墙,煮稀粥,然后用二层格烤火烧。姥姥是烤火烧的能手,那火烧经她烤制,就又香又软,外表的一层皮焦黄焦黄的,颜色极匀密,没有一点煳的地方。

这是我们每日的早餐。

姥姥在厨房忙,姥爷就在院子中铲雪。园子中,猪圈里的大白猪饿了,它在发疯似的唤食。姥姥便更加地催促姥爷加快打扫积雪的进度。否则,连条通往猪圈的路都没有。

太阳什么时候出来的,我可不知道,好像从来就不知道。因为我每天早晨都醒得很晚,每次醒来后扒着窗户一看,太阳就已经挂在天空了。所以,我就认为太阳就是应该早出的,起炕后有太阳挂在天空是理所应当的事情。

但我弄不明白"鹅毛大雪"是怎么回事。我问姥爷,姥爷回答"鹅毛大雪就是鹅毛大雪"。我不明白,去问脸颊通红的站在火炉旁的姥姥,她很散淡地告诉我:"鹅毛大雪就是像鹅毛那么大的雪。"

"像圈里的鹅毛那样大吗?"

"就像。"

"可雪片没有鹅毛大呀。"我跑出屋子,到鹅圈里拔下一根鹅毛,然后跟雪花比起大小来。

这怎么可能,每片鹅毛都要比雪花大几百倍乃至上千倍。看来,一定是姥姥他们搞错了。妈妈说过,人一老了记性就不太好使,很可能是他们记错了。

"没错的,鹅毛大雪就是鹅毛大雪,姥姥这一辈子见得多了。"姥姥把一个刚烤好的火烧放到竹筐里,然后在上面蒙上毛巾,以捂住热气。

"可是，姥姥你看，这片鹅毛多大呀，都有片云彩那么大了。可你能找出一片雪花有这么大吗？"

"能找出来。"

"那你就快找呀！"

"等姥姥烙完火烧。"

于是，我就跑到院子中等姥姥出来。太阳把雪地打扫得更加干净，雪地上面飞着一层玫瑰色的光晕。天晴得白蒙蒙的，远远近近的山也都蒙了雪，远远一看，像几个大雪人。

通往猪圈的路打扫好了，于是猪食就倒进了槽子中。我就发现猪圈那里冒出一股一股的热气，而且我还听到了猪的响亮的吃食声。

姥姥终于烙完了火烧，她擦着额上的汗出来了。雪后的天气一般都很温暖，何况太阳照得这么的明朗，又没有一丝的风，所以姥姥的身上只披件厚衣。

"你快找鹅毛大雪呀。"

"你看。"姥姥指着园子中的雪说，"它们都是鹅毛大雪。"

"我怎么一点也看不出来呀？"

"你还小嘛，等你长大了，你就会看出来。"

"我长大了，眼睛里看的东西就能大吗？"

"就能大。"姥姥肯定地点点头说，"那时你就知道什么叫'鹅毛大雪'了。"

这好像太深奥、太玄妙了。

姥姥家的邻居是个爱喝酒的车把式。他的老婆每天都要为喝酒而跟他吵架。姥姥一听到吵闹声就带我去劝架，她让我站在门边，然后她进屋里，劈头盖脸地就先骂上车把式一顿。她说兽有兽性，人有人性，怎么能把家里喝得叮当乱响，喝得老婆孩子没有裤子穿，围着大被在炕上不敢下地。可我知道她是在说谎话，因为我亲眼见他家的院子中的粗铁丝，常常晾出来七八条裤子，而他家不过五口人而已。所以，我就对姥姥说过的话都产生怀疑，当然，"鹅毛大雪"的话就更不能例外。

"姥姥，你为什么说他们穿不上裤子？"

"他们是穿不上裤子。"

"可他们谁也没露腿呀？"

"你不懂，大了你就懂了。"

唉，这么多的事，都要大了才能懂，姥姥可真够残酷的。

姥姥家是一个温暖的家。家里没有很奢侈的摆设，不过是几张旧式桌子和几把木椅罢了。墙上吊着一挂钟，可以算得上他们的最大家产。钟摆一年四季周而复始地晃着脑袋，让所有的时间都慢慢地从它的脚下消耗过去。

冬天里结婚是这里的一大风俗。而姥姥又总是这每一个婚礼的积极参与者。

一到婚礼的那天，村子里就点燃了爆竹，男女老少就像过什么节日似的，穿得干干净净、花红柳绿的去瞧新娘。姥姥每逢这时都要把柜子里的一件大绒的黑对襟褂子穿上，然后把头发梳得苍蝇上去都要栽跟斗那么的光滑。我注意到，她梳头发的时候用梳子蘸了水。

一到新娘出来，大家就用五谷粮去打她，新娘子就躲躲闪闪地咯咯地笑着往新郎身上扑。姥姥就像拍小马驹的屁股一样拍一下我的屁股，让我赶快钻到人群中去抢喜糖。我就喊叫着，钻进蜂拥的人堆中，争着抢着，撅着小马驹一样的屁股。出来时，往往手上都抓着砂子和雪，而糖块，也被弄得脏兮兮的。我感觉很委屈，可姥姥却响亮地笑着说："小马驹也有失前蹄的时候！"

她的话我听不懂，觉得莫名其妙。她是这样看待我抢喜糖的事情，我隐隐地觉得屁股被她拍过的地方还很疼呢。

这也有点"鹅毛大雪"的味道。

在姥姥的家乡，一到冬天，还有比推不开门更让人惊奇的事情。

那是捕鱼的时候。

我不知道为什么冬天的鱼会很多，而且很肥。因为在我看来，冬天的水很凉，鱼大概是承受不了这种寒冷的。

可是稀奇事就是出现了。冰封几尺的大江下面的确跑着鱼群。一到这时刻，村里的人就乐癫了，也忙癫了。大家忙着补网织网，忙着修爬犁和凿冰眼，然后，就像是要出征打仗一样，人们去征服那条大江，去征服鱼群了。

姥姥是补网和织网的能手。虽然自己家有许多事要做，可她还是很高兴地为那些请她帮忙的人家去做事。她帮车把式的老婆织起了一片网，熬得眼睛都红了。她还给不懂捕鱼要领的年轻人讲捕鱼的事情。

捕鱼的时候又赶上了场姥姥所说的"鹅毛大雪"。姥爷带着网、铁钎、火盆、劈柴和酒壶去江上了。

我和姥姥留在家里。姥姥要为全村子到江上捕鱼的人们烙制火烧。她说她的火烧一送到江上，大家会疯吃一顿的，比吃什么鸡鸭鱼肉都香。

为全村的捕鱼人准备饭食，这可是项艰巨的任务。姥姥不停地站在火炉旁，头发被汗水弄得湿淋淋的。她的两个颧骨也红红的。

我帮助她劈小碎样子，然后担负往炉子里续柴火的任务。那些金黄色的火烧一出炉子时就像朝气蓬勃的太阳一样，从里到外都透着香气。

姥姥把烤好的火烧放到一个圆圆的大水桶里，然后上面扣上一个大盆子。烤好一桶后，她就套上马爬犁，把它送到江上去了。

我站在家门上，望着姥姥带着火烧坐着马爬犁上江的情景。

鱼汛真是叫人感奋的时刻。家家的仓房都堆了好些鱼，有些鱼还被做成了咸酱或鱼干。姥姥烤火烧的空当就做鱼干。剐、去肠子、刮鳞，然后用剪子铰鱼尾，然后再用清水冲洗一遍，才能撒上盐，滤干后放到火墙上去烤。

于是，屋子里就洋溢着清新的鱼香气。姥姥很高兴闻这样的香气。她做这些活儿的时候，神色十分开朗，完完全全像个孩子。那么平凡的事情，一让她做起来，就一丝不苟，而且很是有韵味。

鱼汛的最后一天，是个大晴天，有的人家已经往回收网了。姥姥开始烤最后一桶火烧。她站在炉台边，红光满面，脸上笑眯眯的。我就蹲在炉膛前，遵照她的吩咐往里面添火。

过了好一刻，我忽然听到"扑通"一声响，发现姥姥栽倒在地上了。她的手里还拿着一个刚刚烙好的像太阳那么娇艳的火烧。我跪在她身边去摇她，她不动；我喊她，她也不答应。她闭着眼睛，嘴角挂着笑意，脸色非常红润。我以为她累得睡着了。

可她就一睡几天，不再起来。

给姥姥出葬的那天，一大早起来，我又推不开门了。那个给姥姥守灵的车把式帮我打开了门。

又是一院子的白雪。是姥姥常常提起的"鹅毛大雪"。我的眼前一下子闪现了姥姥的身影，我鼻子一酸，泪水就蒙了眼睛。

透过泪水去望那些白雪，的确都是很大很大的一片一片的，有的甚至比鹅毛还大。

八九点钟的时刻，太阳忽然消失了。天空并不很昏暗，只是有点灰蒙蒙。这时，天又下起大片大片的雪来。

姥姥带着一个美丽的红棺材，在鹅毛大雪中去山里睡觉了。她临行前美美地吃了一整个火烧，因而我那天没有望见太阳。

1989 年

不灭的家族

我忘不掉那个日光青白的中午,当我在供销社的柜台前接过店员付给的缝纫机针的时候,那个满脸生着麻子的女教师大叫的声音:"你的手跟你爸爸的简直一模一样!"

她当时正站在我旁边等着买肥皂,她的惊叫使我伤心至极。父亲手指的难看是出了名的,但那是男人的手指,是能写出漂亮毛笔字的手指,而当时我正是喜欢听别人夸自己手指秀气的年龄,所以那份沮丧和愤恨是可想而知了。

如果将我从头到脚罩上一块布,只伸出一双手去,大概除我父母之外的人都会说那被布罩着的人至少是辛劳半生的妇人了。我的手不大,红润,粗糙,骨节突出,手心纹路杂乱,母亲谓之"操心命",且左右手略有残疾。左手中指由于幼时生疔,指甲变形,从中永远看不到其他指甲中间的白色弧线;右手的小手指在五六岁时被门重重地掩了一下,造成指节骨折,一副躬背弯腰的架势,比左手的小拇指矮了一截,平日总是弯曲着。由于手的缘故,我减去好几分人才。本来在同学染指甲的时候总是悄然束手避开的我，已经有些自卑，再加上老师的话，便认为自己算是丑态百出了。

我将缝纫机针丢给正裁衣服的母亲，气咻咻地骂了父亲一句："我恨他的手！"

"他的手怎么你了？"母亲嗔怪地笑着。

"他的手太难看了，我的手长得像他！"

母亲嘘嘘地笑得大发起来，她扔下剪子，气喘吁吁地说："你怎么不看看自己的眉毛和眼睛呢？"

"眉毛有什么好？眉毛也随他，把武士眉安在了我脸上！"

至于眼睛随父亲，我没什么可攻击的了。女孩子生一双大眼并不难看。平素在我眼里风度翩翩的父亲，一下子黯然失色了许多。

我的手拿绣针难看，更不要说拉小提琴和弹钢琴了。

不仅仅我的手像父亲，脚也像父亲。父亲的脚很宽，有些平足，不能走远路；我的脚也横向发展，而且五个脚趾分开，像是常年不穿鞋子终日在沙滩干活的"渔民"，秀气的鞋子到了我脚上不出三天便"破绽百出"，而我的脚也被磨得伤痕累累，可谓两败俱伤。除了手脚之外，父亲还遗传给我洪亮的嗓音和火爆的脾气。

"点把火就着。"母亲是这样形容我们父女俩的脾性的。

我的祖父比我父亲早逝五年。在为祖父守灵的时候，父亲曾凄切地说："下一个该轮到我了。"母亲认为父亲早逝与他嘴上不积德有关。比如父亲常常把"早死早托生""天老大，地老二，我老三"的话挂在嘴边，口出狂言，其实内心里软得像摊泥。善事做了不少，因为嘴损，没少得罪人，所以母亲几乎是满镇子地为他赔不是。

父亲把他的坏脾气归咎于祖父。而祖父的坏脾气归咎于谁呢？祖父的父亲吗？我没有见过太爷爷，自然不知他是否也是个雷厉风行的人。总之，若是祖父、父亲和我凑在一个饭桌上，开始时是一团和气，最后总是因为某种争执而各持己见，不欢而散。所以母亲最怕过节，到那时，独居的祖父照例要穿过他的后菜园，哼哈地吐着痰噔噔走进我家的院子，在饭桌旁坐在上宾的位置，摆出老爷子的面孔来教训父亲，偏偏父亲是个要面子而又自觉学识渊博的人，所以祖父的教训常常被挡回去。我夹在他们之间充当帮凶，某件事向着祖父，某件事又向着父亲，气得父亲常常说我是投降派，但是若向着父亲的次数多了，祖父单枪匹马孤独无助拂袖离去时，父亲又会告诫我："下次不管事情谁对谁错，都要向着爷爷说话。"

　　我问为什么。

　　父亲的回答很朴素："他肯定活不过我，他活着时让他顺心些。"

　　然而我依然故我。看到祖父气得胡子发抖而父亲频频使眼色让我拉祖父一把时，我偏偏比他更生气地提早离开饭桌。那是为了一匹生产队的老马引起的争论，祖父认准那匹老马还能活五年，而我和父亲却认为它已风烛残年，熬不过冬天了。话题自然是母亲引出来的，她说，队长说那匹老马要是活不过两年的话，就提早把马杀了吃肉，不然等它老死，那肉谁也嚼不动。结果祖父当堂拍案而起："它要是活不过五年，我瞎眼！"

　　后来那匹老马在深秋的一个有霜的日子给宰了。祖父没有来吃马肉。父亲请了他三次，他一句话也不说。我去请他，他给我的话是"吃不下啊"。

　　我们也有些咽不下老马的肉。这匹老马在几个月前还步履沉重地为我们家拉回了五麻袋丰收的土豆。老马在爬缓坡的时候费尽气力，以致它干完活儿时疲惫得连草料都懒得碰。

祖父死于脑溢血。前前后后只有两个多小时。他死时头发还有一半是黑的。

"这个病可真痛快。"父亲失落地说，"两个小时以前还吃饺子来着。"

祖父同许多老人的故去一样没有任何特殊原因，极其平静，事先没有任何预兆。他并不头晕、气短，而是迈着快捷的步伐在初春的空气中噔噔地走着。然而他说不行就不行了。

"脾气坏的人就好得这个病。"母亲提醒父亲，"酒要少喝。"

"早死早托生。"父亲还是那句老话。

祖父死后，我从父亲身上看到了祖父的影子。而当父亲在几年前的一个冬日清晨溘然长逝之后，我彻底丧失了祖父，丧失了父亲。父亲果然死于脑溢血。当我在五百里以外的一个林场中学接到叔叔打来的长途电话时，我认定父亲将不久于人世。

叔叔说："你回家一趟吧，你父亲身体不太好。"

"是脑溢血吗？"我脱口而出。

"你怎么知道？"叔叔吃惊地问。

我放下电话，觉得心比外面十二月的空气还要寒冷。我走进冷空气中，在苍白的阳光下哭泣着。

我失去了头发还油黑乌亮的父亲。也许是他嘴损的缘故吧，病痛折磨了他十天。这十天他一直处于半昏迷状态。他偶尔苏醒过来漠然看着我的时候，我都心痛地想：生活失去争吵，归于平静了。

那么冷酷的平静。

祖父和父亲相依在墓园里。

从此他们的影子只出现在我的梦境中。

我没有想到那一天又会望见这影子。

父亲曾经有个庞大的家族,祖父兄弟四个,祖父老大,这使得我有三个未曾谋面的爷爷。二爷爷在山东海阳的一个小渔村里,六十不到就死了,他也死于脑溢血。三爷爷依然健在,只是由于祖父和父亲的相继故去,早已音讯杳然。我还有一个四爷爷,他就在我新近调来的城市。我早就知道他在这里。祖母三十二岁故去,其时父亲十二岁,二叔六岁,小叔叔才三个多月。祖父一下子面对这三个孩子,显得手忙脚乱起来。为了让父亲有出息,祖父将他送到四爷爷所在的北方城市读中学,而他自己带着另外两个孩子住在乡下。

城里的街道很宽,父亲曾在我童年时这样给我描述,说城里的楼房高得挡住了月亮,中央大街的石子路上经常行走着那些人高马大的白俄人。他还说城里大得永远让人分不清东南西北,他第一次放学回家就迷了路,被一个卖冰棍的给送了回去。"四叔骂我是吃猪粪的。"他说。

我知道四爷爷家有五个孩子,我有三个叔叔两个姑姑。当他们都小的时候,父亲是他们当中的一员。父亲上学,他们也上学,然而四爷爷家是清贫的,他供不起这么多的孩子上中学了。父亲曾经惆怅地说:"一到月底,我拿着空饭盒到食堂,就听见伙夫用勺子磕着盆沿叫着我的名字,告诉我,我被停伙了。"

"四爷爷没有及时交上你的伙食费?"我们问。

"上哪儿弄钱去?"父亲叹了口气,"我学习成绩好,可我不能再念书了，你四爷爷顾不过来自己的孩子，你爷爷也没钱让我上学。"

据父亲说，他上中学被贫困威胁得无心求学时，就报名来开发大兴安岭。此事他没有同任何人商量，以致四爷爷突然从别处得知消息时，父亲已经走向车站。

"从此你就再没见着他们？"

"你四爷爷追到车站，把你四奶奶染的一块七尺长的蓝布给我，还给我买了双七毛钱的球鞋。"

"我四爷爷真狠心，你要是他亲生的，他肯定不会给你停伙，他会把你供到底。"我气愤地说。

父亲嗫嚅着，他喝了口酒，什么也不再说。父亲直到临死前也没有见四爷爷的欲望，除了我们家不宽裕的生活难以为他筹措盘缠外，不能不说父亲心底埋藏着一股怨气。

然而那天上午我突然在单位接到了四爷爷打来的电话。那种声音同祖父和父亲的相差无二，让我觉得那是从坟墓发出的声音，悲凉凄切而美丽绝伦。

"我是你四爷爷，你怎么不到家来？"

"我知道你。"我说。

"知道怎么不来看看？你怕我沾你的光？我跟你说，我有衣穿，也有粮吃，沾不上你，你放心！"

"你怎么能这么说话，我不是因为这个不去看你。"

"花两毛钱坐上车就过来了。"四爷爷的口气缓和下来了，"孩子，咱们是一家人哪，不易哪。"

"家里的门牌号码是什么？"

四爷爷耐心而细致地告诉我街区、门牌号，乘坐公共汽车的车次，啰里啰唆地连带着把他家周围的重要建筑物和商业特征介绍了一番，想必他怕我找不到吧。

"这个星期天我有事。"

"那就下个星期天吧！"他大叫一声，把电话放下了。

我提着点心和水果穿过喧闹的农贸市场，在一家挂着许多幌子的饭店的背后见到了四爷爷家的住处。那是一幢非常陈旧的三层小楼，铁皮扶梯，走上去吱吱嘎嘎直响。楼里大约住着三十几户人家，楼下的大院里有许多大大小小的仓库，大约是各家存放东西的地方。我在上小楼前曾遇见了小叔小婶，他们正从仓库往出背面粉，两个人的身上都是白的。我打听十八号房间从哪个楼梯上的时候，小叔怪异地看了我一眼说："我就是十八号的，你是谁？"

我报上了姓名。小叔神色大悦，忙让小婶帮我提过手上的水果点心，引我到家。

四爷爷家的房子很旧，房间不大，室内光线暗淡，厅里放着一个大洗衣盆，里面泡了不少衣服，过了厅，就是正房。正房的沙发上坐着两个孩子，他们是四爷爷的孙子孙女。小婶进了正房一通报我的到来，立刻我就听到一个又熟悉又严厉的声音对我说："孩子，你终于来了，不易哪！"

那坐在简易铁床上说话的人正是四爷爷。他发了福，面色红润，除了胖以外，与祖父的面部轮廓几乎没有什么区别。四爷爷也长得浓眉大眼的，鼻子是塌的，而祖父和父亲也是塌鼻子，包括我们这些晚辈。

四爷爷穿着灰色绒衣，蓝色的土布裤子，肩搭一条白毛巾，他见了我没说几句话就开始用肩上的毛巾擦眼泪。四奶奶干干瘦瘦的，她穿着个烟色毛背心，一边用刀剜着青辣椒坏掉的地方一边陪着落泪。

"你四爷爷天天念叨你，前些年他得了脑溢血（竟是夺去父亲和祖父性命的病），上下楼不方便，还是硬撑着下楼给你打电话。"四奶奶哭着说，"你来了就好。"

小叔年轻而善解人意。他在旁边不停地说："人家来了你们还哭啥？"

于是四爷爷和四奶奶都停止了饮泣。

那一上午我都在听四爷爷讲家史。他说父亲是个倔得不能再倔的人，做事从来都是一条大路跑到黑，九头老牛也拉不回。

"孩子，咱们家过去穷哇。我原来在饭馆给人家当跑堂的，后来又学照相的手艺，生意还是不好，再早些的时候和你爷爷做过香，也没落下几个钱，你爷爷又是个不能吃苦的人。"四爷爷说到往事，显得悲悲戚戚的，而四奶奶又雪上加霜地说："你奶奶刚死的时候，你大姑才一岁，我抱着你大姑到了乡下，你爷爷把你小叔送到我怀里，你小叔和你大姑一人叼一个奶头，还是吃不饱，我的奶水不足，急得我直哭。"四奶奶边说边看四爷爷，四爷爷便又泪涟涟地取下肩上的毛巾。

我坐在凹陷下去的沙发上，像是坐在硝烟散尽的战壕里一样感到极度空虚。小叔小婶进进出出的，一会儿倒来一杯茶，一会儿又剥开一个橘子放在我掌心里，那两个孩子正在玩玻璃球。正房的窗户砌得很高，屋子没有阳台，据说四爷爷行走不便后，每天便蹒跚着上到窗台望外面的街景。他年轻时熟悉的景色肯定不复存在了。过去只给他留下了苦难和贫穷的记忆。

"你爸爸去了大兴安岭，一去就是三十多年，就没回来过。他就给我来过一封信，说是要结婚，朝我要十尺布票，我将布票寄去后，他再也没来信，看来是觉得我没油水可榨了。这个现用现交的王八犊子！"四爷爷的眼泪还没干，便又痛骂起来。

我的心底腾地升起一股怒火。我尊敬的父亲怎么会被四爷爷如此污辱呢？他难道真的对自己的做法毫无愧意吗？我望着四爷爷的手，那手也是粗壮、宽阔、红通通的，而他摊放在床上的双脚也像父亲的脚一样平板而难看。家族的血液像一条永不干涸的河流，它通过漫长世纪的腥风血雨后，仍然傲慢而固执地顶着一根敏感而脆弱的神经存于这大地上。

我悲哀极了。

我看着我的手和四爷爷的手，悲哀极了。逝去的时光就堆在我和四爷爷的手之间，一团乱絮。

四奶奶削完了辣椒，起身出去准备吃的去了。正房里这时剩下了我和四爷爷。他激动过后，显得有些疲惫，他哀哀地看了我一眼说："你穿这些不冷吗？"

他这句话使用了语气助词，因而他的声调显得柔和了许多。

见我摇头，他又说："你的裤子怎么弄上油了？"

"坐火车沾上的。"我说。

"现今的火车这么差！裤子还沾上油了！"他大叫着，"坐这样的火车是不该收钱的！"

我想我们家族的人都有一副火暴脾气，脑溢血之所以频频光顾亲人们的头颅，给他们以天堂的加冕，不能不说与他们的好激动的性格有关。

我和四爷爷之间又出现了空白。我无话可说。四爷爷见我不语，又轻声问我："你长得像你妈？"

"像我爸。"我说。

"你爸眉眼长得比你好看。"他说。

我哭笑不得，仍然坚持说："我像我爸。"

"我看眉毛和眼睛最像，脸形不像。你妈是瓜子儿脸？"

"是。"

"你爸还没有活过我。"四爷爷又悲伤起来，"我最后一次见他是在车站，我一到车站，发现你爸穿得比谁都差，我当时只有一件像样的涤卡中山装，那天就穿在身上，我脱下来给你爸穿上。"说完，他又扯起肩头的白毛巾揩泪。

我不知道那白毛巾平素是否也是预备擦泪的，而我在的那段时光里，白毛巾上沾满了泪水。我并没有听说过四爷爷给父亲脱中山装的事，但这事令我感动。

我说："四爷爷，你真不容易。"

四爷爷哭得更凶了。

一个老人如此痛哭只能说明往事让他难以弥补和忘却。

四奶奶进屋唤我去吃午饭，我起身告辞，佯称有急事与某人约好了，必须提早回去。四爷爷虽然面有愠色，可也不再争执了。四奶奶帮我戴上围巾，再三叮嘱我下礼拜天一定还来。

"四爷爷，我走了。"

"孩子，你能来，我真高兴。我就是死了也能闭眼了。"四爷爷向我摆摆手说，"家里不像过去那么穷了，我供得起你吃饭，你常回家。"

我答应着走出正房。出了正房又回头看一眼四爷爷，他背对着我，而他肩上的白毛巾又被取下来了。我的心竟一阵酸涩。

无心赏雪的日子雪却来了。我不想再到四爷爷家去，我每去一次，他就激动一回，而我对于我们家族的历史也不想过多获知了。一个悲哀的家族历史，无论在什么时候去阅读它都会让人心惊肉跳。我希望四爷爷能在余生中平静地面对日出日落，平静地对待生与死、贫穷与耻辱。

春节回家时大兴安岭已是一片苍茫。一家人给祖父和父亲上过坟后，都围在灯下听我讲拜见四爷爷的事情。

我问母亲："爸爸是不是向四爷爷要过布票？"

母亲说："我和你爸要结婚时，你爸写信朝他要，那时布很紧张，你四爷爷连信都没回，你爸就再也没给他去信。我穿的衣裳，都是娘家陪送的。"

"可四爷爷说他寄了布票，爸爸却没给他回信！"

"不会吧？"母亲大惊失色地说，"你爸从来不会撒谎。"

"怎么不会呢？"我说，"你不是说他刚和你处对象时说自己属龙，一结了婚又说是属虎，一下子长了两岁，而等到爷爷一到，一针见血指出他是属牛的，他又长了一岁。"

"那是两码事。"母亲笑了，"布票的事你爸没说谎。"

"那是四爷爷说谎了？"我说，"四爷爷也不像是说谎的人。"

母亲沉默不语了。我们都在想问题出在哪里了。后来我认定是邮路出了问题，一封夹着布票的信千里迢迢飞向大兴安岭，很可能中途遗失了。因为母亲曾说马车夫一个星期才进城一趟去取邮件。而那一段时间每到来邮件的时候父亲就去等。我这样假设：父亲是个藏不住心事的人，他肯定把等邮件的内情无意透露给别人了。而马车夫知道父亲等信的目的后，也许会私下密下那封信。布票在当时毕竟是难得的啊！当然，马车夫若这样做了也只能说是贫穷所迫，一个富人是不会去干这种事的。但也可能不是马车夫干的，而是这封信鬼使神差地遗失在某一个中转站。这样，怨恨的种子便在四爷爷和父亲之间播下了。

我这样跟母亲假设的时候她连连点头。越过这件事，我又有滋有味地讲起我与四爷爷相见的情景。

家族给予我的除了苦难的历史外，就是全身心洋溢着的桀骜不驯的家族气息。去年弟弟得了一个男孩，小家伙长得很结实，依然是胖手胖脚，依然是脾气很坏，奶稍稍供不上嘴他就哭得要把房上的瓦震碎。我知道我们这个家族不管让我喜欢也罢讨厌也罢，它是永远不会消亡的了。这也是最令我骄傲和悲哀的事情了。每当我洗手洗脚的时候，许多家族的老成员便铿锵向我走来。我痛彻心头却又幸福无比。我想，家族的兴衰与荣辱，成员之间的融洽与龃龉，都将随着富有鲜明特征的手脚的永远僵硬而成为历史。我们这个家族留给世界的，毕竟是洪亮的声音。

1993 年

在松鼠的故乡

我看见老鼠在粮仓中奔跑的时候，我怀中抱着的猫也看见了，它突然间从我怀中挣脱出来，迅速地扑向老鼠，咬住它，我看见鼠尾像微风中的柳叶那样微微晃动了几下，接着就静止了。猫得意扬扬地叼着老鼠从我脚下溜出粮仓，找僻静的地方享用去了。

这时候母亲正吆喝我吃午饭。

"我看见了——"我厌恶地对母亲说，"就在粮仓那儿，猫，它咬死了一只老鼠。"

母亲没有理会我的话，她转身又去召唤父亲和祖父来吃饭。几代人围着饭桌坐齐的时候，猫已经吃完老鼠回来了，它像以往那样乖巧地蹦到我腿上，然后轻轻地偎在我怀里，我似乎闻到了一股鼠肉的气味，我觉得恶心，站起身将猫打翻在地。猫在地上打了几个滚，然后耸着身子对我做出反目的姿态，虽然我没有看到刚才它围歼老鼠时的凶残相，但它平日那股暴露在大家面前的温柔情态却荡然无存了。

"你可要知道，一只猫是七个姑娘变成的，你打死它吧。"母亲显然对我的举动表示不满。这时候祖父、父亲和我的二哥及小弟正围着饭桌热气腾腾地吃着刚刚收获来的土豆。

"那我就打死了七个姑娘——"我知道母亲是想提醒我知道一只猫和七个姑娘之间的微妙关系，而我以为猫没有被打死，那么七个姑娘就死了，因为七个死去的姑娘才能变出一只活猫。

我说完这句话顿时觉得周身寒冷，而母亲也浑身哆嗦着，仓促中她把一个土豆放在我手里，示意我拿着它到外面去吃。

我坐在巷子口的一块青石上，把手中的土豆捏扁了，拍成饼子的形状。这时退休的语文老师张子虚背着半袋玉米面气喘吁吁地从我面前经过。我知道他这是从粮店回来。他的身上散发着一股浓浓的酸味，仿佛他在醋厂工作似的。

我被这股酸味熏得头脑发胀，我盼望着他快点从我身边走过。然而他却像狼发现了羊一样偏偏不放过我，他把半袋玉米面从肩上卸下来，声音嘶哑地同我说话："'谦虚'二字怎么写？"他说话的声音就跟一把生锈的锯拉木板时发出的声音一样难听。

我怕他磨住我不放，就赶紧用一根木棍在地上划出"谦虚"二字，幸亏由于刚落过一场雨，地很湿润，所以字的笔画非常清楚，"谦虚"二字就像稀奇古怪的植物一样生长在土地上。

"嗯，你大有长进了。"张子虚像以往一样夸奖着我，其实他该明白他是考不住我的，他知道我的学习成绩不差，他这样做无非是想提醒人们注意他曾经是一位了不起的语文老师。他一生都在教小学语文，在讲台上他总是格外注意仪表，他一贯穿着蓝涤卡布的中山装，扣子系得严严实实的。由于只有这么一件好衣裳，所以他终日穿着，最后，那衣裳犹如被使久了的肥皂，显得越来越薄，并且发出一股油渍渍的亮色来。他的头发是中分，左右均匀地倒伏着，像是两个处于相持状态时的战场。他每次上课前几分钟都要把木梳打上水，梳理他的头发，所以他的头发总是湿漉漉的，让人看起来古板而滑稽。我记得祖父的旧照片中有一幅穿着长袍、头发中分的照片，那时他在一家油条铺当掌柜，张子虚的形象就像那时的祖父。

张子虚还没有走掉的意思，他盯着我手中的土豆看，我想提醒他老婆孩子正在等他回家吃午饭，可他那股专注盯着土豆的眼神让人看了不忍心打发掉他。

"你不想吃吗？"张子虚抖着握了大半辈子粉笔的苍白的手指说，"怎么把圆的握成了扁的？"

"我拍着它玩。"我说。其实，我很想告诉他刚才看见猫围歼老鼠的情景，但我生怕说的时候又要反胃。

"锄禾日当午，汗滴禾下土。"他用手指点点我的头，示意我背下去。

"谁知盘中餐，粒粒皆辛苦。"我背完最后两句，张子虚就点头称是地把玉米袋子肩在肩上，他临离开的时候忽然问我："你看看我的脸色还是黄的吗？"

"是黄的。"我说，"跟原来一样，听说你的肝炎还没好？"

张子虚的脸立刻抽搐起来了，他的表情是痛苦的，他步履迟缓地朝前走去，仿佛走不动了似的。

正在我心事茫茫地盯着张子虚的背影看的时候，父亲打着干嗝朝我走来，他一见了我就斥责道："怎么又坐到石头上了？"

我记起来了，父亲多次跟我说过石头是不能坐的，大概是说坐过石头的人容易着魔。我在父亲面前站起来，父亲的影子折射到我脚边，我犹豫了一下，就狠狠地踩了上去，我踩住了头部。

"你怎么跟张老师说他的脸色跟过去一样呢？"父亲说这话的时候愤愤不平地吐了口唾沫。看来，刚才我与张子虚的对话他听见了，他躲在了暗处。

"你应该跟他说，他的脸色比过去好看多了！下午放学之后，别忘了给猪采食去。"父亲说"采"的时候，我觉得十分做作。而他每次发布命令的时候也就是他即将离开的时候，我想这次我不能让他如愿以偿，我得先于他离开，我放开脚，撇下父亲，大步朝家走去。我听见父亲在背后骂着："孽障小子！"

我背着麻袋朝田野走去的时候阳光还比较明亮，有些农民扛着铁齿在田里蹓土豆，其实土豆在被收获的时候几乎全被刨了出来，但人们总是怀疑地里还遗留着一些，所以就不辞辛苦满怀希望地在土里拨拉着。一驾装满干草的牛车从我身边吱扭扭地驶过，牛的头顶盘绕着一团蚊子，就一路闹哄哄地跟着。

秋霜下过了，草黄了或者红了，消去了绿色的草离枯萎的日子就不远了。田中那一带稀稀疏疏的树林比平日看上去更稀疏了，因为树上的叶子一天天地往下落，树木消瘦，树与树之间的距离就大了起来。

我肩上搭着的空麻袋提醒我不能在日落之前不赶回家中，两口百斤以上的猪正等食呢。像以往一样，我钻到了生产队的菜地里，那里的白菜、大头菜和萝卜还没有收获。我看了看菜地东南角的窝棚，形如斗笠的窝棚里住着看地的老头刘世福，他早年当过石匠，是个很有名气的石匠呢。后来岁数大了，就到生产队来看地。我真不明白为什么让一个年近七十的老人看地，因为他的听力和眼神不可能看住菜，距他五米站着的人他看了都有些恍惚，何况更远的地方呢。我想，让他看地没准是看上了他的胆量。现在，那个窝棚没有一点动静，也许刘世福正在窝棚里歇着，也许他到别处转去了，反正我是放心大胆地做起偷的勾当来了。记得以往我安分守己地在田地里采野菜的时候，每次在太阳西沉之后也采不上半麻袋，每当我背着松松垮垮的半袋猪菜回家的时候，父亲和母亲从未给过我好脸色，他们骂我是个不开窍的榆木疙瘩，好像采猪菜有什么学问似的。后来我仔细观察，发现邻居家与我年龄相仿的男孩每次都背着沉甸甸的猪食菜回来，他比我出去得晚，又回来得比我早，我跟踪几次，发现他是到生产队的菜地偷去了。我领略了其中的奥妙之后，终于在某一天的黄昏时分也钻到了生产队的菜地。当我背着满满当当的一麻袋猪菜心惊胆战地走回家门时，父亲和母亲的脸上都出现了和悦的表情，他们并没有责备我，这使我对他们非常厌恶。

同以往一样，我麻利地用镰刀把一棵棵菜砍下来，然后迅速地装进麻袋里。大头菜已经长成，白菜也卷了心，所以我想象着它们要被喂猪的时候，不免有些心疼起来。但我顾不得那么多了，我很快把麻袋填充实了，然后背着它朝田外走。等我绕过小树林的时候，突然发现刘世福正提着裤子从里面出来，我迎头撞上了他，他有些木然地望着我，然后就系好裤带朝窝棚的方向去了，我听见他呜呜噜噜地独语着："要是冬天来了……"

我吓得出了一身冷汗，但转而一想他肯定不知道我上扛着的东西是偷的，所以也就心安理得了。但是，当我还没有走出草甸子的时候，又极其不幸地碰见了生产队的女队长，她见了我之后脸上现出嫌恶的表情，她指着我肩上的麻袋说："把它放下来，打开袋口。"

我知道她要检查麻袋了，可我无论如何不能让她检查。我不能当小偷被她抓住，那样母亲拼死拼活在生产队挣的工分要被罚掉一些，而且关键的学校老师会知道此事的。我想起了母亲与父亲灌输给我的对付人的伎俩，那就是揭人的短。

我说："七月末的那个晚上你和支书在队里工具间里做的事情我都看见了，你们抱在一起没有发现我，那时我听见你家男人唤你回家吃饭的声音，他叫着'美华、美华……'"

女队长说："能守住秘密的孩子将来是不会见阎王爷的。"

我答应着说："我怕见阎王爷。"便顺顺当当地从她面前回家了。全家人当时正围着饭桌吃饭，我走上前把饭桌撞了，土豆汤烫着了祖父的手和二弟的大腿。

祖父在这个秋天比以往任何时候都显出迟钝了。母亲说他活不过冬天了，他独自住在院子中向南的一间小屋里，机械地修理火墙和火炉，做着过冬的种种打算。他的屋子非常不利索，低矮的窗台前的一张木桌上摆满了瓶瓶罐罐，里面装着许多陈年的菜籽。火炕上有三个并排的落满灰尘的纸盒箱子，一些烂棉絮就装在里面。平时，总是他一个人住在这里，但是，现在母亲突然吩咐我要和祖父住在一起，就是说，要和他睡在一个炕上。

我非常不情愿和他住在一起，他屋子里的空气坏透了。

母亲说："你想不想有一套草绿色的衣裳，崭新崭新的？"

我点点头。

父亲也说："你想不想有一支钢笔？"

我点点头，母亲又说："你想不想天天吃冰糖？"

我再三点头。母亲和父亲就仿佛手里拿着肉包子的人在逗引一条馋狗似的，不住地引诱我，但我很快发现他们并非是要给我包子吃，而是要通过我得到点什么。

"这些东西你都能得到的，"母亲毫无愧意地说，"你爷爷年轻时当过掌柜，手里肯定有不少钱，你和他住在一起留意着他点，尤其是晚上的时候，你不要睡得太死，你要听着点动静，年纪大的人喜欢在深夜时翻看过去的东西。"

父亲补充道："他起夜时你也要跟出去，没准他把东西埋在了园子里。"

我没有理会父母的话，我觉得自己做得够多的了。可是，那天晚上我回来睡觉的时候却发现我的行李不见了。二弟告诉我说母亲把它搬到祖父的屋子里了，我只好来到祖父的屋子，祖父已经睡下，我轻轻地躺在他身边，听着他的呼吸，也听着窗外呼啦啦的风声，不由得想起了"间谍"这个词，我把被头拉上来，蒙住脸，哭了。

祖父并非像母亲和父亲想象的那样已经快走到尽头了，在我看来他完全能够活过冬天。母亲逢人便招招摇摇地说我是个多么孝顺的孙子，甘愿陪着祖父一起过夜。邻居们都夸我仁义，就连张子虚也这么看待，不过他称之为"懂礼貌"。

然而我并没有发现祖父的行为有什么怪异之处，他晚上睡得安安稳稳的，清早起来就守着痰盂咳痰，然后洗脸，出去透透空气，之后回来吃早饭。他从不多话，仿佛他有着沉重的心事似的。只有当他坐在窗根前，在阳光制造而成的明亮的场景中打盹的时候，我才觉得他的确是苍老了。

父母的计划无法顺利进行，他们显得心事重重的，他们启发我说要多和祖父说话，说不定在谈话中就会露出蛛丝马迹的。听他们的口气，仿佛我胜任不了这种工作似的，我便咆哮着对父母说："那么让二弟来吧。"

父母现出非常惊骇的神色，示意我不要声张，以免被邻居们听到耻笑。原来他们也是知道"耻笑"的。

如果我知道松鼠的日子这么好过，那么我情愿不当人了。我坐在树林中的落叶上，看着一只松鼠在一棵被雷电击倒的树木上悠闲地走过。这时正午的阳光正笔直地撒向林地，松鼠的羽毛间插满了阳光，看上去金灿灿的。我本来想去提它的，但看它是那么自由，就打消了那个念头。

城里的四姨给母亲写信说，她家的小儿子彬彬非常喜欢松鼠，希望母亲能想方设法地让人捉一只送来。四姨在信的末尾这样写道："你们送来松鼠的时候，我还有十斤挂面正好让你们带回去。"就是说，如果拿不到松鼠，四姨是不肯把十斤挂面白白地送给母亲的。当母亲喜形于色地把这项任务布置给我的时候，我忽然觉得母亲和四姨都是吃狼奶长大的人。而在母亲看来，一只松鼠换来十斤挂面简直跟捡到狗头金一样幸运了。所以，午饭一过母亲就打发我到山上去，每次我提着空笼子走出家门的时候，母亲都要虚伪地笑着说："你今天肯定能捉到一只的，兴许是两只呢。"

"如果哥哥捉到两只，四姨会给我们家二十斤挂面吗？"二弟天真地问道。

我说："狗屁！"

母亲装模作样地用手捂住嘴，好像我的脏话伤害了她似的。

我真的非常羡慕松鼠所过的无忧无虑的日子，我不知道自己的处境为什么这样糟糕。每当我一无所获地提着空笼子走回家门时，母亲就连吃饭的力气都没有了。

"山上的松鼠真的那么少吗？"母亲失落地说，"早先，林子里好像到处都跑着松鼠，一弯腰就可以捉一只。"

我本想告诉她林子里现在仍然有松鼠，只是我不肯捉罢了，但我却违心地说："现在林子里根本没有松鼠。"

母亲对我表现出极大的失望。

秋天就要过去。生产队正在加紧抢收白菜，我无法再到地里偷菜去了。等到冬天来了的时候，大地上一片白雪，我也就没什么可偷的了，这时我才想起看地人刘世福的那句话："要是冬天来了……"

猫已经不再到我腿上来坐坐了。每到深夜，我似乎都能听见它咀嚼老鼠的声音。它现在和二弟比较友好，二弟一唤它，它就麻利地朝他而去，这使我觉得它没什么值得我留恋的了。当初，它和我要好的时候，是那么坚定不移，任何人也不能把它从我身边拉开。现在它的状态只能使我相信猫是可以有许多主人的。

第一场雪来临的时候张子虚忽然一病不起了。母亲说木匠在给他打棺材，而张子虚的老婆在一个夜晚时溜到山上，已经为他选好了墓地。母亲讲张子虚的时候是带着同情的口吻的："唉，吃了一辈子粉笔灰，最后工资工资的没涨上，住房住房的也是里倒歪斜，孩子们没一个参加工作的，这就是他清高抗上的好处。"

张子虚有好几次在教师大会上公开纠正校长不准确的发音和公

文中的错别字以及病句，把校长给惹火了，让他一人承担每周十八节课的工作量。张子虚的老婆气不过，便到学校去找校长，希望他给张子虚减些课时，不然，她就到城里的教育局告校长是打击报复，校长无可奈何地答应了这项要求，然而张子虚听说这个情况后却回家把老婆狠狠地打了一顿，在此之前他从未打过老婆，他说："领导是信任我，才让我担的课多，我胜任得了！"

人们为张子虚的愚笨感到可笑，有一次他在讲台上晕了过去，校长大受感动，说每周给他减掉八课时，他却坚决不答应，直到他患了肝炎，无法到学校上课为止。

张子虚病休了半年之后，身体并未完全康复，就虚弱地支撑着身子来到学校，找校长要求工作。

"你若是得的别的病，我就成全你了。"校长以施舍者的口气说，"教师得肝炎是不能给学生上课的。"

张子虚的脸腾地红了，之后又是蜡黄的，他十分吃力地说："为人师表的，当然，不能，传染给学生。"

他回到家之后，病情似乎更重了。但是，隔年六月一日学校因为人手不够用，把许多小学生征文稿件送给他处理时，他又奇迹般地好了。这样，他又可以穿着蓝涤卡布的中山装，把中分式的头发梳得油光可鉴地到教室给学生上课了，不过没有多久他又病倒了，他在讲台上不止一次发现坐在前几排的女生在听课时总是悄悄地用手捂住鼻子，尤其是他经过她们身边的时候，她们几乎全都青着脸屏住呼吸，从她们的反应中他意识到自己永远是个病人了。就这样，他决计不去学校了。

我被母亲拉到张子虚家的时候，学校里的小学生正在为他扎花圈，听说教导主任已经把悼词拟好了，我想，悼词里肯定有"一生献身于党的教育事业……勤勤恳恳……我们永远怀念他……永垂不朽"等字句。张子虚还没有咽气，一切葬礼的准备工作却已经就绪了。校长站在张子虚家的障子前，他似乎有些感冒，跟别人说话的时候鼻音很重，他对老石匠刘世福说："墓碑要刻上'人民的好教师，祖国的好儿子'这十二个字。"

刘世福问："用繁体字还是简体字？"

校长哈哈一笑说："字哪有繁简的说法？该多的不能少一笔，该少的不能多，字自古以来就一种写法。"

刘世福惊愕地看着校长，然后一言不发地用锤子敲打着錾子在石碑上刻字。刘世福全然消去了他看地时的老迈相了，这使我觉得他一生都应该是个石匠。女队长也来了，她正组织人给新打好的棺材刷红漆，她见了我之后现出十分讨好的样子。女队长对母亲说："你养了个多么好的儿子，学习好，又仁义，听说是他和他爷爷在一起住的？"

"是啊，他说他爷爷年纪大了，腿脚不便，夜里没个照应，就自己搬着行李陪他爷爷去了。"母亲说这话的时候微笑着，根本看不出任何破绽。

"年终分红的时候，你可要奖励奖励你这好儿子！"女队长说完，就推托说还要去办什么事，从我面前像火鸡一样溜掉了。

我在校长的注视下走进张子虚家的屋门。张子虚临终前唯一想见的学生就是我，母亲大概为此感到骄傲了，她的腰板挺得很直。一路上她教给我不少说给张子虚的感谢话，可我一见到张子虚的时候却什么也想不起来了。

我不知道人要死的时候会是这副样子。他的脸色苍灰苍灰的，眼睑低垂着，几乎听不到他的喘气声。他的老婆见我进来以后就凑在她丈夫耳边轻轻地说着什么，我想大概是通告我来了。

张子虚艰难地睁开眼睛的时候母亲用手捅了捅我，示意我走上前去，可我实在觉得有些害怕。他躺在土炕上，盖着一床露出了棉絮的蓝布被子，炕头上堆满了他用过的语文教科书。我不知道自己走上前去能说些什么、做些什么，可我还是自觉地走了过去，就像他在课堂中提问我，我立刻就站起来一样。

他挣扎着坐了起来。这时他老婆连忙用胳膊环抱住他，就像对待婴儿一样，张子虚嫌恶地把老婆推开了。他这一推的动作非常有力、干净。我想，他没准还可以活下来，就像在冰上玩陀螺一样，用力一鞭子抽过之后，陀螺拼命地转，而等到它放慢速度，就要停下来的时候，也许是一股奇异的旋风又会使它重新旋转起来，事情有的时候就会这样。张子虚的脸色顷刻间变得红润起来，我从未见过他有这么好看的脸色，我真的以为他又可以活下来了，因为他吐字的声音也是清晰的。

他问我："'天堂'二字怎么写？"

我把右手指点在左掌心上，然后写出"天堂"二字，张子虚微笑着点点头。

之后他又问："'地狱'怎么写？"

我觉得心里格外难受。我惆怅地写出"地"字，然后轻轻告诉他："我不会写'狱'字，只会写'地'……"

他微笑着点点头，合上眼睑，像一座断了弦的老式挂钟一样古板地贴在弥漫着臭虫污血的墙壁上。他死了。我垂头走出屋子。我哭了，母亲哭了，张子虚的家人也哭了，大家的脸上都现出伤心的表情。

老石匠刘世福仍然匍匐在墓碑前刻字，我突然发现碑中只有一个大大的"奠"字。我正对着这个字发愣的时候，母亲突然从背后撵上来埋怨我说："你不会写'狱'字，也要告诉他会写的，你真是个……"母亲没有说下去。

那一夜我失眠了，我非常想推醒祖父，告诉他努力活下去，活过冬天，接连的几个冬天。接着，我又想起了皮毛间插满阳光的小松鼠在倒木上金灿灿奔走的情形，我发誓我永远不捉它们了。

我再一次听见了猫吃老鼠的声音，我摸黑下了地，把猫唤过来，然后紧紧地掐住它的喉咙，直到扭断为止。这时候虽然没有天明，可我却分明看见了七个复活了的衣着艳丽的女孩子微笑着朝我走来。

1991 年

小　狗

暴假刚一回家，母亲就告诉我说姐姐家新养了一条狗。

"狼狗还是笨狗？"我问。

"它妈妈是笨狗，而它爸爸是狼狗。"母亲慢条斯理地告诉我。

我笑了，"那它是个小杂种。"

饭后正是中午最热的一段时间，但我仍然兴奋地把给姐姐买的一些礼物放在网袋里，吊到楼下自行车的把手上，准备着去姐姐家。

母亲和弟弟跟到楼下，弟弟正在谈恋爱，又黑又瘦，但终日显得很和气。他和他的女友到车站接我时，两个人见到我只是笑，并没有多余的客套的问候话，这足以使我几天几夜奔波的疲劳感烟消云散了。

弟弟也推出他的自行车，看来他是准备和我同去了。

母亲像以往一样嘱咐着："溜边儿，慢点骑。"

我们谁也不去回答她，但她已经习以为常了。

我和弟弟并排行进在县城的水泥马路上。路两侧是房屋，此外还有水果摊和修鞋铺。因为是中午，所以行人并不太多，但灰尘仍然很大，我猜测至少有十天没下雨了，一问弟弟，正是。

"它肯定会咬你的。"弟弟又谈起那条狗，"它可厉害呢。"

我小时候被狗咬过一次，至今记忆犹新。那是十岁的时候，下午放学后我和一位同学去她家玩，她家狗的威力已经声震四邻，所以我走到门口时就犹豫不前了。

同学说："别怕，跟着我，它不会咬你的。"

我胆胆怯怯地跟在同学身后进了她家的大院。我望见了站在屋门前的那条黄狗，个头很大，但异常的瘦，实话说，我觉得它不过是个草包而已，所以就放松了警惕。我们向前行进的时候这条狗耷拉着脑袋迎面而来，几乎是与我们擦身而过，它大概是出去闲逛去了，我不免有些嘲笑它了。然而再走两步，我忽然觉得右腿被什么东西绊住了，同时感受到了一种从未体验过的剧痛，回头一看，天哪，那条狗正不动声色地咬着我右腿的小腿肚，我大叫起来，同学也惊慌失色，她打跑了那条狗。我坐在地上，撩开裤子，看见了一块流着血的伤口，真是沮丧透顶。从那以后我就特别恐惧那些貌不惊人、性情内向的狗，因为它们咬起人来又狠又毒，却事先让人无法察觉。

被咬的滋味可是不那么好受，所以我便问弟弟："它拴着吗？"

"拴着。"弟弟笑着说。

"紧不紧？"又问。

"紧。"

我放下心来。

姐姐家住在城边，那一带没有楼房，一色的红砖房，房子与房子之间有菜地，不远处还有河堤、草滩，风景别致，有一股乡村的田园风味。寒暑假我大都在姐姐家度过。只要我一来姐姐家住，妈妈和弟弟也跟着过来住，姐姐家住房宽敞，一家人团聚在一起，直至我假期结束。

刚一推开姐姐家的大门，果然先听到的就是一阵狗叫声。声音很响，它的嗓音不错。我向前一看，见它正把两只前爪搭在木栅栏上，身子一耸一耸的，似乎随时准备出击。

"别咬了。"姐姐和姐夫呵斥着狗从屋子里迎了出来，他们的手里还拿着筷子，看来正在吃午饭。

狗把两只前爪放到地上，"呜呜"地低头叫了几声，似乎不明白它犯了什么过错。

与姐姐说了一会儿话后，我又来到院子看这条狗。它又冲着我叫起来。一旦叫起来就没完没了，似乎是不把我驱赶出去就绝不罢休。

"嗨！"我冲它叫道，"别咬了！"

它的声音停顿了下来，兴许是累了，它不再叫了。我仔细打量它，它还不到一岁，但个头却不矮，耳朵的形状像狼狗的，但又微微下垂，呈现出明显的混血特征。它的眼睛十分温柔，鼻子稍稍大了些，但整个面部组合却极为协调。

看得出，它是一条非常漂亮的狗。

当夜，我就在姐姐家住了下来，母亲和弟弟也随之而来。第二天早晨起来，我和它再次相见时它已经不咬我了，也许是一夜之间它明白了主人留下来的人恐怕是不容易惹的。它很聪明，既没有对我卑躬屈膝，也不对我傲然视之，只是平淡地看着我，稍稍带着一点审视。我喜欢它这种不卑不亢的气质。

母亲早已给它喂过食了。母亲抱怨说这是一条极其挑食的狗，它不吃米饭，不吃剩菜，只喜欢吃馒头和肉食。看起来，它的个性很强呢。

一家人都上班之后，家里只剩下我和它。我拿着一个苹果在它面前吃，吃得有声有色的。它很羡慕地看着我，我发现它在羡慕什么的时候姿态格外优雅，惹人怜爱。我把苹果皮抛给它，它嗅了一下，然后看了看我手中拿着的苹果，显然是观察出了不同，所以它根本就不吃，并且有些哀怨地看着我，仿佛我在虐待它一样。

"嗨，你别那么死要面子，苹果皮很好吃。"我说。

它却仍然睬都不睬，后来它居然傲慢地回窝了。

但它的弱点也暴露给了我，它是一条贪嘴的狗，馋狗。一旦它对什么食物感起兴趣，肯定无法容忍得不到它。所以，我故意又从屋子里拿出一个苹果，想引它出来，它果然出来了。我慢悠悠地将果皮削下，做出欲扔给它的姿势，它便眼睁睁地盯着那串果皮看，当它的涎水将要流出的时候，我突然将果皮扔进脏水桶中。它果然被激怒了，开始冲我大叫起来，我便在它的叫声中享用那个苹果。它很清楚，进了脏水桶的东西都是要被倒在垃圾堆的，所以它连吃果皮的权利都没有。这时，它忽然明白了什么似的，一口叼起地上的果皮，在我面前左摇右摆地吃着，我从来没见过哪一条狗会像它一样在吃东西时这样高昂着头，它是在气我哩。但我却因此深深喜欢上了它，为了奖赏它，我给了它一个完整的苹果，它得意扬扬地吃完了。

几天过去后，我和它成了好朋友。我会趁家人都不在的时候偷偷给它喂苹果吃，并且从凉似冰箱的菜窖中将猪肉提上来，切几片给它吃。它得到了这种额外的款待后显得更加神气十足了。它褐黄的毛发更加柔顺，富有光泽。

它没有名字，我们就叫它"小狗"。因为它还没完全长大。

小狗很机灵，每当大门外的巷子里有生人路过，它都敏锐地竖起耳朵，一旦脚步声停在自家的门口，它便放声大叫。我听见它的叫声迎出来，总能见到外面的确有陌生人，有时是做生意的小贩兜售自己的商品，有时是居委会的人来登记财产收入，有时又是收电费的，小狗从不枉咬。有一天姐姐和她们单位的一名同事在屋子里聊天，两个人都是大嗓门，声音很响，像吵架一样，小狗就面朝屋子"汪汪"地叫起来，大概它以为自己的主人受到陌生人的威胁了呢。

晚饭之后，我喜欢在院子里锻炼身体。有一次做完体操之后我独自哼着迪斯科舞曲在院子中扭扭摆摆地跳了起来，我的动作使它吃惊不已。它兴奋地望着我，大概不明白我为什么要张牙舞爪的。但跳到后来，它似乎明白这只是一种玩法，所以就模仿起来，它左摆一下，右晃一下，就像喝醉了酒似的，可爱极了。当夜，它就在院子中拖着锁链子走来走去地练习，那种"哗啦啦"铁链拖地的声音搅得人睡不好觉，真是吃尽了苦头。

它没能学会迪斯科，但我却发现它生性爱动，我想那条铁链对它的束缚它何以忍受呢。我把这种想法告诉母亲，母亲说绝对不能把它撒出来，一则怕生人来访时咬了人家，二则它一旦自由了，就会跑到门外去，有一些不三不四的人专门偷狗，然后将它们卖给狗肉店。再说，现在正有狗瘟，它跑出去后，传染的机会就多了。

我觉得母亲说得很有道理，但对它被拴住还是充满同情。

左邻右舍的狗都染上了瘟疫，我开始为小狗的命运担心。但它看起来一切正常，活泼，爱动，傍晚时常常用嘴巴去捉蚊子吃。它吃蚊子，蚊子也狠狠地报复了它。有一天早晨我起来后出来唤它，可它却不肯出窝，我以为它生病了，就又接连唤了几声。千呼万唤之后，它不得已地出来了。我一见它那副样子，真是又心疼又好笑！它的右眼被蚊子叮了，一个很大的包鼓在眼睑处，它的右眼就像瞎了似的，昔日的优雅风度荡然无存了。它可怜兮兮地望着我，一副要哭的样子，它一定知道自己变得丑陋不堪了，这条爱美的小狗所呈现的忧伤深深打动了我。那一天，我对它格外友好，不但给它苹果吃，而且还用木梳给它理顺毛发。它正在脱毛。它显然是记住了我的恩情，它右眼的肿块消尽之后，每逢我出来的时候，它都定定地看着我，把尾巴摇得高高的。

母亲发现我回来之后小狗越来越嘴馋了，便怀疑我私下里给它吃了什么好东西。我矢口否认。母亲向来不主张给狗喂得太好，认为这样伤天害理。可我却不以为然，只是母亲讲起挨饿的年月她和已故的父亲捡烂菜叶吃的故事时，我也觉得给它吃的东西未免奢侈了些。

有一天邻居送来一碗变了味的鱼给它吃。小狗吃过之后不久就开始泻肚。它肯定感染了细菌，而它体质一旦虚弱下来，很难担保它不染上瘟疫，所以一家人都很急。给它吃消炎药，果真止了泻，然而它却食欲不振，连鲜肉都不闻。我突然想到，或许给它吃一个苹果它会好一些。于是，就在众目睽睽之下把一个苹果丢进它嘴里。它马上兴奋起来，几口把它吃光，最后很潇洒地将果核吐出来。

"天，它可真会吃苹果！"姐姐惊叹道。

"它吃得这么熟练，肯定不是第一次了。"母亲看看我，有些责备，但我想只要小狗能吃东西了，她一样跟着舒心。事实也是如此，母亲没有再说我什么。

但从此以后小狗对鱼永远丧失了兴趣，即使把新鲜鱼放在它面前，它也无动于衷。

七月末的一个星期天，我和姐姐正在睡懒觉，突然被母亲的惊叫声给扰醒了。我们不知发生了什么事，慌忙跑到院子里。只见母亲正在一边骂着狗一边打着它，"我让你再糟蹋人，打死你，打死你！"母亲的声音变了调。

"打它干啥？"姐姐问。

"它半夜里把我的园子全糟蹋了。"母亲说。

我和姐姐向左走了几步，果然，前菜园的蒜苗全被它连根刨了出来，乳白的嫩蒜头裸露着，芹菜和韭菜也全都倒伏了。它不知道在菜园中怎么撒欢了呢。

小狗在半夜时将脖子上的橡皮圈挣断了，它把母亲种了一个春天的菜地给毁了。原先的菜园青枝绿叶，十分整齐、干净，可现在那里却乱糟糟的一片，就像放牧过羊群似的。我和姐姐心里也很气愤。

母亲打够了它，也骂够了，就去菜园里收拾残局。姐姐跟着打起它来，姐姐用的是煤铲子，而妈妈用的却是软绵绵的笤帚。姐姐打它的时候我便在旁边助威，"打死它！"

姐姐打累了，她说手疼了，由我接着来。我走上前，它瘫在窝里，我只看见它的身下一片暗湿。我捅了它一下，它毫无反应，我才恍然忆起刚才母亲和姐姐打它时它一声不吭。它一定知道自己做错了。

"它被打出尿来了，别打了。"我说。

"不行，不打它记不住。"姐姐说，"要么我来打。"

"我来吧。"我无可奈何地用煤铲子捶它的腰，它仍然毫无反应，我怀疑它可能被打死了。我蹲下身，朝里一望，发现它正满怀哀怨地望着我，眼睛里似乎蒙上了泪水，我心一软，丢下了煤铲子。

小狗挨打之后一直没有出窝。下午，天阴了，不久下起暴雨来。我们一家人站在窗前看雨的时候突然发现小狗从窝里走出来了，它站在雨水中，垂着头，一副伤心的样子。

"它怎么不知道回窝去避雨，看来是被打傻了。"姐姐说。

"谁出去把它推回窝里去。"母亲说。

姐姐披上雨衣，她拉开门出去了。我们见她用手揪着小狗的耳朵引它回窝，可它一动不动，它的四只爪子牢牢地抠着地，执拗极了。姐姐无奈跑了回来，"我不行，谁再去吧。"

母亲便打着伞出去了，然而她也没能把它弄回去。我自觉自己和小狗交情很深，所以就信心十足地穿上雨衣出去了。我推它一下，它就顿一下头，根本不想给我面子。我使尽浑身解数，但最终还是无功而回。雨下得越来越大，我们求助地望着弟弟，因为只有他没有打它，或许他能劝它回去。弟弟出去了，但他跟我们遭遇相同，我们只能眼睁睁地看着它遭雨水的袭击。说真的，我们都后悔打了它。

"它太记仇了。"姐姐说。

"它这是在惩罚自己。"我说,"也惩罚我们。"

小狗在雨停之后自动回窝了。但从此以后它就病着,咳嗽,食欲寡淡,眼角处淤着眵目糊。生人来访时它有气无力地哼哼几声,消瘦不堪,毛发脏乱,一副自暴自弃的模样。而且只要是雨来了,它就走出窝,垂着头站在雨里。

小狗似乎尤其恨我,有几次我出门归来,它故意装作不知道是谁回来了,背对着我"汪汪"地叫着。我想方设法接近它,而它却不予理睬。我们都以为它这样下去活不久了。

那些天我经常骑着自行车上街给它买青苹果吃,然而它对苹果也不感兴趣了。给它肉,它同样不予理睬,只是偶尔喝些水。后来我就喂它饼干吃,饼干是新鲜食物,它终于控制不住自己的兴趣,一块两块地吃过之后,开始对饼干喜欢起来,有一次竟吃掉了半斤。这样,它的体力又慢慢恢复过来,只是它永远背对着菜园站着,似乎是不愿意再看见它。

暑假将要结束的时候,我的肠胃病犯了。整天上吐下泻,吃不进东西,走路时天旋地转的,吃了许多药也毫无起色。每当我从厕所出来的时候,都会发现小狗趴在地上歪着头很心疼地看着我,它似乎知道我正病着,这令我十分感动。我抱着暖水袋和它一起坐在院子里晒太阳,它用舌头舔我的手和腿,每当它舔我的时候,我都快活地叫起来,情绪一好,病也很快好了。

我出发的那天,小狗因为啃骨头断了一颗牙齿,但它还是意识到我要走了。我离开姐姐家的时候它一直跟着我向前走,直到它的锁链绷直，无法再跟下去为止。我回头看了它一眼，发现它和我初见它时一样美丽。

我对它说："嗨，寒假回来时可别咬我！"

附记：今天圣诞节，我十分想念故乡的亲人。同时，我也想念姐姐家的那条小狗。听说它现在越出落越漂亮了。我想圣诞节之夜家人在大雪中狂欢的时候，它一定会安静地站在户外守夜。我忆起了它的一些故事，便录在上面了。

1991 年

稻草人

鸟群归来的时候稻草人就出现在麦田了，这时麦子还未黄熟，七个稻草人金光灿灿地分布在麦田里，虎视眈眈地怒视着鸟群。从远方的古塔朝麦田望去，可以看见鸟群在麦地上空不休地盘桓，似乎是一伙无家可归的流浪人。

天气真的是有些热了，站在塔上不久就有一种被晒得眩晕的感觉，就连手中握着的望远镜也有些发烫。塔中的阴冷稍稍缓解，古旧的砖墙被阳光照得泛出一股格外的幽光，似乎潮气正在无知无觉地蒸发着。登塔的人并不太多，在我背后的僻静处站着一对男女，他们倚着砖墙，从我一上来的时候就紧紧地搂在一起，所以我一直没能看见他们的脸，他们登到高处似乎只是为了能单独享受一下恋情。

我非常想攀到塔顶上去。再向上四米，就可以一人独处了。从塔下朝塔顶望去，可以看见那上面乱飞的一片荒草。如真的涉足那里，还不知有怎样的境界呢？我绕过塔中央的圆柱形的砖垛走到通道处。向上的木梯已经朽了，它歪歪斜斜的像个烂水槽似的暴露在我面前，许多虫蛀的小孔密布着，似乎轻轻一踩就会使木梯酥裂，使我非常犹疑。正前方的砖墙上挂着一个红字的木牌"游人止步"，看来塔顶是一块危险而荒凉的地方了。木梯上灰尘遍布，从塔顶泻下来的阳光顺着木梯滑落下来，像一条青白的宽宽的布带。四周非常安静，塔顶的神秘感促使我在这不堪一击的木梯上怯怯起步，刚刚走了几步，就听见木梯像个病入膏肓的老妪似的古怪地尖叫。我被吓得心惊肉跳，眼前一片恍惚，好像木梯正像赌博用的轮盘一样不休地旋转，机遇危在旦夕，我几乎是从木梯上倒栽下来俯在平安之地的，我心跳异常，迷茫地望着那条木梯，木梯左右的扶手像船桨一样地失落了，所以木梯就像在大海上漂泊的孤船一样危机四伏。向上的砖墙十分古老，我仿佛看见一个和尚披着猩红的袈裟秉烛夜行的身影，他走到塔顶了，那里夜风清凉，月光圣洁，那里有一间凌于尘世之上的房间供他诵经。这是一条一个和尚用他的一生走出来的道路，他消失之后，道路也就名存实亡，从此再也没有人能够攀登上去。

我失落地站在木梯下面，像个遭到贬斥的人，有些丧魂落魄，关于塔的传说又在我脑海中重现。这个忧伤的故事在这一带妇孺皆知，塔身明显地向落日的方向倾斜，好像仍在痛心疾首地悼念那个坠在塔底的和尚，如今那下面已经是一片茵茵绿草，人们只有站在塔上，面对那像红色袈裟似的晚霞时，才会依稀地忆起那个和尚，想起那些残碑断垣似的往事。

我举起望远镜朝麦田望去，七个稻草人真切得好像正站在我脚下，而那一群飞鸟正飘飘摇摇地朝塔的方向飞来。这些鸟并不歌唱，它们将飞到塔身时我放下了望远镜，它们耸着身子朝塔尖飞去，身子全是蒿草的颜色，嘴巴是黑色的，并不是十分美丽的鸟。它们大概是落到了塔尖上，我再仰望它们时已经不见其影了。这真是一群自由的家伙，它们用不着借助烂朽的木梯就可以到达极端，想想我自己的双足是多么无能为力。稻草人成功地把鸟群驱赶到麦田之外，但鸟儿很快又在塔尖找到了地方。我得承认，扎稻草人的人手艺实在太娴熟了，它们栩栩如生地做着威吓和驱逐的姿态，惟妙惟肖。稻草人的身体材料是陈年的麦秸，你无法想象这种干枯的植物一经修饰就会使鸟儿望而生畏。我心里惆怅地沿着螺旋形的通道朝塔下走去，走时我瞥见那一对男女仍然如痴如醉地搂在一起，我还是无法望见他们的脸，只看见他们的头发漆黑地闪着光泽，女的头发比较茂盛。我的心中不免觉得好笑，天气这般热，他们如此长久地亲热不会烦闷吗？

步下十几层的塔时阳光像一盆热水似的迎面泼来，我的身体马上就有一种受煎熬的感觉。我脱了外衣，将它搭在肩头，回舅舅家去吃午饭。那个高倍望远镜像块生铁似的挂在我的脖子上，沉甸甸的，似乎任何一点负担都给我增添了一分热量似的，我很快觉得脖颈处汗津津的，我不得不把望远镜取下来塞进书包里，并且把衣服置在头顶遮遮阳光，不然皮肤被晒得有些疼痛了。

舅舅家的房子比较古旧，房子共有四间，宽绰，但屋脊很矮，房屋四周是半人多高的土墙，现在墙上蔓延着一大片绿色的藤蔓，叶片十分兴旺。院子不大，但比较整洁，墙根的拐角处还种着几行花。我住在西屋最小的房间中，从那里可以望见远方的古塔。如今在青白的日光下，古塔就像一根男人手中的雪茄一样斜斜地燃着，似乎随时都有垂落的可能。

舅舅戴着老花镜坐在院子树下的阴凉处编织着草席，他的周围是一大片被晒好滤干的麦秸和苞米秸。他光着上身，皮肤是红铜色的，犹如一根刚从土里拔出来的红萝卜，健壮而土气十足。他见我回来就停下活儿站起来拍拍手，顾自先朝屋里走去。舅舅的儿媳彩珠已经把午饭弄好了。彩珠和丈夫石板都是农民，一样的寡言，而他们的儿子生荒却是个爱说爱动的调皮鬼，舅舅对他孙子的这种脾性是半喜半恼，他总觉得生荒成不了个本分的农民，说不定将来的粮食就断在他手里。现在生荒已经放学回家了，他好像正在跟石板顶嘴。石板虽是做父亲的，与生荒闹起掰来也是面红耳赤，言语跟不上生荒，活活的一副窝囊相。石板见我发现他的窘态后脸就更红了，他只有大口出气的份儿了，我便吆喝生荒："你去我房间将柜上的花露水瓶子取来。"生荒像刚从圈中放出来的小毛驴一样倔倔地看了看我，然后嘟哝着说："稻草人没什么了不起的。"就一瘸一拐地去我房间了。我望着他的背影问石板："生荒今天伤了腿？"

"没，他一和我使气就这样拐路，他不平我哩。"

"他适才像是不满意稻草人，这是为什么？"

"他嫌稻草人赶走了鸟，生荒自小喜鸟。"

石板稍稍顺了顺气，就去院子里给鸡撒午食，回来后彩珠已将饭桌着好，舅舅坐在正位，大家低着头一五一十地吃。农人家向来有吃饭不言语的习惯，人们认为那样会害脾胃，我乖乖地守着这规矩，竟觉得吃饭的时间如此漫长。好不容易挨饱了肚子，身上已经全是热汗了，我便到院子里去冲凉。

下午的时候我根本就不想出去了，我待在屋子里看书。那是一本描写现代都市生活的小说，充满了一种虚荣之气，读起来十分令人乏味，不久眼睛就涩了。石板和彩珠都下田干活去了，生荒也已上学，家里只有我和舅舅，我便到院子中和他拉话。

"舅舅也不歇歇午？"我问他。

"年轻时歇还行，上了岁数了，没那个瘾了，中午若歇了，晚上就没觉了。"舅舅说。

"天热起来了。"我实在找不出更好的话了。

"嗯，这才是开始呢，再过半月，才真叫热哩。"舅舅问我，"你也没倒会儿觉？"

"我不困，适才看书呢。"

"这种天气里看书费眼睛，你天天写字不清苦吗？"

"清苦。"我说。

"如今写字也能换钱，古时的秀才可没这福哩。"舅舅笑着说。

"古时的秀才都入朝领银饷去了，一样的用笔换钱。"我说。

"你若逢在那时，就是个女驸马了！"舅舅边说边打趣我，"你小时是个天生演戏的料哩，学谁像谁，就是模样欠了点，要不的话你去演戏就不像写字这般清苦。"

我便接着道："其实干哪一行都不易。"

"这倒是。"舅舅摆弄着那些麦秸说，"比方说编个草席，看着顺手，但有时也有因走神而编坏了的。"

"舅舅现在爱走神？"

"是哩，许是岁数到了，神也散了。"

"我们管走神叫'回忆'，舅舅也想过去的事吗？"

"时想时不想的。"舅舅岔开话题问，"咱家的麦子今年长得不错，你还没见吧？"

"我在塔上用望远镜见着了。"我说。

"就怕鸟来糟害。"舅舅担忧地说。

"不是站了七个稻草人吗？"我说，"那七个稻草人很好看。"

"我扎的。"舅舅絮絮地道，"一上春我就扎好了稻草人。"

"可生荒好像不喜欢稻草人。"

"不爱五谷的人才不爱稻草人，生荒才上五年级，斗大的字不过识了几篮子，就无心务农了。"舅舅的面上罩了一层忧戚，他手下的活儿就滞了起来，手指不那么灵便了。我不好再惹他难过，就径自回屋了。

日光还是那么充足，它们的触角像蚊子的细腿一样叮得人直痒。我把窗帘拉上，让屋子黯淡一些，不然整个思维在青白的光线下似乎枯竭了。屋子暗下来了，但空气却仍是闷，我打开笔记本描述塔的传说——这是一座有三百年历史的古塔，它坐落在郊外的一大片空地上，颜色陈旧，若黄沙起时它就无形，而空气清澄时它就分明得能看清每层塔中间的方孔。据说很久以前这里住着一个老和尚，他居于塔的最高层，身怀治病绝技，一些生命垂危的人往往远道而来，怀抱一线希望朝塔顶攀缘，以求生遁死，老和尚救活了无数人。然而，他非垂危者不怜，所以那些贪生怕死患了小病来就医的人，他从来都不予以关照，这些人只能沿着来路回去。老和尚为此功德明昭四方，每年秋末都有被医好病的人来塔下焚香谢恩，一时间方圆数里，无人不爱戴。然而有一年秋夜，几个盗贼却扮作垂危者蹿上塔顶，他们认为老和尚一定有着不少金银财宝，他们想大发横财。那夜无风，也无雨；有月，微残着，老和尚正在诵经，空灵中猛地被人扯了袈裟，不用睁眼，老和尚便知已落兽群。三个盗贼为了掩人耳目杀人灭口，先将老和尚从塔顶西侧抛下去，然而就在此时塔身却剧烈地摇晃起来，风雨蓦然大作，似乎塔在瞬间就要坍为一片废墟。三个盗贼顾不上财宝，蛇行而下，一人在塔底遭雷电而死，一个在塔的东侧失坠在枯井中摔死，另外一人逃出去了，但从此成了疯子。第二天，人们惊异地发现，塔已经斜了，它向西倾着，微微颔首，似乎想伸出手来搭救那个不幸罹难的老和尚。从此以后，每年秋末，许多求医的人就来塔前焚香祭奠老和尚，塔顶也就再也无人攀登，而盗贼所求的金银财宝也化作了天上的星辰，高高在上，以清凛的光辉照耀尘世，让人可望而不可即……

我的笔还没有停住，忽然间屋门一响，我听见生荒在问我："借给我望远镜用用，行吗？"

我匆匆收拢了一下关于塔的思绪，对他说："行啊，你拿去吧。"

"你在写什么？"

"写《塔》。"

"你没忘了说它是斜塔吧？"

"没忘。"我淡淡地回答。

生荒走向柜子把望远镜拿下来，然后将它挂在脖子上，站在窗前朝外望着。我问他在望什么，他说在望塔。我又问他为什么这么早就下学，他说他根本就没去学校。"那你是逃学了？"我吃惊地问。

"我逃了好几天了。"生荒毫不隐瞒地告诉我。

"为什么要逃学？"

"我得找到鸟群。"他说。

"你知道鸟群去哪里了？"我问。

"我发现它们在塔顶。"生荒说，"我已经跟踪它们几天了。"

"你真的这么爱鸟？"

"嗯，我爱鸟，我恨死了稻草人。"生荒笑了笑，悄声地告诉我，"再过几天我就上学去，我还爱识字哩，逃学的事你可别告诉我爷，更不要告诉石板。"

"你怎么能唤你爸的小名？"

"顺嘴说的。"生荒吐了一下舌头，老鼠似的溜了。

我在舅舅家已经度过了几天炎热而闲适的日子，郊外的空气在清晨和傍晚非常新鲜，尤其是麦田的空气更是自然清爽。生荒日日逃学，石板和彩珠每天按时下田，只有舅舅死守在家里编着那些似乎永远也编不完的草席。每到黄昏时分我都独自一人登塔，站在塔上望着麦田和那七个我越来越熟悉的稻草人，稻草人在夕阳的余晖中就像是金铸的一样熠熠闪光。站在塔上，我仍时时遇见那一对如胶似漆的男女。我总是无法看清他们的脸，他们总是那么固执地搂在一起，似乎都不肯换一种姿势，真仿佛是要地久天长地爱下去似的。再过一周，我的会期也就临近了，所以我抓紧时间在赶稿子，却总是觉得笔不顺畅，常常是写了几个字就觉茫然，心境淡泊极了，我想我是被这里的生活给迷住了。

有一日傍晚生荒陪着我去散步，我们沿着房屋前土黄色的道路朝麦田走去，天空因黯淡而显得宁静，路上行人稀少。我们到达麦田时觉得那里静得跟睡着了似的。"你看，这七个稻草人多么令人讨厌！"生荒一一点着这七个稻草人所处的位置，十分恼怒地说。

"可我觉得它们很美丽。"我心平气和地说，"你现在不去想鸟群，你想想这些稻草人保卫下了多大一片粮食，你就会喜欢它们了。"

"我永不喜欢它们。"生荒反感地瞪了我一眼。

"那你热爱粮食吗？"

"我热爱，但我也热爱鸟群，鸟群是吃不了多少麦子的，它们每年才来一次。"生荒可怜兮兮地说着，然后转过身。将后背对着麦田，朝古塔望着。晚风微微拂过，麦田的绿有层次地跳跃着。没有飞鸟的行踪，古塔在暮色中显出渺茫的灰色，不久它将被夜色吞没。我拍拍生荒的肩膀说："别难过，鸟群还会来的。"

生荒摇摇头，踢了踢路边的石子，低低地说了句："我不能老让鸟落在塔上。"

当天晚上，我睡得很迟，我开着窗户，坐在桌前朝外面望着。空气消去燥热后就可人得像泉水，我看见古塔因为月亮下去时被云彩遮住而半明半暗地闪着。石板和彩珠早已熟睡，舅舅在院子中不太明的月亮地里编席子，我听见麦秸被揉搓的那种干爽的声音。生荒在灯下摆弄着课本，他说他要回学校上学去了，我为此感到欣慰。夜将深的时候，生荒突然推开我的屋门向我要火柴用，他说家里怕他玩火从来都在用过火柴之后将它藏起来，他寻了好多地方也没能找到。我佯称自己没带火柴，生荒便挤着眼睛说："你和别的女的不一样，你吸烟，你的屋子里有股烟味，你肯定有火柴。"

我听后笑笑，真想不到他如此精明，我说："你用火柴干什么？"

"玩玩。"生荒说。

"给你火种！"我从包里掏出打火机，甩给生荒，生荒嘿嘿地笑着接了，他"吧嗒吧嗒"地试着弹了几下，龇着那颗可爱的小虎牙说:"真好使。"

　　生荒走后我便有些困意了,我放下窗帘,端着盆子到院子去冲凉。舅舅仍然坐在院子中,我劝他回去歇息,他说他要把手中的活儿干完才行。舅舅说多编些草编物可以换钱,洋人喜欢这种土东西。他说古塔再有半年就正式开放了,他想在游人的钱袋上打点主意。我便打趣舅舅说:"您也不全是个本分的农民,生荒便是随了您。"

　　"真要是随了我,我也就安心了。"舅舅叹口气说,"只怕他将来亏了自己的肚子,不务实的家伙。"

　　我和舅舅聊了一会儿,后来受不住蚊虫的叮咬,舅舅就唤我快冲凉睡去。我端着水盆直起身来,幕然觉得麦田上空微微红了,有光芒正徐徐地漫向天际,我以为自己出现幻觉了,就看了看古塔,然而古塔却也在夜里隐隐地亮了,这分明是有了火光了!我吃惊地叫了一声,然后同舅舅一起跑出院子。麦田上跳跃着七条橘红的光柱,它们把整个麦田照耀得十分明亮,火光将半边夜色烧炙得一片粉色,像花园似的,仿佛飘出无限的芳菲之气。"稻草人失了火了!"舅舅悲痛地惨叫着,"我可怜的粮食——老天!"我们冲向麦田,这时火光已经渐渐弱了,稻草人正在化为一片灰烬,空气中有一股草灰的味道,舅舅蹲在麦田旁边抱着头说:"一定是生荒干的……生荒……生荒……"我想起了生荒刚才带走的打火机,便知道舅舅说得不错。稻草人在一阵畅快的燃烧中消失了,麦田也就呈现出它的平展,有微微的热气拂动在麦田上面。我觉得生荒闯了祸后断然不敢回家的,就在麦田附近召唤他的名字,然而久唤不应,舅舅便说:"由他去吧,我们回吧。"

我随着心情沉重的舅舅走回家去。我们刚一进院子，就看见了生荒，他像受了气似的蜷在墙角，默默地看着我们。舅舅仍在心疼那七个稻草人，他走到生荒面前上去就是一脚，生荒晃了一下，没声张；舅舅便又下手去掴他的脸，生荒捺不住了，他站起来怪叫着躲闪。这时石板和彩珠也闻声披着衣服出来了。石板木讷地问我："生荒惹了祸？"

　　"他烧了稻草人。"我说。

　　"呃，生荒太爱鸟了，要爱出毛病了。"石板回头对彩珠说，"明天起大早再扎两个稻草人，先用着。"

　　一家人一直折腾到深更半夜才睡着。第二天早晨，我起来后觉得头很沉，天气有些阴，恐怕是有雨的日子。石板和彩珠都不在，独有舅舅坐在院子中吸烟。舅舅显出很阴沉的样子。"生荒一大早就没了。"舅舅从怀里掏出一页纸说，"他留下了这个。"我展开那页纸，上面有生荒写的两行工工整整的字：

　　　我爱爷爷，我爱石板，我爱妈妈，我爱麦子，我更爱鸟群，所以我才烧了稻草人，让全家人难过了，我对不起你们。生荒。

　　"也不知他去哪儿了。"舅舅担忧地说，"石板和彩珠出去找了，现在还没回来。"

　　"为什么不早叫醒我？"我恍然大悟地对舅舅说，"我能找到他。"

　　我撇下舅舅，飞快地朝古塔跑去。虽说是太阳躲在云层里，但我还是出了汗，我也为生荒的命运担心。清晨的古塔安详极了，没有任何声响来骚扰这非凡的岑寂。塔中的凉气使人恍若置于雪天，我沿着木梯艰难地向上攀缘，累得气喘吁吁的，好像我就是被关在塔中的一只困兽。这时我忽然对塔产生一种反感，它究竟为了什么而存在？为了闲适、浪漫抑或沉重？塔顶离我越来越近，我的呼吸也就越发困难，左左右右的石墙紧紧地裹挟着我，我在夹缝中似乎有一种要被挤扁的感觉，我真想大哭一场。我终于爬到了往日常去的那一层了。在那里我又发现了那一对男女，这次他们没有搂在一起，他们并肩站在拱形的墙壁前，面向麦田，脸上青春生动。我顾不上礼貌，劈头便问："看见一个男孩子了吗？"

他们双双把头扭向我说："没见到。"

"他一定在塔顶和鸟群在一起。"我自言自语着，再次将目光投向那段承载力十分衰弱的木梯。

这老朽的木梯，斑斑驳驳得犹如一幅古老的残破的画卷。想必老和尚的袈裟一定很重吧，才拂得它如此憔悴。我深知一个成人的脚步对这木梯来讲意味着什么，但我还是踏上去了。只走了几步，就听见四周发出嘎吱嘎吱的叫声，令人毛骨悚然。我的腿有些抖，但残存的勇气却促使我向上，一种濒临死亡的感觉笼罩着我，但我已经无法下来了，我已经走了一半了，我必须上去。我在心里跟自己下着赌注：如果登到塔顶，生命于我来讲还是重要的；如果中途同木梯一同坠落，说明我的生命应该以此种方式结束，一切都是自然的。我几乎是在一种飘飘欲仙的状态中到达塔顶的，当我接触到牢固的砖石的时候，全身瘫痪了似的，我倒在那里，再也没能起来。我微微闭上眼睛，感受着这逍遥的孤立与空旷，仿佛我不是来找生荒的，而是来找自己的，我哭了。等我平静下来睁开眼睛的时候，发现生荒正站在我面前，他像塔顶的另外一座小塔似的，显得十分挺拔和结实。我说："生荒，拉我一把。"生荒点点头，默默地将手伸过来，我踉跄着站起来，将生荒揽在怀里说："咱们回家去吧。"

"你来是为了找我回家的？"

"是的。"我说，"稻草人已经死了，鸟群就要回来了。"

"鸟群已经过去了。"生荒哽咽着说，"塔顶在今天早晨一只鸟都不见，也许它们再也不会来了，它们为什么非要来这里呢？别的地方也有麦田。"生荒抹抹眼泪。

塔顶上天光浑厚，无风；有一间小小的屋子位于木梯口的西北方向，大概那是和尚诵经的地方。塔顶有一个空地，上面立着六根石柱，六根石柱紧紧地托着一个小小的伞盖，成为整座塔真正的高峰。我和生荒站在可以望见麦田的地方，呆呆地望了一阵，然后我就动员生荒下塔回家，最后生荒拗不过我，只好答应了，但我看得出来，他的自尊心有点接受不了。他像一只雏鸟一样轻盈地走下去了，等到他脚踏实地时，我才从塔顶起步向下，我最后望了一眼塔顶，这残酷的极端，大概将使我一生难以忘怀。我听见木梯在我脚下一声比一声地疼痛地惨叫起来，好像我要扼住它的咽喉似的，可我的心却十分平静，步态也从容镇定。当我和生荒会合到一起时，就继续沿着古塔螺旋形的木梯悠然下降。这时一直闷闷不乐的生荒突然对我说："我看见一个男的和女的搂在一起，他们像死了似的，我经过他们身边时他们都没发现。"

"你认为他们是在塔上过夜了？"我问。

"我想是的。"生荒说。

"你听着，生荒，将来的某一天，你也会这样生活的，你会恋爱，怀中拥着一个像鸟一样美丽的女人，那时你就真正拥有鸟了。"我用手指弹了弹生荒的脑壳，生荒有些不好意思地笑笑说："还远着哩。"

我们走进院子时，舅舅、石板和彩珠都苦巴巴地立在树下。他们看见生荒后全都眼泪汪汪的。"稻草人再也不扎了。"石板伤心地走过来搂着生荒说，彩珠便跟着落泪。舅舅咽了口唾沫，将烟锅灭了，然后在鞋帮上磕掉了烟灰，将烟袋别在裤腰上。他抬头望了望天，又低头看了看地，然后痛苦地闭上眼睛说："稻草人可以不扎了。"

1990 年

从山上到山下的回忆

爱犬斜阳是不能在这个春天里享受阳光了。尽管屋门前的地板上还残留着它脱落的毛发，尽管空气中仍然飘出它身上那股为我们所熟悉的气息，但它的的确确是不存在了。

春天给山上和山下带来两种不同的气味。山上弥漫着植物生长的清香气味，而山下的小镇却散发着难闻的气味，尤其是当你经过猪圈、鸡舍、厕所和垃圾堆的时候，那种难以忍受的恶臭便会扑面而来。大街小巷在积雪消融之后变得泥泞不堪。碎木屑、废纸、玻璃片、煤渣裸露在泥泞中，骑着自行车上班和下班的人，每当回到家里时自行车的两个轮胎上就沾满了泥巴，车圈的银白色荡然无存，仿佛他们骑的是木轮子车一样。孩子们放学回来的时候不但鞋是泥鞋了，而且连裤脚上也沾了泥巴。女人们就站在院子中骂这些孩子是"祸害精"。孩子们也不恼，他们也没什么可恼的，因为母亲实质上是在骂春天的泥泞。

现在的人谁还会有心情跑到山上，坐在向阳山坡的树丛中眯缝着眼睛享受春光呢！我简直无法想象会有这样的景象出现了，如果有，那他也一定会被人们认为是疯子。不管镇子里的空气多么糟糕，人们也不会到山上去，这不完全是因为防火期间不许进山的那道命令。

我发现香气是很容易被征服的。当它们像做弥撒的钟声一样从山上慈善地飘扬到小镇边缘时，它们本身的味道就马上消失了。它们神秘地失踪和变质，就像爱犬斜阳一样，不管你多么迷恋它们，它们却是不存在了。

我只能在这个春天里畏缩在一间毫无想象力的房子里，从半敞的窗户中嗅着斜阳残存的气息，静静地回想一些逝去的生活，并且悄然等待第一场雨的来临。

安世贞一家住在山上的日子，无论是从过去还是现在来看，都是非同寻常的日子。

他们的房子是火柴盒形状的，同我们这个小镇所有的房子一样方方正正、规规矩矩，他们有三间房子。这三间房子住着九口人——安世贞和他的老婆以及他们的七个孩子。除了三间房子外他们还有一间牲口棚，里面养着两匹老马和一头牛，此外他们还养了鸡、鸭、猫、狗。

安世贞的二女儿安乐是我的同学。我经常在山下望见安乐从山上走下来的情景。她每次走到学校时总是显得热气腾腾的。午饭她不回家，她的书包里通常有两个或者三个玉米饼子，每当同学们散尽之后，她就小心地关上教室的门，坐在座位上埋头吃起来。有时她就着大葱吃，但同学们对葱味表示出反感后，她就改吃咸菜了。

她很能吃咸。她的书包带上拴着一个掉了漆的白瓷茶缸，每当课间休息时她就跑到水房里去喝凉水，咕嘟咕嘟地一饮而尽，而后抹着额上的汗珠，再朝厕所跑去。所以，课间休息时她从来没有时间做游戏，去了上水房和厕所的时间，上课的钟声也就该响了。

安世贞尝试着用一只眼睛流泪已经有许多年的历史了，那是在他的母亲哭瞎了双眼之后发生的事情。安世贞的父亲去世了，他的母亲每每思念起来就要流泪，最后她失去了光明，死在黑暗中。安世贞结婚后，他的老婆很卖力地为他接二连三地生孩子，哪还有时间去哭泣呢？何况又有什么值得哭的事情呢？但安世贞却仍然恐惧有一天他的老婆会失去光明。有一天晚上他和老婆欢愉之后心里十分空虚，他就把老婆从炕上拉起来，当着孩子们的面说："你要试着用一只眼睛流泪。"

他的老婆被吓哭了，这女人不明白发生了什么事情。她的双眼都在流泪，安世贞看着老婆那被泪水打湿了的面颊，更加倍增强了锻炼用一只眼睛流泪的信心。

"那时你们将会发现，用一只眼睛流泪多么划算。"安世贞常常这样鼓励自己，"你哭瞎的只能是一只眼睛，另一只眼睛仍然是亮的。"

那个时候无论是山上安世贞家的日子还是山下我们家的日子，都不是那么富裕。尤其是孩子多的安世贞家，麻烦也就更多一些。安乐的姐姐安休不满十八岁就嫁给了我哥哥，她继承了母亲顽强的生殖能力，婚后第二年一次就生下了一对男孩。我放学后常常在太阳底下哄着这一对双胞胎玩。我通常是把一个背在背上，一个抱在怀里，然后指着山上那隐隐约约的房屋对他们说："你们的狼外婆就住在山上。"

安乐如果那时也在我身边，就会不满意地嘟哝说："还狼外公呢！"

于是我便仿佛受到了什么鼓励似的，火上浇油地说："你们有一个无事找事的瞎眼的狼外公！"

安乐听后就十分不乐意了，她会气冲冲地啐我一口，然后一扭身朝山上走去。我听见她书包带上的白瓷茶缸被屁股弹得砰砰地响。遇到这样的时候，安乐就要好几天不和我说话，但她又忍耐不住想逗引那一对孩子，所以就只好讪讪地来到山下的我家，在太阳底下冲着那一对奶声奶气的孩子呵呵地笑。安乐一笑，孩子也就跟着笑。

安乐学习成绩一向很糟，每到期末考试的时候她总是忧心忡忡的。她很用功，但实在是太笨了，小学快毕业时连乘法口诀都背不完全。她几乎是每隔一两年就要留一级，所以小学毕业时的安乐已经十六岁了，因而她的同学也就比别人多得多。安乐在上课时坐在最后一排，她喜欢用胳膊肘抵着书桌，而她的嘴角通常是咬着铅笔的。我嫂子安休就说安乐从小就喜欢咬东西，她哭的时候，只要往她嘴里塞上点东西，她马上就不哭了。她咬铅笔的怪癖不知被老师说了多少次，却总是没有改过来。

老师若说："安乐，你怎么又咬上铅笔了？"

安乐就茫然地说："我怎么又咬上了？"

同学们听了免不了一通大笑，安乐的神色就显得有些凄惘了。我们背地里常常议论安乐是因为在山上住久了才发迁的。安乐回到家里就是干活，做饭、洗衣裳、打扫院子、喂猪，样样都拿得出手，她闲下来唯一的消遣就是逗狗玩。安乐喜欢狗，每到母狗下崽的时候，安乐就忙得连辫子都不梳了，她把时间都消耗在乳狗身上。最可笑的是有一次她旷了一天课，第二天早自习时班主任老师问她："安乐，昨天怎么旷课了？"

"母狗下崽了。"安乐抹着湿漉漉的刘海，头头是道地说，"我稀罕它们呀，能丢下它们不管吗？"

"学习重要还是狗崽重要？"班主任不悦了，但安乐丝毫没有察觉，她似乎天生没有察言观色的本领。

"当然是狗崽重要了！"安乐耸着肩膀理直气壮地叫道，"旷课可以补呀！"

老师真是哭笑不得，而我们许多女同学都为此笑得岔了气，安乐却不以为意地强调说："本来我要我爸下山来帮我请假的，可我看见他一动不动地坐在山墙锻炼用一只眼睛流泪，就没敢让他来。"

你可以想象得出，这句补充话更惹人发笑了，不但我们笑出了眼泪，就连班主任也忍俊不禁地把脸面向黑板了。

安乐在礼拜天的时候常常到山下的供销社来买肥皂、蜡烛、火柴、食盐等等生活必需品。当然有的时候她也会悄悄买上几块糖跑到我家来看那一对双胞胎。我嫂子安休因为安乐粗手粗脚所以并不喜欢让她抱她家的孩子，安乐若是再给孩子们吃糖，安休就更加不高兴了。

"安乐，你能不能不给他们吃糖？"安休的眼睛本来就圆，一瞪起来就更圆了。

"我不会坏了他们的牙齿的。"安乐嘟哝着说，"他们比狗崽还要娇贵吗？"

安休因为安乐把自己的孩子与狗崽作比，不知骂了她多少回，但安乐总不见改。有一个星期天安乐趁我们不在屋的时候把那两个孩子装在筐里背到她山上的家中。我们全家人在山下急得快投河了，以为孩子被人偷走了，直到黄昏时刻她才气喘吁吁地像一个卖蛋人一样把孩子用筐担回家中。安休那次对安乐大打出手，"你怎么不吱一声就把他们背走了？"

安乐趔趄了一下，她忍不住打了一个饱嗝，她的嘴里冒着一股呛人的葱味，她说："我是让他们上山看看我那些狗崽呀，他们可喜欢狗崽呢。"

"以后再也不许你碰他们了！"安休气哭了。

"看你生了一对双胞胎，"安乐噙着泪花说，"就这么了不起了。"

安乐很有自尊心，从那以后她几乎不到我家来了。她在课间时间依然忙三迭四地奔跑于水房与厕所之间，中午时依然在全班同学走光之后悄悄地把门关好，坐在座位前埋头吃玉米饼子。有时我奉安休的命令让她中午时去我家吃饭，她就会气鼓鼓地说："山下的饭有什么好吃的？"

安乐似乎时刻记着自己的身份，那就是她虽然是属于这个小镇的人，但她却住在山上，她为此自豪和难过。她不明白自己的家为什么与众不同地安在山上，她不相信父亲是守林人这个说法，她认为有别的原因使他们家住在山上。比如说她母亲喜欢清静，比如说她父亲喜欢用一只眼睛流泪，而这些习惯在山下的小镇是很难恪守的。

安世贞好酒善猎，他的脸总是红色的。安乐继承了她父亲的这种脸色。安乐的牙齿生得也好，她喜欢吃生豆和萝卜，当然她显得很壮。冬天时我们坐在教室里嘶嘶哈哈地围着炉子烤火，一副瑟瑟缩缩的样子，而安乐却能站在寒风凛冽的门口喝凉水。我们不明白她的生命力何以这么健旺。

安乐上初中的时候已经十七岁了，她爸爸认为她识的字够用了，不想让她再上了。而安乐却仍然坚持来学校，安世贞无奈，只好由她去。她似乎比平时更用功，她的刘海在夜晚秉烛读书时常常被烛火燎糊，后来她干脆就铰掉了刘海。她显露着光洁而宽阔的额头热气腾腾地奔走在山上与山下之间的道路上，她坚信着不出二十岁她就能读完初中。

"我一定要初中毕业。"安乐这样下决心的时候，我已经不和她一个班级了，我初中快毕业了，安乐却每隔一两年都要面临着留级的命运。

"我相信你。"我这样鼓励她的时候，心里却在为她的话发笑。

"不出二十岁——"安乐指着教室的黑板说，"我就会念完初中。"

然而安乐的梦想终于没能实现。就在她拼命读书的那年秋天，安世贞有了一个重大发现，他打猎时发现了一只鹿，他一直追踪它到洛河，然后鹿神秘地失踪了。当时正值黄昏，安世贞又累又乏，就笼起一堆火来烤干粮吃。干粮吃尽了，他的身上也有了温暖和力气，他准备着继续追踪那只鹿，可那一堆火却在暮色中越来越亮。安世贞不明白这团火怎么会燃烧得这么持久。秋天草木干爽，最容易引起山火，所以他只好等待火落了，不然他是无法离开的。然而火并没有熄灭的迹象，相反却越来越旺，它们向四周蔓延着，面积不断地扩大，最后他发现连土地都是红色的了。安世贞的山林生活经验使他无法解释眼前发生的事情，他吃惊不小，飞快地下山找到防火办的同志，告诉他们在洛河一带有一片被烧红了的而且正在继续燃烧的土地。

安世贞发现的是露天煤矿。这一不同寻常的发现使得安乐终止了学业。安世贞以发现者的姿态上了报纸和广播，城里的人事局在洛河煤矿一上马的时候就分给了他家一个就业指标。安世贞当时正为安乐的前程苦恼，他马上把指标给了安乐。

"你是个多么好命的人啊。"安世贞对自己的二女儿说，"一上班就是正式工人。而且这煤矿是你爹发现的，你在里面工作也比别人仗义啊。"

"你什么也没发现。"安乐哭着说，"是鹿和火发现的。"

"反正你该去上班了，十八九岁的人了，不该背书包上学了。"安世贞开导她。

"我本来可以初中毕业的。"安乐无限忧伤地说，"不出二十岁。"

然而安乐这一回没有拗过她父亲，在安休和她母亲的共同劝说下，她同意去洛河煤矿工作了。她开始往供销社里跑，为自己买毛巾、脸盆、肥皂、手纸等生活日用品，然后她又去粮店把家里的存粮都买回来，分批分批地扛到山上，她担心她走后弟妹胜任不了买粮这类的重活儿。

安乐就要去煤矿了，这时候冬天也来临了。天开始下雪，到处都是白茫茫的景色。我和安休在大雪纷飞的夜晚艰难地朝山上的安世贞家走去，我们要去给安乐送行。

安乐没有在家。安世贞说晚饭一过安乐就不见了，她也许是到山下的哪位同学家去告别了。我看见安乐的行李摆在南窗下，一个尼龙丝网袋里装有脸盆和牙具，那个白瓷茶缸也在网袋里。此外还有一个小木箱和一只篮子。安世贞说木箱里装有衣裳和课本，而篮子是要装狗的。

"她这是去工作还是去养狗？"安休对安世贞说，"不能让她带狗去。"

"我根本劝不住她。"安世贞说，"她回家后你们劝劝她吧。"

然而我们一直等到子夜时分安乐也没有回来，我们便下山寻她去。雪已经停了，天上出现了星星，安休担心地问我安乐这么晚了会到哪里去。其实我心里早就想好了安乐肯定在学校里，所以就让安休先回家，我说我一定负责把她找到。

我走进了空空荡荡的学校。我朝西北角初一年级的教室走去。星光在玻璃窗上映出寒冷的光辉，我想起这里再也不会有安乐的读书声了，心里就格外难过。

安乐果然像守灵人一样坐在教室门口流泪，她已经坐了好几个小时了，浑身上下抖作一团。她见了我之后擤了擤鼻涕，然后颤颤巍巍地站起来，她那样子有些像个老态龙钟的人了。

"我太笨了，参加工作了，连初中都没毕业。"安乐捶着脑袋骂自己不争气。

"这怪不得你。"我说。

安乐没有再说什么，她用手拍了拍教室的门，然后就转身离开了。我跟在安乐身后，望着她的背影，回想着她课间时间风急风火地奔走于水房与厕所之间的情景，泪水忍不住潸然而下。

安乐去洛河煤矿了，她带走了两条狗。那年春节她没有回来，安世贞一家吃除夕的饺子时想起她来，都忍不住捂着一只眼睛流泪了。

安世贞发现露天煤矿后心底更加空虚了。他在锻炼用一只眼睛流泪的同时也反省他那次所犯的错误。那就是这个煤矿理应归他个人所有，他应该带领全家人慢慢地挖掘那些煤，那是孩子们一生都用不尽的财富。他越来越觉得自己太不会计算了，因为那煤矿是他发现的。

"我发现的，为什么不是我的呢！"他常常这样跟自己发牢骚，"我怎么会不知烧红了的土地是天然煤层呢？"

第二年开春的时候，山下的公路上就不停地驶过装满原煤的汽车了。汽车是从洛河方向开来的。车上的煤又黑又亮，听说电厂以及一些企业都争着要洛河的煤，洛河露天煤已经供不应求了。安世贞每当看到这种场景的时候就觉得自己的一生都毁了，他悔恨自己没有抓住那次机会。

安乐在春末的时候终于回家来了。她又黑又瘦的，看起来非常健康。当她把几个月所挣的工资交给她父亲时，安世贞流泪了，安世贞的老婆也流泪了。安乐在一片不同寻常的哭声中意识到自己长大了，她感到难过。安世贞说在山下为她找了一个本分人家，再过两年就让她结婚了。

安乐哭着说："我要自己找人家，我不用家里给找。上学的事都依你们了，这回不能再依了！"

安世贞的心也十分难过，他一想起安乐没有实现上完初中的愿望，就接纳了她的反抗，"爹娘不管你的私事了，你自己去找吧。"

安乐那次回来只住了两天，她没有到学校来。她养的两条狗死了一条，而今她把活着的母狗带回来配种。她说如果不是为了给母狗找主，她是不会回家来的，矿上太忙了。一个细雨蒙蒙的早晨，安乐抱着温情的母狗在公路上搭乘一辆运煤车回矿上了，当时我和安休站在路边送她，那是我最后一次见到安乐。

安乐的死不但结束了安世贞一家生活在山上的历史，也结束了安世贞尝试用一只眼睛流泪的历史。安乐在第二年冬天的时候被炮崩死了，她是为了那条母狗才死的。据说用炸药掘开煤层的那天早晨，安乐他们全都转移到安全地带，点火时间即将到了的时候安乐养的那条母狗突然发现了一只野兔，母狗开始追踪它。安乐怕狗被炸死所以不顾一切地在后面追踪，结果准时的爆炸溅起的黑雨似的煤块同时收容了母狗和安乐温暖的躯体。安乐被葬在洛河的山上。她的遗物被送回家中，安世贞就在雪地里把它们全部都烧了。那是她的一只小木箱，箱子里装着打了补丁的衣裳和课本，课本已经被翻破了，矿点的人说安乐一有空就捧着课本发呆。此外还有安乐的行李，她用过的毛巾、香皂，以及那只装狗用的篮子和几乎掉光了瓷的白瓷茶缸（事实上已经成为黑色茶缸）。安世贞说这些东西烧了以后安乐就会在阴间接到它们，她离不开这些东西。

安乐死后，安世贞说他已经没有眼泪了。他时时想为他女儿的命运哭泣，可他是不能哭了，他就此结束了尝试用一只眼睛流泪的历史。

安乐的那条母狗留下了三条半大的狗，它们已经会守门了。安世贞把它们送给山下的人家，他不忍心看到它们。安世贞让他们把狗养大后就勒死吃肉，可是收留了狗的三户人家谁也不舍得勒死安乐养过的狗，他们精心喂养它们，使它们长得很壮。我常常看见这三条狗聚在巷子里神色忧郁地朝山上张望着，我猜想它们在怀念安乐。安乐死后的第二年的夏天，这三条狗突然神秘地失踪了。后来洛河煤矿的人说它们又回到了矿上。它们在夜晚时守在矿工宿舍的门前，而一到日出的时候它们就朝安乐的坟墓走去，依傍在坟墓旁边。

安世贞一家从此搬到山下，他们似乎真正成为这个小镇的成员了。几年以后，安乐的两个弟弟安言和安顺相继到煤矿参加工作了，后来安世贞一家就搬到洛河去了。安世贞在煤矿打更，他老婆在家做饭，他们的日子渐渐富裕起来。安世贞虽然不能用一只眼睛流泪了，但我听说每当黄昏来临的时候，他常常惆怅地望着落日的情景喃喃自语："我发现了煤矿，可却让我的二闺女死了。"

安世贞直至去世的时候，也没有饶恕自己发现煤矿这一过错。

我完全不知道这个春天里在山下的小镇会发生这样的事情。那天我外出归来，爱犬斜阳不见了。斜阳是安乐所养的狗的后代，确切地说有多少代了我也不知道，因为安乐已经死了许多年了。斜阳平素站过的地方留有血迹，看来它是被人打死后偷出去吃肉了，我的心一阵恍惚。

山下的房子比安乐在世时多得多了，这个初具规模的小镇有了楼房和水泥马路，但是世风却每况愈下。小镇在飞速发展的时候也出现了杀人、放火、强奸、偷盗的事件，这是安乐在世时闻所未闻的。就像爱犬斜阳，不管它多么想活过这个春天，但它的确被人给杀死了。尽管院子里仍然残存着它的气息，但它的确是不存在了。

安休又在骂孩子了。那一对双胞胎已经长大，他们上小学了，可他们不喜欢上学，常常逃学。这不，安休瞪圆了眼睛在骂他们："你们有学不上，真是不知足啊。当年你二姨安乐想上学都上不成，她——"

安休说到这里哭了。

清明节来了，第一场小雨也来了，道路上的泥泞有增无减，我无限忧伤，我怀念那些逝去的日子，怀念安乐。我愿意在这种时候把安乐的故事讲给我的学生们，我也许会这样开头的：

从前，在我们小镇的山上，住着安世贞一家人。他有个女儿叫安乐……

1991 年

花瓣饭

　　风把屋檐下已经干枯了的艾蒿吹下来了。它从窗前划过，就像一条灵巧的腿，轻快地跳过一格一格的窗棂。这艾蒿是端午节时妈妈插上去的，说是辟邪。想必这屋子已无邪气了，它就像一个兴完风雨的巫婆一样走了。

　　风不是一股，而是很多。在我眼里，它们有粗有细，有强有弱。菜园的风，就是细弱的风，它们吹拂着肥瘦不均的菜叶时，阔大的叶片只是微微动着，摇摆得并不热闹。所以白菜叶上的黑瓢虫不至于被晃得落下来，在豆角花上嬉戏的蝴蝶更是安然无恙。而瘦的菜叶，也不过耸着身子晃悠几下。可是你看半空的那些风，它们可就强大得多。乌云被吹得一抖一抖的，脸色越来越青。狂风还使乌云的脸出现许多裂纹，它分明就要哭泣的样子。那些义无反顾撞向墙角的风，由于被碰了头，觉得没了面子，便不再回头，干脆忍气吞声地自消自散了。至于那些奔跑着的花花绿绿的鸡，你看它们羽毛上的风吧，它是那么的柔和、轻逸，那羽毛被风掀得一瓣一瓣地张开，仿佛花儿伸着舌头在说话。

姐姐在灶上做饭，我蹲在灶前用炉钩子调理火，算是个小小的司火女神。弟弟呢，他在后屋逗着笼中的鸟。他叫嚷得比鸟还欢实。姐姐一会儿嫌我把火捅得太大了，一会儿又嫌我没有把火挑旺。也不怪她发牢骚，锅里炒着的菜本应该用旺火的时候，我却把柴火往灶口撤了撤，舔着锅底的火就蔫蔫巴巴了。而她煮苞米面粥急需文火的时候，咳，我把火势弄得蓬蓬勃勃的，比除夕夜的焰火还盛。

灶房的门开着，我在听风声。风声越来越大的时候，天色也暗淡得厉害了。突然灶房骤然亮了一下，这短暂而巨大的明亮使屋子仿佛颤动了一下，是闪电出现了。跟着，雷声轰隆隆地炸响，门被震得咣当咣当地叫，看来雨要来了。

"要下雨了，快去关窗户。"姐姐吩咐我。

我撒下炉钩子跑到院子时，雨点已经东一颗西一颗地坠下来了。我飞快地关窗户，看到一窗的黑云像一群乌鸦似的盘踞着。鸡架里的鸡个个都缩着脖子，它们喜欢风，但不喜欢雨。风能梳理羽毛，而雨则会使羽毛变得凌乱。我把窗台上的肥皂盒拿回屋子，一旦它淋了雨，被泡化了，我们就别想有干净衣服穿了。

饭菜做妥了，姐姐正把它们一样一样地往屋中央的八仙桌子上摆。灶膛里金灿灿的火炭，它们明媚晶莹，散发着颤动的热气。那块大的如熟透的苹果，而小的则如鲜浓欲滴的草莓。这懒洋洋的火多半用来温水。爸爸妈妈回家后，总要洗上一把脸的。以往爸爸是不用洗的，可自从他到粮库当装卸工后，总是灰头土脸地回来，他不洗是没法吃饭和钻被窝的。温水除了供他们洗漱，还用来刷碗。

关了窗，又关了灶房的门，雨就强大起来了。雨声火辣辣的，仿佛炉膛上开了的水在哗哗叫，又仿佛一群大嗓门的婴儿被打了屁股在哭。天色昏暗了。玻璃窗上弥漫着一波一波的雨水，使窗外的景致变得模糊了。

到吃饭的时辰了，可爸爸妈妈都没有回来。饭桌上的晚饭同往常一样，一大盆金黄色的苞米面粥、一盘炒土豆丝、一碗黄酱和一把青葱。此外，还有一碟淋了香油的杏黄色卜留克咸菜。咸菜里拌了些辣椒丝，所以看上去就像一片黄土地上生长的一簇簇红柳，看上去十分明媚。

弟弟从后屋来到前屋，他瞥了一眼饭桌，嘟囔了一句："又是这些破饭？"然后他又把眼放到窗外，骂："他妈的下雨了！"

我弟弟十岁，我十二岁，姐姐十五岁。也许是他小的缘故，什么都看不惯。他淘气，他的蓝布衫是双排扣的，其中有一排扣只剩下了一颗，它看上去就像坚守最后一班岗的老兵。其余的扣都被他玩丢了。它们有的是被树枝钩去了，有的被狗爪子挠掉了，还有的是打架时被人给拽去了。他的衣领从来没板正过，领尖总是打着卷。他眼睛不大，厚眼皮，一说话就爱撇嘴，且老是气冲冲的样子。他喜欢在外面跑，接触风和阳光的时候多，所以他的脸很黑，妈妈叫他"黑印度"。

黑印度说："今天这雨他妈的真大，我得把五彩线放了。"

五彩线是端午节时妈妈给我们姐弟三人拴在手腕上的。这五种颜色是红色、粉色、黄色、蓝色、白色。白色和黄色很接近，当初我就把它们看混了，以为只有四种颜色。据说系了五彩线的孩子，上山不会招虫和蛇的叮咬，而且不会被夜晚时游走的小鬼给附了体。一般来说，五彩线要等到端午节后的第一场雨来临时，用剪刀把它剪断，放到雨中，据说这样它就能成龙。我嫌它绑在手腕上难受，总感觉那里像爬着条毛毛虫，所以未等有雨的时候，就在河边把它拽断，让它随波逐流了。黑印度呢，他嫌端午后的第一场雨太小，怕他放的龙因雨贫而不能兴风作浪，就将其留了下来。如今这雨气势宏大，他当然不会错过这机会了。他让我帮他剪断五彩线，拈着它跑进雨中，我听见他在院子里叫："要成就成条大龙吧！"

等他放完五彩线回来，已经是个落汤鸡了。他把湿衣服脱下来，蹲在灶前去烤火，一边烤火一边打喷嚏。火炭的热气就像鞭子一样，把他衣服里的癞皮狗似的汗腥气给驱赶出来了。姐姐从里屋将头探向灶房数落他："别烤了，难闻死了！"说完，她从立柜里面为他找出一件干爽衣裳。那衣裳的兜口和袖口都打着补丁，领子也被磨破了。黑印度把湿衣服扔进洗衣盆中，换上干净衣裳，他问姐姐："你不把五彩线给放了？"

姐姐垂头斜着眼看了一下左手腕上的五彩线，她带着凄怨的语气说："我哪有那个福气！过些天山货下来了，我还得进山去采，我要是把五彩线剪断了，到时候碰到长虫来咬我怎么办？"听她的口气，那五彩线就是锁住毒蛇咽喉的铁锁，她轻易不能丢了这护身符。的确，作为长女，她比我和弟弟承担了更多的家务活，喂鸡、做饭、挑水、收拾屋子。此外，野生的浆果和蘑菇下来时，她还得进山去采摘。我对家务活并不是袖手旁观，但由于天性懒惰，专拣那些轻巧活儿去做：抹抹炕面和柜子上的灰呀，给灶膛烧火呀，刷个碗或者淘淘米呀等等。妈妈说我"净干些面子上的活儿"。黑印度呢，他除了经管那一笼鸟之外，家务活他是不问不碰。你若让他去仓房舀一碗小米，他都不知道米袋放在哪里。他更不知道锄头和镰刀挂在哪面墙上，不知道在院子外面刨食的那一群鸡中，哪几只是自家的。

雷声和闪电就像一匹快马，马蹄过处，乌云被击得七零八落。雨渐渐小了，天空也微微露出亮色。不过即使乌云全部消散，天也亮堂不起来，因为已是向晚时分了。姐姐先前还对着桌上的饭皱眉头，担心雨如果停不下来，会耽误爸爸妈妈回家，晚饭会被推迟。那样她又得把已经端上桌的饭重新拿到灶房热了。

黑印度从后屋里把高帽子拿了过来。这帽子是用报纸糊的，下宽上窄，呈圆锥形。他把它扔到炕上，对姐姐说："鸟儿把屎拉在这上面了，你擦擦吧。"

姐嘟囔一句："谁让你的鸟笼挂在帽子上的呢？这帽子要是弄脏了，他们再让妈妈游街时，还不得罚她多走几条街呀？"

"这破帽子弄点鸟屎有什么？我看它不比报纸上的那些黑字还要难看呢！再说了，游街又不累，多走几条街有什么！"黑印度"呸"了一口，不以为然地说。

"等我把你那笼子里的鸟都给放了，我让它们拉屎！"我威胁黑印度说。我知道，这纸帽子不能有污点，否则批斗妈妈的人会说她认罪态度不好。

"你个二龅子整天净编反辫子，有那工夫你学学梳辫子得了，少管闲事！"黑印度不屑一顾地嘲讽我。

我排行老二，又是个大龅牙，黑印度就叫我"二龅子"。他一这么叫，我就哭，这回当然也不例外。姐姐素来把流泪的一方看作受欺凌者，她呵斥黑印度："少在屋惹事，打把伞出去接接爸爸妈妈！"

爸爸半个月前到县城的粮库当装卸工去了。他骑着自行车上班，走二十多里的山路，早出晚归。爸爸以前在我们小镇学校当校长，他不满意工宣队进驻学校，让学生老是上劳动课，不学文化，便与工宣队的队长吵了起来。结果爸爸被告到县教育局，教育局又把他的恶劣言论上报到县委，他被撤职，发配到县城粮库当工人去了。他换下笔挺的中山装的时候对妈妈说："早晚有一天我会穿着它再回学校，我就不信学生可以不学文化！"

爸爸的倒霉在我看来势在必行。因为妈妈先他之前被判为苏联特务，妈妈戴着高帽子开始了游街经历。一个校长的老婆是特务，这校长起码也该是个情报员。杨菲菲与我斗嘴时就这么骂过爸爸："他是苏修特务的狗腿子！"我毫不客气地回敬杨菲菲："你爸是你妈养的狗杂种！"结果狗杂种的后代和狗腿子的后代扭结在一起，互相咬，她把我的胳膊咬青了，我把她的大拇指的指甲咬裂了。

黑印度正要打伞出门，院门响了，妈妈回来。妈妈被雨淋得精湿，手中提着一只篮子，那里面装着的菜被雨洗得一派青绿。

妈妈见院子里没有自行车，就问黑印度："你爸还没回来？"

"没有！"黑印度很干脆地说。

"他也该回来了。"妈妈嘀咕了一句，将篮子放到仓房的雨搭下。

"天下雨了，他没穿雨衣，说不定半路上躲到哪棵树下避雨了呢。"黑印度说，"他要是在树下逮只兔子，还不得在那儿笼堆火烤兔子吃呀！"

妈妈忍不住笑了，她对黑印度说："你爸他哪有那份闲心！"

黑印度一撇嘴说："他是没碰到野味，碰到他就有闲心了！"

"刚才那雷那么响，他会不会被——"妈妈忧戚地说。

"他又没做缺德事，不会被天打五雷轰！"黑印度说，"雷劈的人都是坏蛋！"

妈妈听了黑印度的话，这才有些安心地进屋换上一套干爽衣服。我把纸帽子捧给她看，我控诉黑印度把鸟笼挂在帽子上，屎都落在那上面了。

"没事儿，他们看不清楚的。"妈妈温和地说。她把那帽子放在茶柜上，就像放暖水瓶一样的小心翼翼。

姐姐见窗台上有两只苍蝇在闹，就握着苍蝇拍去打。黑印度见天基本上晴了，就把鸟笼提到院子里，让它们见见已透出暮气的天光。我呢，因为妈妈没有责备黑印度而有些悻悻然，我故意碰翻了窗台上的花瓶。那是只天蓝色的鱼的形态的花瓶，里面插着一束已经半蔫的野花。花瓶里的水已经有几天未换了，黏稠而又散发着臭气。姐姐扶起花瓶嗔怪我："就剩一只花瓶了，你还想把它打碎了不是？"以往我曾打碎过两只花瓶，一只是圆肚形的，褐色；另一只与我碰倒的这只一模一样，它们是一对。据说这对花瓶是爸爸妈妈结婚时，他们的朋友凑钱买的。我想这花瓶肯定看到了我出生的情形，它是不该知道这个秘密的，所以老是想着把它打碎，让它失去记忆。

"我看这花瓶碍眼，"我说，"你们也不想想看啊，鱼嘴里天天插着满满当当的花，它怎么喘气啊？我一看这花瓶就憋得慌。"

妈妈正打算出门，她听了我的话又折回身来，她把花瓶拿起，放到窗台的角落，对我笑笑说："以后再养花，就不用这鱼瓶了，用空罐头瓶吧，省得你憋得慌。"

姐姐把花瓶流淌出的脏水用抹布擦了，又将那些已不精神的花扔进垃圾桶里。她显然对妈妈纵容我有些不满，她嘟囔道："又不是真的鱼嘴，你跟着气闷什么。"

妈妈微妙地笑了，她看了看我，又看了看姐姐，说："什么时候我再采一把花回来养，你们喜欢什么样的？"

"百合。"姐姐说。

"紫马莲。"我说，"要是有芍药花就更好了。"

"芍药都开过了。"姐姐说。

"没准也有一枝两枝没落的，赶巧被我采到呢！"妈妈说这话时，语气和面部表情都呈现着一股天真的情态。她对我们说，她要出去迎迎爸爸，让我们不要乱走。

雨停了。天色愈来愈昏暗了。八仙桌子上的饭菜渐渐凉了。只听到墙上挂钟"嘀嗒嘀嗒"响。黑印度又把鸟笼子提回后屋了。他在路过灶房的时候被柴火绊了一跤，他骂："贱骨头，把你们烧成灰你们就鸡巴老实了。"

我讨厌黑印度，他说脏话是不分青红皂白的。有时对人和事，有时则对物。我最受不了他对物出口不逊，因为它们又没长嘴，无法与他唇枪舌剑地辩论。姐姐消灭了苍蝇，又擦干净了窗台，唤我给灶膛点把火，她想把粥热一下。

"这钟声要是能当火柴使就好了。"我嘟囔一句，很不情愿地到灶房烧火。柴火一旦烧起来就噼啪作响，这让我有种错误联想，认为响声里应裹挟着热气。如果那样的话，饭菜凉了，让钟声去烘热它们就是了。

我刚点起柴火，爸爸就进来了。他披着件橘黄色雨衣，看上去很鲜艳。他把自行车停好，先问候了一下鸡架里的鸡："你们吃饱了喝足了？"他爱给鸡喂食，所以他走在院子里的时候，总有一群鸡像士兵保护着将军一样簇拥着他。

"你妈还没回来？"他进了里屋后问姐姐。

"回来了，找你去了。"姐姐说。

姐姐正在拟写一份与父母的决裂书，这是班主任老师授意她写的。说是如果她不与他们划清界限，就加入不了红卫兵。她正有几个字不会写，打算着问父亲呢。可是爸爸听说妈妈不在，就急着出去找她。

黑印度对姐姐说："你问他，还不如问字典！字典比他能耐，问啥有啥！"

黑印度这一段不管爸爸叫"爸爸"。他称爸爸为"他"。姐姐呵斥地说："以后别'他他'的，那不是爸爸吗！"

"不叫'爸爸'怎么了？"黑印度说，"他不过是个臭老九！"

姐姐说："你滚！"

"你不也写决裂书要和他划清界限吗？"黑印度说。

"可他去粮库接受革命再教育了，他被改造好了还是个好同志！"姐姐说。

黑印度不吭声了。我已经把苞米面粥重新温了一下。那粥初次出锅后，粥的表面凝了脂，看上去就像盖了一顶金色草帽。如今热气再度熏炙它，那上面就被抽出道道裂痕，感觉这草帽就像是破了。我把粥从锅里重新端回饭桌，打算着再热热土豆丝，它已回生了。

"等爸爸妈妈进屋了再热。"姐姐制止我热土豆丝，她说这菜不禁热，热一回就不脆生了。

"×，我都饿了。"黑印度瞟了一眼饭桌，说，"他们是不是互相找到外国去了？"

"印度！"我抓住这个有利时机报复黑印度。

"×，男人黑点我看不错，像是有种的样子！"黑印度回敬我说。

"驴脸也黑！"我说。

"对，它还是个豁牙子呢，一叫唤那嘴就漏风！"黑印度恶毒地说。

我正要去灶房抓一块劈柴打黑印度，妈妈回来了。她满面焦急的样子，一进屋就问我们："你爸爸还没回来呀？"

"你没见院子里有他的自行车啊，"我说，"回来了！"

"那他人呢？"

"找你去了！"我们三个人异口同声地说。

妈妈脸上的表情松弛了许多。她问我们："他是不是被雨浇透了？他没把湿衣服换下就找我去了？"

"他没挨着浇。他穿了件橘子皮一样色儿的雨衣，可漂亮呢。"我说。

"那雨衣呢？"妈妈的眼睛跳了一下，问。

"在水缸盖上呢！"我跑到灶房，飞快地把雨衣取来。

那雨衣还湿着，就像夕阳映照下的一片湖水，看上去鲜润明媚。它的身上还沾着几枚碧绿小巧的树叶，想必是狂风把它们从树上赶到行进在山路上的父亲身上的吧。这树叶可爱极了，就像出浴少女留在身上的几点皂花，有一股淡淡的馨香。可是妈妈却用凄怨的眼神看它，仿佛是她心爱的女孩出去学坏了一样令她伤感。她有气无力地问："谁给你爸爸披了这么漂亮的雨衣？"

"肯定是个女的！"黑印度接过话茬说，"男子汉谁用这么鲜艳的雨衣？"

妈妈的眼神更加愁苦了。她用手抚弄了一下衣襟，飞快地走进屋子，打开立柜，把属于她的那包衣服抱到炕上。我们家人的衣裳，每人一包袱，爸爸的包袱皮是白色的，姐姐的是紫色花的，我的是红花的，黑印度的是绿色的，而妈妈的是深蓝色的。其实白色的原来是黑印度的，可他嫌那颜色丧气，就像孝布一样，所以爸爸就把绿色的换给他。他对绿色也不是十分满意，说是一个绿包袱看上去就像只癫蛤蟆。

妈妈解开蓝包袱，她的那摞衣裳就一层一层地呈现了。它们绝大多数颜色深重、老旧，不是黑色、蓝色的，就是紫色和咖啡色的。只有一件是洋红色的，那是她年轻丰满的时候穿的，现在她老了，瘦了，这衣裳就有几年不穿了。妈妈抽出这件衣裳，犹豫了一番，还是把它换在身上了。她背对着我脱下身上那件灰色衣服时，我在暗淡的光线中望见了她赤裸的后背。那后背瘦得让人感觉中央的脊骨分外突出，就像一根枯树枝竖在那里。

黑印度见妈妈穿上了这件洋红色的衣服，就撇了撇嘴。待妈妈又出门去寻爸爸之后，他才大声地对我和姐姐说："这个苏修特务穿这么新鲜，是不是要过江投奔她的主子去？"

姐姐骂他"混蛋"，我则被他逗笑了。黑印度所说的"江"就是黑龙江，它是中苏界河，妈妈童年就生活在那里。也许正是由于这段特殊的经历，人们不分青红皂白地把她定名为"苏修特务"。我想我们家幸好没有什么绝密文件，否则这个大特务还不得把它带过江去，献给苏修帝国主义邀功请赏啊。

我觉得天肯定有着眼皮和睫毛，一旦它们耷拉下来了，天就黑了。只是我不知道天的睫毛是不是晚霞，天的眼皮是不是地平线。

姐姐拉亮灯，接着写她的决裂书。她趴在炕沿上写，弓着后背，脑袋和手中的笔左摇右晃着，看上去思路不畅。黑印度在后屋逗完鸟以后，就搬着字典过来给姐姐当援兵，他问："你哪几个字不会写？我帮你查！"

"你又不懂偏旁部首，你会查吗？"我没忘了敲打他。

"我不懂那个，可我会拼音！"黑印度理直气壮地说。

"你连平卷舌都分不清楚，你查个屁！"我怒气冲冲地说。

"是啊，我是个豁牙子，说话漏风，平卷舌能分清楚吗？"黑印度在反击我时从来都是击中我的要害的。

我正要哭，姐姐吩咐我去灶房看看火，不要让它灭了，否则热菜时还得重新点火。我怏怏不快地走向灶房的时候，听见姐姐对黑印度说："你先帮我查查'遗臭万年'的'遗'字怎么写。我在广播里听到过这个词，觉得它很有劲！"

往火炭上横了两根细的劈柴后，我听见黑印度对姐姐说："找到了，找到了，这'遗'字的左边带个'女'字！"我想他一定是把"姨"当作"遗"了。别看我比姐姐矮三个年级，可我识的字比她多。我喜欢翻字典，一次能记住五六个生字。我幸灾乐祸地想，让你相信黑印度吧，把"遗臭万年"写成"姨臭万年"，老师看到后，还不得把腮帮子都笑疼了啊。

灶房没有开灯，但它并不黑暗。它的亮多半是借了里屋的灯光，光从那里溜出来，一直探到灶坑前，似乎这光饿了，想去锅里找些饭来吃。灶房的另一些亮儿，是因为火的缘故。它的光是暖红的，极像妈妈换上的那件衣裳。横在火炭上缓缓燃烧的两块劈柴，看上去就像是两炷香，燃烧得沉静安详，散发出淡淡的木香气。我喜欢这样的火，它不过分热烈，又不过于呆板，是那种轻歌曼舞的火，温情脉脉的火。

我正出神地蹲在灶坑前看火，灶房的门响了，爸爸回来了。他一进来就打了一个响亮的喷嚏，他问我："你妈还没回来？"

"回来了，又走了。"我说，"找你去了。"

"她上哪儿找我去了？"爸爸进了里屋。

"那谁知道！"黑印度抢着说。

我跟着爸爸进了里屋。我说："妈妈没找着你，回来后换上了红色的衣裳。她说是去找你的，可我看她穿那么漂亮，不像是要去找人的。"

"你懂个屁！"黑印度抢白我说，"她穿着新鲜是要给臭老九看的！"他胆大包天地把"爸爸"一词用"臭老九"代替了。

"可是天都黑了，爸爸能看清她的衣裳吗？"我脱下一只鞋，正欲朝黑印度打去，爸爸温和地把我制止住了，他说："你是姐姐，要让着弟弟。"

爸爸皱起了眉头。他走向茶柜，盯着那顶高高的纸帽子问我们："你妈妈今天又游街去了？"

"去了。"姐姐放下笔，转过身来对父亲说，"是上午去的，下午她就上地里干活儿去了，她晚上回来时还摘了一篮子菜。"

"游街时没人打她吧？"爸爸问完后，又打了一个喷嚏。

"跟过去一样，没人打她。她戴着高帽子走，好事的人跟着看看。除了杨菲菲往她身上扔了一个臭鸡蛋外，别人谁也没有碰妈妈一个指头。"姐姐说。

"杨菲菲扔臭鸡蛋，还不是因为她把人家得罪了！"黑印度气势汹汹地指着我说。他这次没叫我"二豁子"。

我说："谁让她骂爸爸妈妈了？她骂，我就揍她，我看是骂疼呢，还是挨打疼！工人阶级的后代不都是铁打的吗？还那么不扛揍，一揍就哭，真没劲！"

"女孩子是不应该学会打人的。"爸爸说。

"咱家的男孩只会逗鸟，我就得把自己当男孩子使呀。"我故意刺激黑印度。

黑印度并不在意，他把字典扔在炕上，指着饭桌说："×，我都要饿昏了。"

"那你们就先吃吧，"爸爸说，"我再出去找找她。"

"哼，杨菲菲家的鸡一定是天天刨厕所的蛆吃，不然怎么下出来的是臭蛋！"我嘟囔道。

黑印度首先"嘿嘿"乐了，跟着爸爸也笑了。笑得最矜持的是姐姐，她努着嘴对我说："你满脑子都是怪念头，快去烧你的火吧。"

一提起烧火，爸爸似乎想起了什么，他唤我到灶房取只碗来。只见他很不自然地扭了扭身子，似乎怕生人进来似的望了望门口，他的情态很像一个做了坏事的孩子要认错一样拘谨。他让我擎着碗，然后两手左右开弓地从两个裤兜里往外掏黄豆！那豆子金黄而圆润，它们骨碌碌地朝碗里奔跑，初始时我能听见"嘟——嘟——"

的清脆回声，待碗底被盖满后，那响声就是"簌簌"的了。黑印度凑过来，惊讶地看着那只不断有黄豆流入的碗，"哇哇"地叫着。很快，爸爸掏空了裤兜，碗里的黄豆也快平碗了。爸爸拍了拍裤兜，不好意思地笑笑，对我们说："你们把这碗豆子炒了，当零嘴吃吧。"

黑印度看着豆子的眼睛又黑又亮，就像两颗大的黑豆在瞪着一群小豆子。他说："你不好好接受工人阶级的再教育，还偷！"

"不是偷的。"爸爸虚弱地说，"是落在地上的豆子，我一颗一颗捡起来的。"他不善撒谎，脸红了。

"哼，这黄豆上一点灰都没有，干净得就像新剥出来的，我就不信你是把它们从地上捡起来的！"黑印度咄咄逼人地说。

爸爸的脸更红了，他嗫嚅着说："工人们好心，听说我有三个孩子，非要我抓点豆子回来给你们吃不可。"

"小偷！"黑印度仍旧坚持他的判断。

我才不管这豆子是怎么来的呢，我喜滋滋地把那碗黄豆捧到灶房，打算把锅里的热水舀干，用这恰到好处的微火来炒黄豆。炒熟的黄豆实在好吃，又香又脆，不过它很难嚼，你的牙上有点功力才是。

爸爸又出门寻妈妈去了。黑印度溜到灶房，殷勤地帮我舀锅里的水，他说："我看这豆子要赶快炒了吃，不然别人看见，就会把爸爸当作小偷给抓起来。"

"那咱们就快动手吧。"我终于与黑印度在这件事上达成了一致。

怕看不清豆子身上颜色的变化而把它给炒煳了，黑印度拉亮了灶房的灯。平时我们是不舍得在这里点灯的。爸妈都觉得，一个做饭的地方，有些微的光亮就可以了，所以灶房的灯是低度数的，昏蒙蒙的，就像一只老眼昏花的眼。而且，由于油烟和苍蝇的侵蚀，那上面沾满油垢和蝇屎，使原本不亮的灯又大打折扣。黑印度抬头望了一下灯，骂了一句："这半死不活的灯！"然后他朝姐姐申请使用手电筒。手电筒我们称为"电棒"，在家里，它属于贵重物品，不是谁想使就使得了的，因为它耗费电池，而电池就是钱。姐姐掌管着使用它的权力。一般来说，只有走夜路时，而那晚上又没有月亮，姐姐才会派它出马。若是天上有一轮比面饼还要白的月亮，你想使它，姐姐就会气咻咻地指着窗外的月亮说："它就是现成的大电棒，你不使它，别人也使，你不就成傻瓜了吗？"

黑印度碰了一鼻子灰回来。他见我已把豆子扔进锅里，就抓起铲子"咣——咣——"地炒了起来。他对我说："一个电棒有个鸡巴毛了不起，等我长大了，成了龙了，我买它一屋子的电棒使！"

我笑了，我们那么快地就达成了统一战线。

姐姐继续写她的决裂书，我和黑印度交替着炒豆子。我们用文火炒，豆子的香味徐徐地飘了出来。有经常徘徊在锅底的，就先熟了，它熟时要"啪——"地响一声，这时它的身子就会出现裂纹，而火的痕迹就像乌云似的，形态不一地出现在它们身上。这种时候，炒豆子的频率就要加快，我累得汗流浃背的，刘海儿都湿了。只听得豆子的爆裂声越来越密集：啪——啪啪——啪啪啪，就像除夕时的爆竹一样响亮。黑印度从锅里抓出几颗豆子，打算着先尝一尝。那豆子烫极了，他跳着脚，可是并未舍得将掌心的豆子扔掉。他忍着烫扔进嘴里一粒，对我说："我看火候行了，现在吃起来软，等凉透了就脆了！"

"我喜欢火候大的豆子——香，"我说，"火轻的吃起来没意思。"

"那你就把它们炒煳算了，到时你吃不了，就连鸡都不稀罕吃。"

我只得抓起一只空铁盆，将豆子一铲一铲地撮出来。豆子一出了锅，响声就止息了。它们刚才还吵闹得像群麻雀，如今却安静得像群绵羊。黑印度把豆子端到院子里，想让它尽快凉下来，我则添水刷锅，准备着把饭再温一遍。

妈妈无声无息地回来了。她进来没有和黑印度说话，也没有搭理我，径直进了里屋。我跟了过去。她拿过小板凳，坐在饭桌前，呆呆地望着那碟鲜润明媚的咸菜，似乎它把她给深深得罪了。她眼睑处皱纹丛生，满面疲惫，那件已不合体的洋红色衣服穿在她身上，很像一个受气的小媳妇，无精打采的样子。

"爸爸刚才回来了，他见你不在，又出去找你了。"姐姐说。

妈妈抬起了头，她仿佛受了天大的委屈似的泪眼蒙眬。她说："你们知道爸爸上哪儿找我去了？他上梁老五家！他以为我和梁老五怎样了，真是冤枉我！我和梁老五交往，还不是因为你爸！他一个校长落得这下场，我怕他想不开走了绝路，见梁老五实在、耿直，我就求梁老五平时劝着点你爸。人家梁老五瞧得起咱家，从关里带回桶香油，也想着给咱分一点！"她声泪俱下地说着，仿佛在痛说革命家史。

我明白了，爸爸是循着咸菜里香油的气息，以为妈妈去梁老五家找他去了。梁老五最近常来我家，他年轻的时候当过装卸工，他就讲他那时有多苦。货船一来，他们就得一溜小跑地往船上装货，一天下来，累得头晕眼花，肩膀酸痛得夜里不敢翻身。他一讲这辛苦，爸爸就觉得他当装卸工简直太福气了，工人们都很照顾他，他扛粮食走得慢，就让他少背几趟，见他体力不支时，干脆就让他躺在粮食堆上歇一会儿。梁老五的老家在关里，他春季探亲回来时，把带回来的香油分了一小瓶给我家，我们只有拌咸菜时才舍得放一点。我实在不知道香油惹了这么大的麻烦。

"你是不是碰到梁老五的老婆了，她骂了你？"姐姐问。

"是啊，我到菜园去找你爸，以为他去那里找我去了。路过梁老五家，正赶上他老婆出来泼水。她一见我就骂：'以后少让你家老爷们儿大晚上的上我家找你，你一个特务还想养汉养到我家门口！'她还故意把水泼到我脚下。"妈妈说完，像个受到伤害的小女孩一样，嘤嘤哭个不休。

"养汉"的含义我懂，就是说男女之间"搞破鞋"。我想妈妈就是特务的话，也不会和梁老五搞到一块儿。他又矮又胖，面目粗俗，怎能跟英俊的爸爸相比呢！爸爸这个大傻瓜，干吗去他家找我妈妈，让妈妈平白无故受这冤屈呢！

"你别去找他了，他不回来活该！我们先吃饭吧。"我对妈妈说。

"一家人不全，吃的什么饭呢？"妈妈平静下来了，她看上去不那么忧戚和脆弱了。

姐姐说："妈你别生爸的气。爸去他家找你，肯定以为你去那里找他去了，他不会往坏处想你的。"

"那梁老五的老婆凭什么那样污蔑我？"妈妈一梗脖子，很天真地问。

"因为她怕你把她的老爷们儿发展成苏修特务，到时候没人给她挑水吃了。"我说，"再就是你比她长得好看，她看着眼气。"

妈妈含泪笑了。她笑得很好看。她说："这么说不能怪你爸爸了？"

我和姐姐异口同声地评判说："不怪！"

黑印度捧着铁盆进来了。他嘴里"咯嘣咯嘣"地嚼着豆子，满嘴流香。而那盆里的豆子被晃得哐啷哐啷地响。我把盆子抢过来，一看只剩下个底儿了，就气得哭了起来。我嫌黑印度太吃独食，他一个人就吞了多半碗的豆子！

"我饿了，不吃豆子行吗？"黑印度说。

"这豆子哪里来的？"妈妈问。

"出去找你的人从粮库偷来的！"黑印度说，"要不赶快把它吃光，等着工宣队上门来发现了，他就别想在粮库锻炼了，他到笆篱子看铁丝网去吧！"黑印度说完，去后屋喂他的那笼鸟了。他一天要喂它们许多次，每次放上少许的食，他说这样养鸟，鸟才欢实。否则，你一家伙把它们喂饱了，得，它们就懒洋洋的不想动了，更别指望它们唱歌了。

妈妈的心情已经明朗了许多。姐姐又不失时机地告诉她，爸爸很惦念她，向我们打听她上午游街时受没受委屈。这个苏修特务听到这番话后，眼睛里就泛出温柔的亮色了。她看了看墙上的挂钟，嘟囔一句："这么晚了，他别是因为上老梁家遭了白眼，想不开了，我得出去找他。"

姐姐这次主动把电棒拿出来，派给妈妈用。

妈妈消失在夜色中。姐姐望着已经凉透了的饭，嘱咐我不要让柴火烧落架，说不准妈妈一出去就碰见爸爸呢。

我让姐姐抓点黄豆来吃，她瞟了一眼盆底所剩无几的豆子，只抓了一小把。她轻轻嘀咕了一句："这黑印度也真是的。"

炕沿上放着好几个纸团，那是被姐姐揉皱了的决裂书。也许是让爸爸妈妈这没完没了的互相寻找给打扰了的缘故，她写得很不顺畅。

我捧着盆子回到灶房，蹲在灶坑前，将火挑亮，一心一意地吃起了豆子。我的虫牙多，到处是豁子，所以嚼起来很吃力。不过这豆子实在是妙极了，越嚼越香，豆子在我嘴里"咯嘣"响着，柴火则间或发出"咔——"的一声脆响，似乎在为我的咀嚼而鼓掌加油。渐渐地，我吃累了，觉得两个腮帮子酸痛，心想黑印度就是给我再多的豆子也没用，谁让我小小年纪的，牙却老气横秋了呢！

我很气馁，又很饥饿，灶膛的火微微熏炙着我，使人昏昏欲睡。正在似睡非睡之时，院子里传来急促的脚步声，爸爸推门而入了！

"你妈妈还没回来?！"我看不清他的脸，只听见他焦急的声音。

"回来了，又找你去了。"我有气无力地说。

"她怎么不知道在家等我？"爸爸抱怨道。

"那你回来了怎么不知道在家等她？"我反问。

"她是个女人，我不放心她天黑时一个人在外面，我不去找她行吗？"爸爸跟我喊道。

"那她怕你不当校长去当装卸工想不开了，她在家能坐得住凳子吗？"我抢白爸爸。

爸爸进了里屋。我想姐姐今晚的决裂书实在跟被人踩过的蚂蚁一样的倒霉，死又死不了，活又活不成。

爸爸问姐姐："你妈没说去哪里啊？"

"没有，"姐姐说，"你不用太担心，我把电棒给她了。"

"她要是上野地遇见了狼，拿着电棒有什么用！"爸爸说。

"怎么不管用？"姐姐说，"狼怕光，用电棒一晃它的眼睛，它就会吓跑的。"

爸爸见窗台上的野花没了，就问它们还没开败，怎么就给扔了？在爱花的问题上，爸爸更像个女人，极具怜惜之情。他清晨起来的惯常动作是，先奔到窗台去闻闻野花的香气。他从粮库回来，骑着自行车走在山路上的时候，只要天气好，又碰到了姹紫嫣红的野花，他总要停下车子采上一束。所以他回家的时候，车把上常常别着一束花。镇子里的一些人见了会啐口痰说："臭老九就爱瞎浪漫！"

姐姐简短地把妈妈遭梁老五老婆羞辱的事告诉了爸爸，爸爸更加着急了，他说："我得赶快去找她，她哭完了出去，别再出点什么事。"

爸爸像旋风一样来去匆匆。那夜伸着一条长舌头，把他又卷入黑暗之中了。黑印度打着口哨从后屋出来，他在经过我身边的时候问："刚才我听见门响，谁回来了？"

"爸。"我简短地吐出一个字。

"他又走了啊？"黑印度感慨地问。

"哦。"我依然简短地应答着。

"×，我看他们今晚这么找下去，非要找到天亮了不可。"黑印度十分肯定地说，"他们这叫'相住'了！"

黑印度踢开灶房门，到院子里去了。很快，我听见了撒尿的声音，他常把尿撒在鸡架旁，有时尿水淋到鸡食槽子里，鸡都不爱吃食了。我很不喜欢他的某些做派，譬如吃饭时常不使用筷子，用手抓；譬如攒住一个屁时，非要等到很多人的时候放，臭气熏得人直反胃；譬如他向外开门时，总是用脚踢，而不用手去推，显得不可一世的样子。我想他这种人长大了肯定是个地痞流氓，说不定连个媳妇都找不着呢。

我添了两块小的劈柴，然后回到里屋。姐姐已经不写决裂书了，她坐在炕沿上给黑印度补袜子，他的袜子露脚指头了。那些皱巴巴的纸团被弃在墙角，看上去像几个糯米团子。

黑印度撒完尿后打着哈欠走了进来。他坐在饭桌前，用手抓起几根咸菜，放在嘴里大嚼大咽着。姐姐正要数落他，他接二连三放了一串屁。他说："这黄豆好吃是好吃，就是爱放屁。"

姐姐责备他说："谁让你吃这么多了！"

黑印度看来真是饿了，他望着苞米面粥的神色是那么羡慕、贪馋，就像猫见了鱼似的。姐姐有些不忍心了，她说："你要是实在太饿了，就让你二姐给你先盛一碗热着喝了。"

"我才不呢！"我激烈地反驳道，"这一盆粥都凝得像皮冻了，给他先盛一碗，等于是挖了个洞，爸爸妈妈回来一看多不高兴呀。再说了，一碗粥怎么热呀！"

黑印度说："一勺粥我都能热，别说一碗了！"

姐姐见我们又要吵起来，连忙制止说："算了，再等一会儿，全家一块儿吃吧。"

黑印度拍了拍饭桌，耷拉下眼皮默许了。

钟摆左摇一下，右摇一下，时间就让它给这么不经意地摇走了。半个小时过去了，姐姐补完了袜子，灶炕的劈柴也奄奄一息了，院子里还没有脚步声响起。一个小时过去了，黑印度开始伏在饭桌一角打盹，我和姐姐有些提心吊胆了，爸爸妈妈是否真的去死了？他们是不是抛下我们不管了？我们的议论被黑印度听到了，他没心思睡了，他抬起头，用男子汉的口吻安慰我们说："你们不用担心，大人不会说死就死的。"

"对，他们不会自绝于党和人民的。"姐姐说。

"可他们要是真死了呢？"我忧心忡忡地问。

"那我就找他们算账去！"黑印度斩钉截铁地说。

"那你还不得跟着死呀，要不阎王爷能让你见他们吗？"我说。

黑印度打了一个寒战，姐姐则瞪了我一眼。

我们一旦把事情往坏处想了，就魂不守舍了。黑印度说他们可能选择去小树林上吊，脖子被小绳子一勒，就没命了，痛快！我则认为他们会去水泡子溺水而死，因为这是个美丽的小湖泊，它的周围簇拥着绿草和野花。姐姐呢，她想得比较恐怖，认为他们是去公路撞汽车了。这样思来想去，我们觉得他们已经死了。我先哭了起来，姐姐忍了一会儿，也跟着落下眼泪。黑印度呢，他一直撇着嘴一动不动，后来也按捺不住地哭了，他很可怜地说："爸爸妈妈要是死了，谁养活我啊。"

我们此起彼伏地哭着，把夜给哭深了。我们打算求助邻居帮助寻找尸体。黑印度说要先上小树林，姐姐说要先上公路，我则坚持要先上水泡子。正当我们争执不休的时候，院子里突然响起脚步声，我们三个人几乎同时奔向门口，爸爸妈妈回来了！

他们进了屋里，一身夜露的气息，裤脚都被露水给打湿了。爸爸和颜悦色地提着手电筒，而妈妈则娇羞地抱着一束花。那花紫白红黄都有，有的朵大，有的朵小，有的盛开着，有的则还打着骨朵。还有一些，它们已经快凋谢了。妈妈抱着它经过饭桌的时候，许多花瓣就落进了粥盆里。那苞米面粥是金黄色的，它被那红的黄的粉的白的花瓣一点缀，美艳得就像瓷盘里的一幅风景油画。爸爸妈妈的头上都沾着碧绿的草叶，好像他们在草丛中打过滚。而妈妈那件洋红色的衣裳的背后，却整个地湿透了，洋红色因此成了深红色。

我赶紧去灶房当我的司火女神。柴火已经灭了，我又重新点燃，把那份落着花瓣的饭给重新热了。当我端着粥盆回到里屋时，正赶上妈妈把那束花往一个大罐子里插，她一摇晃那花，好家伙，又有一批花瓣落在饭上，其中就有我喜欢的芍药的微粉的大花瓣，这盆粥真是香气蓬勃了。

妈妈把花插上，注上水，将它摆在八仙桌子中央。我们全家团聚在桌子旁，吃起了花瓣饭。谁也没舍得把那些花瓣挑出来扔了，我们把它们全吃了。那是我们家吃的最晚的一顿饭，也是最美最美的一顿饭。

黑印度最先吃完，他回后屋去了。我们猜他困极了，去睡了。然而几分钟后，屋子里突然传来鸟鸣声，只见一只只小鸟扑簌簌地飞了进来。我望着黑印度站在门口，双手高举着鸟笼，笼门悠悠开着。

2002 年

炖马靴

　　故事发生在一九三八还是一九三九年，父亲记得并不很清楚，他说年份不重要，重要的是时令，寒冬腊月，祭灶的日子，西北风呜呜叫，他们抗联部队的一个支队（父亲至死对他部队的番号保密），二十多号人，清晨从四道岭小黑山的密营出发，踏雪而行，晚饭时分，袭击了位于中苏边界的一个日军守备队。

　　父亲说他们事先侦察了，这个守备队在山脚下，距离一个小镇四五里路，驻扎着三十来人，有一栋长方形板房，两个矩形仓库，还有一对大狼狗。板房是营房；两座仓库呢，为弹药库和粮库。这两座库，是他们的主攻目标。

　　那时关东军在中国东北，一方面针对苏联，在边境一带秘密修筑防御工事；另一方面对抗日武装，进行围剿。为切断老百姓与抗日队伍的联系，他们大规模实施归屯并户，建立"集团部落"，大片农田荒芜，无数村落夷为废墟。父亲说自此之后，队伍的给养成了问题，缺粮少衣，陷入被动。

四道岭在哪里？我在地图上找不到。父亲说除了四道岭，还有头道岭、二道岭、三道岭和五道岭。这些岭呈刀锋状，山上林木茂盛，山下溪流纵横，地形复杂，易守难攻，适宜做密营。父亲说他们最初的营地在头道岭的大黑山，那里狼多，当地人也叫它"野狼岭"。深夜时群狼齐嗥，狼眼鬼火似的在树丛闪烁，地窨子的女战士恐惧这"夜歌夜火"，就往男战士住的这一侧跑。父亲也不避讳，说他们因此喜欢狼嗥。

狼通常群居，但也有离群索居的。父亲说头道岭就有这样一条母狼，它双眼瞎。不知是天生瞎眼，还是后天瞎的——比如被猎人打瞎，疾病，或是同类相残所致。大家分析，它在狼群里受排斥，才被驱逐出来。一条瞎眼的狼，就是一把卷刃的剑，锋芒不再。虽说它的嗅觉依然灵敏，但它朝着掠食目标飞奔的时候，由于深陷永无尽头的黑暗，往往会撞到树上，或是跌入谷底。猎物到不了嘴，反受皮肉之苦。但狼是聪明的，父亲说这条瞎眼狼自打发现支队的行踪后，就一直凭声音和嗅觉尾随他们，求得生存。

父亲是火头军，他可怜瞎眼狼，做了几个鼠夹子，将拍死的老鼠扔给它。战友们都说，狼是吃人不吐骨头的野兽，喂不熟的，可父亲还是不忍看它挨饿，尤其到了漫漫长冬，白雪像巨大的裹尸布一样覆盖了山林，它几乎找不到吃的，连哀叫的力气都没了，像一团飘浮的阴云，蔫巴巴地尾随着队伍，父亲总会想方设法给它口吃的。它得了食物后会叫几声，像小孩子没吃饱奶时的吭叽声，带着些许的满足，又些许的抗议。

大地回春了，瞎眼狼的日子就好过多了。春夏秋三季，它可以用鼻子觅到果腹之物，而那些东西其他狼基本是不碰的，譬如浆果、蘑菇、青苔或是昆虫。它食肉的机会有没有呢？那得看它的运气了。病死的鹰，半腐烂的兔子，对它来说就是美味。一旦发现，它就迅疾赶去。可这样的食物，也是乌鸦的珍馐。常常是它大快朵颐时，乌鸦纷纷落下，与其争食。瞎眼狼反正看不见，奋勇吃它的。父亲说他们不止一次撞见它与乌鸦同食腐肉的情景。看着它被漆黑的乌鸦给挤在一角，像条瘪了的布袋，实在是心疼。

有时不是瞎眼狼先发现的腐肉，而是乌鸦，它也能跟着蹭点荤腥。乌鸦一鼓噪，它就循声而去。所以瞎眼狼最爱的声音，该是乌鸦的叫声吧。乌鸦啃不动的骨头，对它来说就是心仪的阳光，它会把它们拖进山洞，作为存粮，以备不时之需。它瘦弱不堪，但牙齿锋利，骨头于它，恰如糖果。

瞎眼狼像个讨债鬼，跟着支队，渐渐地成了编外一员。

这条狼有年正月，突然消失了！看不见它了，大家还担心，它是不是被老虎或狗熊给吃了？父亲说瞎眼狼失踪三个月后，他和战友为前方的大部队运粮，在二道岭遇见它。它居然大了肚子，怀了崽了！它拖着沉重的身子，穿越新绿点点的灌木丛，往头道岭走。它的爪子在林地上，留下的印痕明显比过去深了，而它的毛色，也比过去光鲜了！闻到它熟知的队伍的气味，它还停下来，转过头，低低叫了几声，有点羞怯，又有点骄傲似的。

它是在哪里俘获了一条公狼的心呢？父亲说他们猜测，公狼与它发过情后，恐怕也是后悔的，否则不会在它怀着孕的时候，让它孤独地在山岭间穿行。

那次运粮，父亲他们中途遭到日伪军伏击，死伤过半。原来是队伍里一个姓梁的通讯员做了叛徒。他们不得不放弃头道岭的密营，重整旗鼓，在四道岭的小黑山再建营地。这样，头道岭的瞎狼，就在他们视野消失了。两三年不见它，大家还念叨，它生了几崽？养活得了小狼吗？因为一直没见它来找他们，父亲认定，瞎眼狼生的小狼，个个都是好眼睛，它的生活有了灯，不需要他们了。但父亲还会在队伍偶尔开荤时，将吃剩的骨头，扔在附近的山洞。瞎眼狼喜欢山洞，也能对付骨头，万一他们转移了，而它走投无路，寻到那儿的话，总不会饿着。

为了那次行动，父亲说他们做了周密计划。选择过小年的日子，是因为侦察员带来消息说，日本兵到了冬天的晚上，为打发长夜，喜欢三五结对，去镇上喝酒。小镇有家烧锅，酒好，下酒菜地道，且店主人的老婆俊俏，待人周全，烧锅便成了这个守备队士兵的温柔乡。每逢中国的传统节日，端午、中秋和小年，烧锅一派花园气象，菜品多姿多彩，香气勃勃，撩人胃肠。每逢此时，守备队的人有一半会开小差，防卫空虚，易于突袭。

小年那天飘着雪花，从四道岭到目标点，大约八十里路，要穿越几道山谷和数条冰河。父亲他们驾着滑雪板，清晨就出发了。呼呼叫的北风，让雪花成了薄命人，未等落下，在半空就被风撕裂了。雪粉飞扬，常迷了人的眼睛。父亲说他们不讨厌这样的迷眼，因为雪花纤尘不染，就像老天送来的润眼膏，无比清凉。

他们在午后三点接近了日军守备队，埋伏在山后，把滑雪板卸下，藏在一条沟塘里，预备着突袭成功后，再穿上撤离。父亲说每个战士都是滑雪高手，在冬季，滑雪板就是他们的战马。

腊月的太阳冻得够呛，午后四点不到，就缩着脖子退出天朝了，想必急着烤火去了。太阳落山后，遗下一片滴血的晚霞，好像西边天负了伤。父亲说天黑透了，侦察员带来消息，三辆摩托车驶离守备队，带走了十一个日本兵，看来他们是去镇上的烧锅了。父亲说支队长没有犹豫，下达了进攻令。

趁着夜色，队伍匍匐向前，靠近目标。守备队四周是铁丝电网，两扇宽大的铁门紧闭，门侧的岗楼是空的，没有岗哨。营房灯火通明，照亮了院子。那生硬的铁丝电网，因为有了光的照拂，在院子投下无数爪形的印痕，像一幅工笔的松枝图。两条大狼狗嗅到异常，汪汪叫起来。身手敏捷的神枪手小张，握着手枪，埋伏在岗楼，单等日本兵开门察看时击毙他，打开进攻的通道。岗楼对面，隔着一条雪道，是一摞半人高的柴垛，一个机枪手和五个持步枪的战士，作为冲锋的主力，以此为掩体，准备突击。其他人员，分布在左右两翼，对守备队形成三面夹击。

两条狼狗越叫越凶，营房的门终于"嘎吱"一声响，有人出来了。狗迎了主子，引至铁门，更凄厉地叫起来，用爪子"嚓嚓"挠门报警。那个日本兵没有想到外面重兵埋伏，打开铁门，他刚一露头，小张便举起手枪。子弹飞过，他应声倒地！两条狼狗狂吠着，像两朵暴风雨中滚动的浓云，一前一后冲出，一个奔向岗楼，一个奔向柴垛。奔向岗楼的，被小张击毙了；奔向柴垛的，被步枪手撂倒了。不同的是前一条狼狗吃了一颗枪子，后一条吞了两颗。守备队的日本兵听到枪声，携枪而出反击。院子的光亮，让他们成为鲜明的靶子，在交战中处于劣势。支队伤亡极小地冲进守备队，可以说是旗开得胜。

然而谁也没有料到，那三辆刚离开不久的摩托车回来了！

十一个荷枪实弹的日本兵回来了！

父亲说抗战胜利后，他路过那个小镇，才知道那天日本兵为什么突然回返。原来镇上的几个农民，看不惯开烧锅的夫妇做日本人的生意，知道小年的这天他们又要来喝酒，自制了燃烧弹，投向烧锅，让烈火吞噬了它！

他们在返回途中，已经听到了守备队传来的枪声。

父亲说他们受到了前后夹击，优势立刻转为劣势。

当队伍冲向弹药库和粮库的时候，没想到这两座仓库，居然还有碉堡的功能，这是他们事先没有侦察到的。虽说守备队门前的岗哨形同虚设，但粮库和弹药库，哨兵一直在岗。这两座仓库架设的机枪，让暴露在空场的战士陷入绝境，父亲说大部分战友牺牲在那里，包括支队长，以及两名救护伤员的女战士。

最终从虎口脱险的，只有五个人，一个副支队长，三名战士（两男一女），加上父亲这个火头军。当然，父亲说他是后来才知道的，因为逃出的五个人，分了三个方向。

他们事先也制订了撤退计划，一般来说，为牵制敌人，保存实力，撤退时会分两个方向。火光中父亲不辨东西，所以他开辟了一个撤退的第三方向。

他们没有全军覆没，得益于绰号"磨牙王"的战士。这个人爱磨牙到什么程度呢？不仅睡觉磨，行军磨，吃饭也磨。挨着他睡的战士，梦中被他扰醒，常将臭袜子塞他嘴里。他咬着袜子，吭吭哧哧的，磨不出声了，但醒来后塞袜子的战士就惨了，袜子湿漉漉的不说，对着太阳一照，还亮光点点（到处是窟窿眼），好像他用牙齿，在袜子上播撒了繁星。

父亲说交战处于被动时，靠近粮库的副支队长下达了撤退令，父亲眼见着身负重伤的磨牙王，咬着牙，趁乱爬向弹药库，在冻土上爬出一条墨似的血痕，用自制的手雷引爆了弹药库。剧烈的爆炸令大地震颤，冲天的火光像一条条金红的鲤鱼，跃向夜空，守备队周围的铁丝网被撕裂了，日本兵赶紧转向粮库防御。

父亲就从弹药库北侧逃了出来。从此以后，与磨牙相似的声音，比如吱扭的扁担声，喑哑的拉锯声，甚至是老鼠啃东西的声音，都被他视为美音。

父亲逃得并不顺利，一个日本兵不屈不挠地追捕他，两个人之间的周旋和战斗，也就进行了大半夜。

初始父亲并未察觉身后有人，他戴着狗皮护耳，呼哧带喘的，加上踏雪发出的咯吱声，根本听不到背后的动静。由于撤离方向有误，预先藏在守备队山后沟塘的滑雪板，对父亲来说是梦里的彩虹，遥不可及。他在雪中跋涉了一个多小时，才走了七八里路。但父亲觉得这距离足够安全了，他停下来，打算歇歇脚，给身体补充点能量。

父亲说作为火头军，无论行军还是打仗，他总是背着一口铁锅。那铁锅跟菜墩那般大，与他的背一样宽，所以他背着它的时候，一点也不突兀，就像他身体的一部分，当然这使他看上去像个罗锅。除了铁锅，他棉袄外还斜挎着干粮袋，里面装着二斤左右的炒米。此外他棉军服的里子，靠近胸口的地方，还缝了两个布袋，一个装盐，一个盛火柴。火柴和盐，是部队陷入被动时的救生索。

父亲停下的一刻头晕眼花，也许是先前战友的死刺激着他，他忽然恶心起来。当他垂头呕吐的时候，后背的锅猛地一震，冲击力让他险些栽倒，接着右前方树丛闪出一团白炽的火花，好像彗星划过，父亲马上意识到这是子弹擦着锅的右角飞过，后有敌手追击！父亲本能地卧倒，拔出枪来，匍匐到一处雪坎，以此为掩体。

父亲讲起这个人时，总以"敌手"相称，那么我也随他这么叫吧。

雪已停了，父亲说借着雪地的反光，依稀看见一团黑影在树丛飘动，距他不过四五十米。敌手对父亲的突然消失满怀警觉，因为他知道子弹打飞了，父亲不是中弹消失的，对方已进入防御，他的最佳进攻机会葬送了。敌手开始隐蔽自己，父亲说那团黑影下沉了，鬼影似的不见了，证明他也就势趴在雪地上了。那年雪大，积雪足有两尺，正好隐蔽。

父亲说他所在的支队的武器装备，在当时算精良的，有七八条老套筒步枪，还有两把毛瑟枪。手枪中好的是缴获来的王八盒子，其余的是自制的转轮手枪。而有的队伍武器装备紧张，像火头军和救护兵，只配备大刀，而父亲所在的支队人人有枪。父亲所持的是一支自制的转轮手枪，有些笨重，但很好使。父亲自诩枪法不错，用它打过野猪和狍子，为支队改善伙食。不过对他的枪法，我一直怀疑他有吹嘘的成分，因为在我童年时，看他参加武装部的运动会，父亲投掷的铁饼和铅球，都是不听话的孩子，落脚点不在规定范围内，没一次成绩有效的。还有他每每教训我时，无论是飞向我的砖头还是空酒瓶，也无一砸中。当然，也许他只是为了吓唬我，没让它们走正确路线。

在与日军守备队的交战中，父亲所带的子弹基本用光，只剩三发。每一发对他来讲，都贵如黄金。父亲说一个人在野外作战，子弹的用途多着去了。既可抵御敌手，又可预防野兽袭击，还可以猎取动物、获得食物，以及向搜寻自己的人发出求救信号。除了这些，父亲说子弹还有一项顶要紧的功能，万一奄奄一息，有落入敌手的危险，不如给自己个痛快，所以他说要给自己留颗子弹，就当是藏着一块人生最后的糖。

但那个晚上，他的糖果没能保住。

父亲说腊月天本来就冷，加上夜间气温骤然降至零下三十多摄氏度，人趴在雪坎上，一刻钟就冻木了。如果双方僵持下去，都将被活活冻死。为了让敌手主动出击，父亲想了个办法。他穿了两层衣服，里层是棉绒秋衣，外层是棉袄。他不顾严寒，卸下锅和干粮袋，脱下棉袄，将里层的秋衣脱下，再把棉袄穿回，锅背上，顺手捡了一根被暴风雪刮断的柞木树杈，故意大声咳嗽几声，引起敌手注意，然后用树杈将秋衣挑起来，轻轻舞动，制造他在运动的假象，敌手果然上当，连着两发子弹打过来，父亲说那家伙的枪法真不错，子弹都是穿过秋衣呼啸而过。两发子弹过后，父亲丢下树杈，让秋衣垂落，使对方以为他中弹了。果然，敌手认为父亲凶多吉少，慢慢露出头来，缓缓朝前移动，准备察看战果。当敌手走了十多米时，父亲扣动扳机，想在最有利的时机下，一枪撂倒他。可是也不知是手冻得麻木了，还是移动状态的黑影有点飘忽，总之第一颗子弹打飞了。枪声让他暴露，敌手自知上当，卧倒瞬间，父亲又开了第二枪，这一枪中弹的是一棵树，树发出嘶嘶叫声，火花绽放。父亲说他剩下最后一发子弹后，反倒镇定了。双方都知未伤对方皮毛，也就是说，他们的生命，处于同一地平线上，谁有日出，就看命运了。

父亲说他占据的雪坎驼峰一样凸起，是天然堑壕，毕竟有利，不想转移。但他知道卧在雪地撑不了多久，所以紧盯着那个方向，等待敌手的意志先崩溃。他们对峙了近半小时，父亲说他感觉周身的血液要凝固的时刻，敌手背后传来凄厉的狼嚎。这声音对一直萦绕着支队的父亲来说，习以为常，权当是老朋友来打招呼，可敌手却感到危机，躁动不安，听得见他潜伏之处传出咯吱咯吱的声音，他想着避开狼吧，终于起身了，一直全神贯注盯着他的父亲，就在他露头的一瞬，打了最后一枪。

父亲很镇定，撤退时没忘了将中弹的秋衣拿上，顺手系在腰间，将两只袖子打结。他说现在很多人在运动时喜欢把外套脱下来这样装扮，自以为时髦呢，其实那时他就这么干了。那天西北风从背后吹得厉害，秋衣像棉帘子护住腰臀，让他暖和不少。

父亲说自己太走运了，等他后来终于瞅清他时，才知道最后一枪，击中了敌手的左肩，而这家伙是个左撇子，右手虽也能持枪，但枪法比起左手差远了，所以尽管父亲消耗了所有子弹后被迫撤退，而为避免中枪采取蛇形方式，忽左忽右，但暴露在敌手有利射程范围的他，没有倒下。那人开的最后两枪，都成了献给夜的森林的小礼花。

父亲是什么时候察觉到敌手也没子弹了呢？他说为了便于听动静，他解开了护耳，在雪地跋涉约两里路后，他不再听到背后传来枪声，只是越来越清晰的狼嚎，觉得奇怪，回身一望，隐约见尾随他的敌手所拷的枪，似乎枪头朝上，说明它也无用武之地了。父亲说那一刻他轻松了一下，赶紧放慢脚步，撒了泡尿。他说战事紧急时，只要不是冬天，尿就撒在裤子里，尤其是雨天的时候。可是北风呼号时节，一泡尿下去，不出一刻钟，裤裆就会冻成硬坨，男人的家伙挨着冰坨，再强旺的人也会废了！父亲说如果那样，就不会有我和姐姐的出生了。

父亲撒完尿，再回身看了一眼，敌手追得近了些，但离他还有二三十米的样子。他走得踉踉跄跄的，看得出很吃力。父亲也没多想，心想你有耐力就追吧。武器都成了哑巴后，双方拼的就是毅力、体力和运气了。

雪又下了起来。父亲说不下雪的话，他不会迷失方向，他本来是向着四道岭新建的密营方向撤退的，他渴望在那儿与离散的战友会合，渴望着在地窨子笼起火，喝上一缸热水，吃顿饭，踏实睡一觉。

然而雪越下越大，父亲说雪夜的森林，就是打了数不清的烟幕弹，你不走上歧路几不可能。他分辨不出东西南北，觉得哪儿都是前方，可走了一个小时后，你会突然发现，自己又回到了先前经过的地方。敌手无路可走，紧追父亲。父亲怎样走，他就怎样追随，父亲想除了斗志在起作用，这家伙可能与背后狼的追逐，以及他无法辨认来时的路有关，也就是说，他也无力撤退了。

他们就这样在飞雪中又行进了两个多小时，午夜时分，父亲实在走不动了，在靠近河岸的灌木丛停下。飞雪中林木模糊，可狼的叫声一点也不模糊，愈发清晰。对付狼，火光就是子弹，父亲打算与敌手，徒手决一死战，如果幸存的话，就卸下锅，燃起一堆火，化点雪水，就着热水吃炒米。想起炒米，他一摸斜挎的干粮袋，却是瘪的，他立时就腿软了。父亲仔细摸索，发现干粮袋靠近后脊梁的部位，有道寸长的口子，看来这一通急走，穿山时被树枝给刮破的，炒米白白流失了。所幸吊在干粮袋上的茶缸还在，行军中它既能喝水，还能当食物的容器。父亲说鸟儿要是寻到遗落的炒米，一定会张开翅膀欢呼。他说脱险以后，干粮袋就不在衣服最外面斜挎着了，而是像护卫盐和火柴似的，将其当银元捆在腰间，这样就不会有闪失了。

老实说复述到此，我觉得父亲无数次唠叨的这个故事，没啥新奇，无非是他们行动失败，他单枪匹马撤退，被一个敌手不懈追击而已。

但接下来发生的故事，尽管父亲每次讲述时，语气是平静的，但总能在我心底搅起波澜。我对后半程的故事永不厌倦，就像对一首喜欢的乐曲，不管循环播放多少次，依然爱听。

雪没停，父亲选择了靠近河谷的一片灌木丛停了下来。除了手枪，他还携带一把三寸长的钢刀。作为火头军，这把刀的主要用途是炊事，剁个野菜、剥点引火的桦树皮、打到野兽开荤时用于肢解动物等。当然危急时刻，它还可以作为武器。

父亲说他卸下锅，把枪也卸下，看着敌手一步步逼近。他的喘息传来了，如此沉重，好像喘不动的样子。父亲手握钢刀，身体绷紧，做好了决战准备。可是敌手踩着父亲蹚出的脚印，趔趔趄趄靠近他时，既没做出战斗的姿态，也没举手投降，而是一头栽倒在雪地上。父亲怕他佯装倒下，持刀慢慢凑近，才发现他左臂中弹了，他的军服残破不堪，原来情急之下，他撕扯军服当绷带，包扎伤口了。可是他伤得厉害，军服的面料又不适宜做敷料，所以包扎处渗血严重，一团墨色。父亲说他从未见过一个人的眼睛会在夜的飞雪中发出那样强的光，锐利，绝望，又不甘。敌手打着寒战，牙齿磨得咯咯响，不知他是被疼痛折磨的，还是因为憎恨父亲。

父亲先缴了他的枪。是一支轻便灵活的三八式步骑枪，俗称"小马盖子枪"，父亲说那是女战士最喜欢的一款枪。他最终靠着这支枪，俘获了母亲的芳心，那时她在后方营房的被服厂做军服，当然这是后话了。

小马盖子枪到手后，父亲继续搜他身，没发现手枪和刀具，说明他们仓促应战中，装备不足。父亲说本来可以一刀子扎在他心口上，让失去反抗能力的敌手立即毙命，但见他气息奄奄，挺不了多久了，再说狼嚎声越来越近，父亲准备赶紧点火。敌手受伤后，伤口没包扎好，血滴在雪地上，父亲想是血腥气让嗅觉灵敏的狼一路跟着吧。狼的叫声越来越近时，父亲听出至少两条狼在叫，一种声音富有攻击性，凄厉而有穿透力；一种比较婉转，犹疑，像婴儿的啼哭，让他有似曾相识之感。

父亲在灌木丛划拉了一抱干枯的树枝，又找了棵桦树，剥了块桦树皮，生起火来。这堆火距离敌手倒地之处，有四五米远。父亲把锅支上，想融化点雪水来喝。没有食物，吃几粒盐，喝一缸热水，也能补充能量。

他烧雪水的时候，想着该怎样处置敌手。他失血过多，倒地后就再也没能爬起来。父亲知道这样下去，不出几个小时，他就会死在那片灌木丛。他似乎不惧怕父亲，但对狼的叫声表现出异常的惊恐，狼一叫唤，他就呻吟。

父亲又找来一些柴火，打算在篝火旁多休息两个小时，等雪停了再行动。他抱着柴火回到篝火旁时，雪水烧沸了，狼也来到近前。躲避在灌木丛后的狼，交替发出叫声，一种是带着威慑和焦急情绪的大叫，一种是呼唤故人似的低沉呼唤。敌手哼唧得更厉害了，他身体扭曲着，似乎想努力爬到篝火这儿来，可他终归没能离开跌倒之地半步。

父亲是怎么判断出徘徊在附近的狼，有一只就是他熟悉的瞎眼狼呢？他喝过一缸热水后，发现篝火的斜对面，狼发声之处的灌木丛，有两个黄绿色的光点在闪烁，那是狼眼发出的光。两条狼应该有四个发光点，可父亲说他望了多次，总是两个光点，这说明另一条狼的眼睛是不发光的，它不是瞎眼狼又会是谁呢！父亲说直到这时他才明白，为啥有一条狼发出的叫声，令他有熟悉的感觉。

一缸热水落肚，父亲觉得已快凝固的血液，开始苏醒，一波一波地缓缓流动了。他摸出几粒盐，当点心一样品咂。直到和平时期，父亲都有囤积食盐的习惯，与他战争年代的经历有关吧，他常说盐粒是尘世的珍珠！

不瞎的狼一定是饥饿到极点了，它的叫声带着极度的不耐烦和愤怒。父亲向篝火添了更多的柴，让它愈发旺盛，篝火噼啪燃烧，就像黑夜的心脏，怦怦跳动。父亲说他歇息的时候，不时瞄一眼敌手，他努力挥起右手，似在召唤他。父亲走过去，发现他浑身颤抖，脸被疼痛和恐惧折磨得扭曲变形，他对着父亲，从牙缝中迸出一个"冷——"字，父亲明白，他这是想离篝火近些。父亲犹豫了一下，想着这可能是他此生的最后愿望了，最终还是又怜又恨地拽起他双脚，确切说是拽着一双半新的长靿马靴，将他扯到篝火旁。篝火照耀着他，他发出一声怪异的笑声。不知是被篝火激动的，还是因父亲最终屈从了他而得意的。

敌手是个年轻的士兵，懂得一点中国话，说不连贯，单字单字地蹦。他到了篝火旁，先是艰难吐出个"水——"字，父亲没搭理他；他又吐出个"盐——"字，父亲还是没搭理他。父亲说了，水和盐的摄入，也许会让一条毒蛇苏醒。想着自己差点成为他枪下的鬼，想着牺牲的磨牙王，父亲甚至觉得把他拖到篝火旁，让他得到最后的人间温暖，都是对战友的背叛。

父亲说那夜的篝火太美了，将它周围飘舞的雪花，映照得像一群金翅的蝴蝶！他看着飞旋在铁锅上空的雪花，心想它们要是化成小年的饺子，该有多好啊。父亲饿得慌，狼也饿得慌。一条狼始终凶悍地叫，它一定希冀篝火快点熄灭，黎明快些到来。敌手怕自己最终会成为狼的盘中餐吧，他在生命的最后时刻，拼尽全力，拍一下自己，然后指指篝火，再吃力地拍一下自己，再指指篝火。父亲明白，他想让他火葬了他。父亲说你要是投降，优待俘虏，我或许可以考虑。敌手听得懂父亲的话，但他没有将手上举，而是牢牢贴在胸口，像守卫最后的堡垒，至死没有做出投降的姿势。

敌手挣扎了最后一程，凌晨两三点钟死了。父亲说这时雪停了，老天爷不撒纸钱似的雪花了。西北风刮了起来，父亲又捡了一抱柴，让篝火始终处于旺盛状态。父亲饿得肚子咕咕直叫，可雪水沸腾的铁锅，依然没有可煮食的东西。父亲再次搜敌手的身，希冀有所发现，万一有两块压缩饼干，或是一支香烟，那将是这个小年的好享受了，可他最终失望了。他只在军服的口袋里搜出两样东西，一个是一方蓝格子手帕，另一个是长方形金属外壳的镜盒。打开一看，里面竟夹着一张二寸的黑白相片。父亲凑近篝火一看，那是个穿着印花和服的姑娘，她额头很宽，鼻子小巧，微微垂头，浅浅笑着，满眼都是甜蜜。这掩藏在镜盒里的姑娘的相片，令父亲有看见原野小花的感觉。父亲想这相片中的人，也许是敌手远在家乡的恋人，而她再也见不到心上人了。父亲将镜盒放回敌手的口袋，而将蓝格子手帕揣进自己兜里了。

父亲从敌手的头一直细搜到脚，突然有了救命的发现。敌手穿着的马靴，是长靴，长靴通常是军官和骑兵的装备。从这名士兵的肩章和帽子看出，他不是军官，那么他是守备队中的一名骑兵？军官的靴筒通常为平口的，而骑兵长靴为斜口的。父亲说敌手的马靴就是斜口的，深棕色，里面有黑色绒毛，极其保暖。靴子是上好的牛皮的，靴帮靠近脚腕处，有一圈韭菜叶宽的装饰带，好像给这靴子戴了一个项圈。

父亲将这两只靴子从敌手脚上拔下来，靠近篝火，用钢刀切割靴子。靴筒很温乎，敌手死了，可他身体的余温未散，孤魂似的游荡。父亲说摸到热气时，他心里哆嗦一下，望了一眼敌手，他死时眼睛没闭上，父亲停下手，将敌手的那块蓝格子手帕掏出来，走过去蒙在他脸上。父亲每每讲到这个细节，我总要问，你是怕他看见你吃他的马靴吧？父亲的回答总是，一个死了的人，唉，他就是没闭上眼的话，哪能真瞅见呢。他并不解释给他蒙面的具体原因。

父亲割掉靴底，将要扔掉时，发现靴底烙印着一行字，仔细辨认，原来是"昭和十二年制"的字样。他将靴底撇得远远的，说是感觉是将这罪恶的一年给抛掉了。父亲划开靴帮，燎猪毛似的，将靴筒绒毛在火上处理掉，再用刀子，将它一遍遍地刮着，除掉绒毛燃烧后留下的灰烬，再尽力刮掉所染的颜色，让牛皮尽量恢复本色。他数了数，一双马靴，经他分解后，得了大大小小的牛皮，一共十块。他将它们放进雪堆，一遍遍揉搓，使它们更为清洁，然后加柴调旺篝火，往铁锅续了雪，使融化的水更多，把马靴皮下到锅里，又折了几簇樟子松苍绿的松枝，作为提香除秽的调料，投进锅里，开始炖马靴了。

父亲说火旺，锅很快就烧开了，咕嘟嘟冒热气。在冬夜的山林，这口锅散发的水蒸气，在升腾的一刻，被篝火映照得像一条腾空的金龙。没有锅盖，水蒸气挥发极快，父亲不停地往锅里添雪。马靴的味道渐渐散发出来，初始是煳味，跟着是膻味，半小时后，牛皮仿佛被熬煮得苏醒了，淡淡的香气出来了。父亲说他等不及了，狼也没耐心了，它们闻到肉皮的味道，嗥叫不休。一种是威慑性的想要攫取的叫声，一种是乞求施舍的温和的叫声。

父亲用桦树枝条做筷子，捞出最大那块马靴皮，用刀切下一小块，填进嘴里。牛皮虽然膨胀起来了，但炖得时间不长，极其难嚼。父亲努力吃了半块，将余下的一分为二，撇给盘踞在灌木丛的狼。我问他食物如此短缺，为啥还要喂狼？他说可能是习惯吧，毕竟瞎眼狼在那里。再说狼得了吃的，就不会过来吃人。他说的人，是否包括敌手呢？这个话题我始终没敢问他，直到他辞世。

父亲说肚子一旦有了食物，哪怕只是垫了个底儿，心就不慌了。西北风越刮越大，树也开始呜呜叫起来。父亲不担心会有敌兵追来，因为路途艰险不说，他们留在雪地的足迹，早被飞雪和狂风搅起的雪浪给荡平了，任谁也别想找到他们了。

马靴又被炖了一段时间后，终于嚼得动了，父亲吃了两块，体力恢复了，他将剩下的牛皮捞出来。父亲说几乎就是打个哈欠的工夫，它们就在寒风中凉透了，再打个哈欠的工夫，它们就冻硬了，父亲将它们当点心，分别揣进裤兜，然后取下篝火上的铁锅。热锅落在雪地的一刻，发出"吱吱——"的叫声，父亲说锅底下的雪被烫得不轻，破了很大一片，流出汩汩雪水，但热锅烫伤的雪，很快结痂，寒风也让热锅成了冷锅。父亲抬头望了望天，雪停了，但夜空还没晴朗起来，望不见北斗星，父亲不知置身何方。夜晚的山岭，看上去都是一个模样，按照父亲的比喻，它们就像一把把钢刀插在那里，阴森恐怖，让人觉得是在屠宰场。

父亲本不想天亮前出发的，他不知该走向哪里。天明以后，他能从太阳判断方向。可是狼逼得他必须走，因为它们窸窸窣窣地冲出灌木丛，朝向篝火了，显然那点牛皮，不够打牙祭的。父亲说当它们离自己仅有五六米远时，他在它们斜对面，借着残余的篝火，望见了一生难忘的情景，两条狼一前一后，呈一条直线，前面的狼高大威猛，后面的狼矮小瘦削。前狼挣扎着向前，后狼拼死咬住前狼的尾巴，试图阻止它的步伐。父亲认出了后狼就是瞎眼狼。他说从未见过狼眼会泛出红光，前狼试图奔向篝火的人时，眼睛漫溢的就是这种光，也不知是不是篝火映的。父亲"嗨——嗨——"地叫了两声，这是以往瞎眼狼尾随支队时，他抛给它食物时，惯常的招呼声。瞎眼狼显然熟悉父亲的呼唤，它更加用力地往回拽前狼，前狼的尾巴绷得直直的，像一支在弦之箭，就要绷不住了，它的尾巴随时有被扯掉的危险，痛到极点，叫声格外瘆人。最终前狼让步了，瞎眼狼将它生生地拖回灌木丛。父亲长吁一口气，感恩似的分出两块牛皮，投给它们。

父亲说既然前狼连火光都不怕了，久留于他来讲，危险太大了，他准备出发。他本想换上敌手的棉服，它的保暖性更好，可是这件棉服的肩胛处，被父亲发射的子弹打穿后，先前涌出的鲜血已成凝固剂，衣服破损污秽不说，要是强行脱下，等于撕敌手的皮。

最终父亲将他的帽子取下，扣在自己头上。然后划拉了一抱柴，将篝火调得旺旺的，拔腿出发了。

常听父亲讲炖马靴故事的母亲和我，一再问过父亲，你都要开拔了，还点篝火做什么？是不是火葬了敌手？父亲给出的答案总是模棱两可的。有时他说："我缴了他的枪，还吃了他的马靴，不然就得饿死啊。"有时他说："我战友的尸骨还不知埋在哪里呢。"有时他说："那晚上没月亮，生火能照亮一段路啊。"最接近答案真相的一次，他说："唉，让他和那个姑娘的相片一起化成灰，他做鬼也值了吧。"

父亲说他根据西北风吹来的方向判断，他要撤退到队伍的密营，得与风向逆向而行。结果他走了一两里路后，风竟然休克了，没了，他等于丧失了唯一路标，又不知所向了。按照父亲的说法，当时森林整个冻僵了，树枝动也不动，连一声野生动物的叫声都没有，他感觉自己在地狱中。天渐渐亮了，可它亮在阴云里，父亲期待的太阳没有现身。就在他走投无路之际，他听见了背后有走兽的声音，回身一望，距他五米多远，就是那两条狼！冬季的狼皮毛黯淡，它们就像荒草堆一样。瞎眼狼还是在后面，叼着前狼的尾巴。前狼见着父亲，停了下来，它的目光柔和多了。瞎眼狼低低叫着，安慰着陷入绝境的父亲。父亲仔细打量前狼，发现它是条年轻的公狼，它对瞎眼狼不敢违命，原来是瞎眼狼的儿子啊！父亲是怎么看出来的呢？前狼追上父亲，停下的一瞬，它身后的瞎眼狼，立马松口，放下前狼的尾巴，上前两步，用嘴温柔地触着前狼的脸，似在亲吻，前狼发出撒娇和委屈的叫声。父亲说只有母亲对孩子才能表现出如此的怜惜和爱抚，也只有孝顺的孩子，才会对母亲发出的哪怕它不喜欢的指向，俯首帖耳。直到这时，父亲才明白瞎眼狼当年为什么怀孕，它是为自己的未来生活，寻找一双眼睛啊！不知瞎眼狼一窝生了几仔，存活几只，它的丈夫和它另外的骨肉，也许都因嫌弃而背弃了它，但至少父亲看到了，有一只忠勇的小狼，把自己的尾巴当作母亲的生命线，在荒无人烟的深山，不离不弃地牵引着它。父亲说瞎眼狼所叼着的尾巴，是它生命的脐带，也是一道藏在心底的光啊。

后来的故事，我和母亲差不多都能背诵了，天连阴了三天，不见日月，瞎眼狼和它的孩子在前引路，把父亲领出迷途。他们靠着所剩的煮熟的马靴皮，和深埋在雪下的红豆浆果，以及山洞的骨头，渡过难关。而那些骨头，有瞎眼狼备下的，也有父亲当年丢给它的。骨头怎么吃呢？父亲说晚上在山洞口生起火后，会把它们在火上烤酥，这时的骨头就能咬动了。而小狼很卖力地想帮他们解决伙食，其间它发现一只雪兔，可它跳跃着要扑向它的时候，它的母亲松开它的尾巴过慢，它扑了个空。母子狼最终带着他，靠近了一个村庄。父亲说闻到炊烟的气息后，瞎眼狼觉得告别的时刻到了，它松开嘴，用两只前爪激动地刨着地，洗尘似的，快乐地躺倒，在雪地打了几个滚，然后起身抖了抖毛，沾在它身上的雪粉飞溅出来，飞进父亲的眼睛，与他的泪水相逢。瞎眼狼看不见父亲的泪，它无比骄傲地仰天嗷嗷叫了几声，仿佛宣告它的使命完成了。小狼卸下了父亲这个沉重包袱，得到解放，它比母狼还要欢欣鼓舞，父亲说它原地转了好几个圈，像在跳舞，然后站定看着父亲，身体后倾，调皮地做出进攻的姿态，长嗥一声，最后吓唬一下父亲。

母子狼转身走了，依然是小狼在前，瞎眼狼叼着孩子的尾巴在后。父亲说它们转身前，他给两条狼作了个揖，瞎眼狼无法看见，小狼却并不领情，对着他又是一声长嗥，好像在说，少来这套，没吃掉你，算你走运！父亲说他夜晚栖息在山洞的那三天，瞎眼狼守候在洞口外，也不忘了叼着小狼的尾巴，怕它万一不听话，会对父亲下口吧。

父亲得救后，认识了后方被服厂的母亲，那支缴获来的小马盖子枪，经组织同意，配给了后来跟父亲一同上阵的母亲。他们在我之前，生了一个女孩，跟着他们转战，营养匮乏，两岁就死了。我命好，出生在抗战胜利后。父亲待我甚为严格，他像严苛的教官，要求我学习攀岩、游泳、滑雪、测绘、爆破甚至跳伞等本领。据母亲说，这些都是抗联战士当年要学的课目。每到小年的时候，他都要讲一遍炖马靴的故事。所以我落下了一个毛病，父亲去世后，每年腊月二十三，我也给我的儿子讲炖马靴的故事。而且我退休后，爱泡在图书馆的地方志资料室里，查阅抗联时期的相关历史资料，希冀能找到头道岭二道岭四道岭的位置，希冀能找到那个不依不饶追逐父亲的敌手的资料，希冀能够从民间资料中看到有关瞎眼狼的传说，可是我就像一个蹩脚的渔夫，撒下无数片网，却终无所获。最后我甚至怀疑，父亲的这个故事，是不是编造的。但有一点肯定的是，父亲中弹的棉绒秋衣，弹孔还在，边缘处的烧灼痕迹清晰可见，不过它没有传到我们下一代手里，而是在抗联博物馆陈列室的橱窗里。

父亲去世的次年，母亲也走了，他们都活过了八十岁。炖马靴的故事，只有我一个人给下一代讲了。儿子是做网站编辑的，他每次听这故事，总要俏皮地说，驴马牛都是大牲口，算是一族的，爷爷当年在山中，吃的可是大补的阿胶啊。之后便骂张学良，说当年他要是带领东北军抵抗侵略军的话，日军不会轻易占领东北。他说当年的东北军是只老虎，空军有两百架战机，地面部队也不错。张作霖当时开办的兵工厂设备优良，还有德国进口的设备呢，所以造的武器也过硬。儿子说要是张作霖不被炸死，妈拉个巴子的，侵略者休想进犯东北半步！儿子经常是发完牢骚，就会打电话叫外卖，外卖的主角是猪皮冻和鱼皮冻，他说动物的皮，是身体的精华。我想他是用他的肠胃，帮助他的精神，记忆这个故事吧。

最后我要补充的是，父亲每回讲完炖马靴的故事，总要仰天慨叹一句：人呐，得想着给自己的后路，留点骨头！

2018 年

雪坝下的新娘

我家有个豆腐房。

我家的豆腐房不像别人家的不挂幌子。

饭馆的幌子我见过，除了红的，还是红的。我不喜欢吊在门楣前的红幌子，看上去就像颗刚被砍下的人头，血淋淋的。我也不喜欢那些红幌子垂下来的穗子，在我眼里，它们就是告密者写的一条条出卖人的纸条。

我家的豆腐房的幌子是金黄色的，形态如南瓜，不带穗子。这幌子挂在豆腐房窗前的杨树上，就像爬上树梢的一轮月亮。有时天还没黑，我无意间望见了它，就想太阳还没下山，它怎么就出来了呢？

给豆腐房挂幌子是我的主意，花袖不同意。我坐在杨树下做幌子的日子里，花袖就骂我。花袖是我的女人，我的女人骂我，我从不还嘴。但她骂归骂，我把幌子做好了，挂在杨树上时，她并没有像她事先咒骂的那样要把它摘下来当烂柿子一样踩了，而是"扑哧"

136

一声乐了，"刘曲，你再做一只挂上去，就是女人的一双奶子！"花袖真糊涂，杨树又不是女人，我就是挂了两只幌儿，也不会是女人的奶吧？

对了，刘曲就是我，三开镇的人都知道我，我现在是这里的名人了！

以前我在镇子里走，见到我的人都对我爱理不睬的。现如今呢，只要我出了家门，碰到我的人都和我打招呼，他们还冲我笑，这真让人愉快啊。以前我觉得这镇子的每一座房屋都是一头野兽，凶巴巴的，要吃我的样子，令我压抑。可如今这些房屋在我眼里全成了绵羊，温驯极了。

现在是冬天了，杨树的叶子没有了。杨树看上去光秃秃的，豆腐幌子挂在上面，就显眼得很。我记得挂它时是春天，怎么一眨眼就下雪了呢？我很糊涂。不过糊涂很好，糊涂让我心里美滋滋的，老是想笑。以前我是不爱笑的，但我现在爱笑。我的笑声就是我心底发出的风，它吹拂着我，舒服极了。

我从豆腐房走出来，走过院子的杨树，走上白色的路。有时我不太敢走白色的路，以为我家的豆腐摆在路上，我把它走碎了，豆腐还怎么卖？后来我摸了摸那白色的东西，它很凉，到我手里就化了，我才明白路上铺的原来是雪，如果是豆腐的话，它在我手心是不会化的。我踩雪就不吝惜了，它从天上一路跑下来，怕是喜欢上了人的脚，单单等着人去踩的。

三开镇最热闹的地方就是小市场。那里有照相馆、饭馆、粮油店、肉铺、水果铺和裁缝铺。我最喜欢吃葛麻子家的油炸糕。以前吃它我得花钱，现如今我只要推开店门，葛麻子就会主动递上一个热乎乎的油炸糕给我。还有张金宝家的水果铺，我要是进去了，张金宝就会让我随便拣水果吃，苹果、橘子、葡萄、鸭梨，我想吃什么就抓什么。我在三开镇走上一圈，回家后往往就饱了肚子。我给花袖省了多少粮食啊。

我还没有走到小市场，就碰见肉铺的老许了。他穿一件油渍渍的黑棉袄，提着一叶猪肝，喷着唾沫吆喝我："哎，刘曲，你这又是出去找东西啊?！"

幸亏老许提醒我，要不我忘了花袖让我出来做什么了。我家这个冬天老是丢东西，不是猫，就是鸡和狗。这些东西全长着腿，哪儿都能去，我只能瞎找。没有一回找着它们的。不过它们很精灵，认得家门，每次我空手而归时，花袖都会说猫或者狗自己回来了。不过它们不长记性，过不上几天，它们又丢了，花袖又会吩咐我出去找。

"又是杨半拉去你家了吧? 杨半拉一来，你就得出去找东西，对不对？"老许笑着说。他说话的时候晃悠着身子，他手上提着的猪肝就像吊死鬼一样面色青紫地跟着摇来摆去的。

老许这一说，我才反应过来，确实是因为杨半拉进了豆腐房，花袖就打发我出来找东西了。花袖说："刘曲，咱家的猫丢了，仓房里老鼠闹得厉害，你得把它给我找回来。"于是我就出门了。

杨半拉不是三开镇人，他是个牛贩子。这家伙满脸的络腮胡子，让我想到猴子。他爱吃豆腐，他一来三开镇，总要去我家，他说花袖做的豆腐好吃。

我笑着对老许说："杨半拉去吃豆腐了！"

老许说："等哪一天我也去吃花袖的豆腐，你让吃不让吃？"

我说:"让!"

老许说:"花袖的豆腐好吃吗?"

我说:"好吃!"

老许问:"怎么个好吃?"

"香!"我大声说,想想这还不全面,又加了一句,"软!"这个"软"字使老许笑得要站不住了。

如果不遇见老许,我就到小市场去了,可老许的话使我想起来,花袖让我出门是找猫的,于是我就朝镇外走去,我猜猫是窜到野地或是树丛中了。

我还没有走出镇子,又碰到卫生院的刘小玲,她无论冬夏都穿着白大褂。她出现在我面前时,我以为脚下的雪路断了一截,像梯子一样立起来了。我可不想走竖着的路,它准得让我摔跤。

刘小玲是这镇上最漂亮的女人了。她的那双大眼睛比刚摘下的葡萄还要诱人。以前我老是想生病,好让刘小玲能给我扎上一针。想想她的手指能捏着酒精棉球在我的屁股的针眼上揉一下,我觉得进棺材都值了。可我一直没能生上够打针资格的病。

刘小玲笑着对我说:"你家现在可是不愁吃穿了,你也不用去筷子厂,不用卖豆腐了,你高兴吧?"

我嘿嘿笑着。我想刘小玲是聪明人,我要是不高兴能一天到晚地笑吗?

"都说你记不住过去的事了,我想问问你,你还记得我的名字吗?"刘小玲扬着脖子问我。她的脖子跟鹅一样又白又长,我真想摸上一把啊。

我真想哭。我可能会忘记花袖的名字,但在这个世界上,我是永远不会忘记刘小玲这个名字的。

"刘小玲。"我说。说完，我果真落了泪。

"你还没那么傻嘛！"刘小玲跟刚出栏的羊一样跳了一下，说，"你还能记得我的名字！"

刘小玲走了。她走得那样的快捷和轻盈，就像一缕炊烟。炊烟我见得多了，它们出生时，就是灭亡之时。我从来没有见过一缕炊烟能活上五分钟，它们总是姿态袅娜地从烟囱里一出来，就魂飞魄散。有时我觉得天是一个大色鬼，把那些身段跟女人一样好看的炊烟给一个不落地弄走了。炊烟从来都是有去无回。

我到堤坝找猫去。

堤坝在春夏时节被绿草遮蔽着，它就是绿堤。而如今雪花把枯草全都掩埋了，到处白茫茫的，这绿堤就成了雪坝。我喜欢绿堤，绿堤上常有从草丛的花间飞过来的蜜蜂和蝴蝶。而雪坝上呢，我遇见的只是在半空盘桓的乌鸦。

雪坝下有一条河，它叫什么名字我已经想不起来了。我不太能记住山和河的名字。山就是山，河就是河，它们要名字做什么？这河不是下了堤坝就是，而是要经过一片草滩。草滩上有一片连着一片的庄稼地。雨水多的年份，庄稼地就会被河水吞没，所以这里的庄稼地总让我想起鱼，它们说回到水里就回到水里了。

我走下雪坝，在草滩上找了一会儿猫。我没有看见它的影子。我家的猫是什么颜色的了？好像是只花猫？要是白猫的话，我就别指望能在雪地上找到它了，白猫跟一团雪又有什么区别呢？草滩上仍可见到一些枯黄的草，它们有的没有被雪埋住，在雪地的微风中抖着，像是一撮一撮稀疏的山羊胡子。

雪地上有一些爪印，但那不是猫的。猫的爪印我认得，像花朵。这些爪印跟树杈一样，看来是乌鸦的。乌鸦在这儿落脚做什么？难道雪下埋着肉？

草滩上没有猫，我就朝河流走去。河上遍布着冰雪，干干净净的，连乌鸦的爪印都没有，更别说猫的踪迹了。还不到春天呢，我家的猫受了谁的勾引，要一天到晚地往出跑呢？

我沿着冰河向上走，走着走着，看见了一个金色的美人！她躺在冰河转弯处，双腿并拢，一只胳膊微微展开，另一只则弯向胸部。她的腰，看上去是那样的纤细柔软！我不知道她从哪里来，躺在这里又有多久了，她在等谁？她光洁明艳，浑身散发着暖融融的光。她的美把我吓着了，我听见自己的心在咚咚地使劲地跳，跳得我的胸快炸了。我掉头飞跑，一直跑回雪坝上。此时夕阳已经下山了，暮色沉沉，我站在雪坝上哭了。我的女人的腰肢粗得用双臂都搂不过来，可冰河上躺着的女人却有杨柳般的腰肢，我能不哭吗？

我哭着向回走。将要走下雪坝时，我碰见了一个眼熟的老太婆。她问我："刘曲，你哭啥呢？"

我说："我家的猫丢了。"

老太婆说："你家又来了男人吧？你家一来人，你就要出来找东西！"说完，她笑了。我不喜欢老太婆的笑，干巴巴的。笑容只有衬着水分才好看。

我其实是为了那美人的腰肢而哭的，可我不想告诉这个老太婆。

"我听说，镇长前几天又领着人给你家送了柴火和粮食，还让小市场家家铺子的掌柜容许你白吃白喝，对吗？"老太婆问。

我说："对。"

"刘曲，镇里的人都羡慕你，说你交了好运了！你要是让一个穷光蛋给打傻了，就连鬼都不如了；可你呢刘曲，你多有造化呀，让县长的儿子给打傻了，县长儿子的手现如今跟观世音菩萨的手一样了不得，你这辈子是不愁吃穿了，阿弥陀佛，你这可真是前世修来的福啊。"老太婆喋喋不休地说。

我想起来了，我是让人给打了。不过我挨打时是春天，现在却是冬天了。我没觉得过夏天和秋天，它们就像一对小老鼠一样在不经意之间溜走了。我依稀记得，有一天傍晚我到镇招待所的食堂去送豆腐，碰见几个陌生人，他们看上去都很年轻。镇长陪着这几个年轻人，他们全都喝多了，酒气熏天的。我提着豆腐进食堂，被其中的一个人给拦住了。他好像又矮又胖，小眼睛，他推了我一把，对镇长说："我练了好几年武功，在这小子身上试试身手，怎么样？"大家都鼓掌，说："好！好！"镇长也说："好，让我们开开眼！"还没等我反应过来，他就一拳把我砸倒在地，我的豆腐也跟着掉进土里了。掉进土里的豆腐有个吃吗？我怕回家了花袖骂我，就去捡豆腐。可我才伸出手，就被那个年轻人给提了起来，这畜生的力气可真大啊，他提我就像提着一只鸡那么轻松。他对着我的脑袋左右开弓地又是一通重拳，把我打得眼冒金星，又一次倒在地上。大家鼓着掌，跟着叫好。后来发生些什么我已记不起了，反正夏天和秋天我还没过，它们就没影了。我回到家里时，已是初冬了。我家的豆腐幌子还挂在杨树上，但花袖不必每天做很多豆腐了。她只做两板，卖出去就卖，卖不出去也不像以前那样拿我撒气了。镇长给我家送来了好多粮食，还有肉。我不用去筷子厂挑拣筷子了。一个大男人每天坐在筷子厂拣上七八个钟头的筷子，他自己都快要变成筷子了。我要是变成了一双筷子，我不愿意花袖使它，我想让刘小玲使它。花袖的嘴有臭味，筷子进了那里不等于进了臭水沟吗？我猜刘小玲的嘴有香味，筷子探进去，等于是撞进了花房。

我回到家时，天已经快黑了。冬日的黑天是不要脸的，来得很早。我猜黑天是奔女人们来的，天擦黑的时候，女人们都在灶房忙活晚饭，黑天这时候就趁女人不注意，摸她们的脸。

花袖没有做饭。她这个冬天愈来愈懒了，腰也愈来愈粗了。花袖见我回来，问："刘曲，你找着猫了吗？"

我说："我一直找到雪坝下，连猫的影子都没见。"

花袖咯咯笑了，说："猫自己回来了！"

"噢，猫回来了！"我也跟着嘿嘿乐了，我说，"老鼠今晚还不都得哭呀？"

花袖说："刘曲，你还不傻吗，知道老鼠见了猫要哭。那我问你，猫见了谁要哭？"

我想了想，说："花袖。"

花袖问："怎么会是我？"

"你不让猫吃鱼，它见了你能不哭吗！"我说。

花袖笑得更厉害了，她连话都说不连贯了，她指着我说："刘——曲，你——你——都能——说——相声了——"

杨半拉走了。他是来吃豆腐的，他走了，说明他吃完了豆腐。这个牛贩子哪个镇子都去，提起他，没有人不知道的。我老觉得他身上有股牛味，兴许他和牛总是待在一起的缘故。

花袖说："刘曲，你要是饿了，就吃块豆腐点补点补吧。要是还吃不饱，你就到小市场去，吃块油炸糕什么的，反正如今你吃谁家的东西都不花钱！"

我可没心思吃东西。我看着花袖，想的是雪坝下那个金色的美人，那美人的腰肢那么细，她要是能做我的新娘，那该多好啊。

唉，我没有好好当上一回新郎官。为了这，结婚后我从来没有乐和过。我也不爱说话。花袖跟我入洞房时，她磨磨蹭蹭的老是不想上床。我心急，把她抱上床，她还扭扭怩怩的。一想到她是我娶回家的人，我就使唤她。我使唤她的时候，她非要吹灭蜡烛；我不干，我好不容易娶一个女人回家，不看着她的脸使唤，那有什么趣味呢！唉，我真没想到，我那么容易就钻进她的身体里去了，我以为她的身体会竖着一面盾牌，我会遇到抵抗，然而没有，我一下子就占领了她，取胜了，可我一点也不快活。我使唤花袖的时候，她哭叫着，说她怎么怎么地疼，可我看得出来，她是装的，她不是真的疼，她连眉头都没皱，烛光下她的那张黄脸就像发了霉的窝头，真让人败坏胃口。我松开花袖的时候，她还哭哭啼啼地对我说："刘曲，你这一弄，我再也不是黄花闺女了！"我说："你早就不是了！"花袖就哭了。我觉得冤枉，我的新娘不是新娘，谁提前代替我做了新郎官？花袖没有对我说，我也就不问。只是以后再搂着她时，我总觉得她像一根朽木一样干瘪，虽然她的腿和腰丰腴得很。我不喜欢撒谎和装腔作势的女人，花袖偏偏就是。可我又不能不搭理她，谁叫我娶了她呢。我在筷子厂拣筷子时，常觉得那些筷子就是花袖的白腿，每天黄昏时，我都要偷着折断一双筷子，不然我回家见着花袖就有火气。

现在我没有火气了。我真不知道过去的火气都哪里去了，一定是被那个没跟我见面就溜走的夏天和秋天给卷走了。

花袖唱歌了，她最近老爱唱歌。

> 三斤面，二两油，
> 烙上一摞葱花饼，
> 我和哥哥逮鱼去。
> 鲤鱼鲫鱼大鳇鱼，
> 不如一笼小泥鳅。
> 泥鳅钻进豆腐里，
> 豆腐乐得开了怀。

花袖唱歌就像一个人开车不会拐弯，很愣，很生硬，没有旋律，跟念歌一样，所以每一句歌词都能听清楚。她兴许是馋泥鳅了。她爱吃泥鳅，她把它们裹了芝麻和辣椒，用油炸，炸得又香又酥，她一次能吃好几十根。

天黑了，我把杨树上的豆腐幌子摘下来拿回屋里，放到柜子上。柜子上多了一个红色的小瓶子，我以为是酒，刚启开盖，闻到的却是一股香气。花袖呵斥我："刘曲，别碰，那是我的香水瓶，可贵呢！你要是给我弄洒了，我抽断你的腿筋儿！"

我吓得赶紧把小瓶子放回原处。我不想抽掉腿筋儿。筋是人腿里的弹簧，弹簧要是没了，腿不就成了一堆烂肉，一步都走不了吗？我还想去雪坝，去看那个金色的美人呢！

最近家里常常多一些东西，比如花头巾、香水瓶、绣花鞋、点心盒子以及花花绿绿的布制绢花。这些东西进了我家门，没人跟我打招呼，看来是谁送给花袖的。陌生东西一多，我就觉得家不是过去的家了，所以我常多看几眼豆腐幌子，它还是老模样，看了让我安心。

我吃了一块豆腐，睡了。

我和花袖各睡各的。她说，一男一女老是睡在一处，容易伤身体。她说的话总有理，我不能不听。况且，我不愿意和她睡一起。我怕搂她的腰，一搂，我的心就凉了。不和她睡在一处，我很自由。我常在黑暗中支棱着耳朵听声音。窗外的风声，灶房里老鼠跑过的声音还有邻家的狗叫声，我都爱听。以前我就没心思听夜里的声音，现在一听，觉得声声入耳。

花袖的记性可真不好，我跟她说过，太阳要是出来了我还没醒，她就该充当大公鸡，喊一嗓子给我叫醒，可她不。她让我睡，这个冬天我特别能睡。冬天的太阳本来就够懒的了，可我比它还懒。我醒来时，太阳已升得很高了。花袖做好了豆腐，正坐在梳妆台前，对着乌突突的镜子描眉毛。她的眉毛本来够黑的了，可她还要描。对了，她还搽口红。两道黑眉和一圈滴血似的红唇，常让我觉得这是什么接头暗号。一个女人把黑色和红色涂到眉毛和嘴唇上，弄得眉不像眉，嘴不像嘴的，肯定是有什么阴谋。

我把豆腐幌子挂在杨树上。没有风，可它还是晃了晃。我伸出一根手指擎住它的底，它就不动了。我笑了。我回屋喝了一碗豆浆，吃了一块豆腐，然后到小市场去。路仍然是白的，白得晃眼。我碰见的几个人都和我打招呼。他们说的话大致没什么差别："刘曲，你能耐啊！""刘曲，你烧了高香了！""刘曲，你赛过活神仙啊！"这话听了真舒服，虽然刮着的风冷飕飕的，可我心里很温暖。

我进了刘迎春家开的饭馆。嗨，赶巧镇长也在，他正陪几个人喝酒呢。饭馆里有浓浓的肉香味。刘迎春正在吆喝厨子上菜。刘迎春叼着一颗香烟，一见了我兴高采烈地说："刘曲，你可是稀客呀！"我确实是这酒馆的稀客，我很少上他家来。刘迎春很矮，原来是养猪的，养猪后发了财，就开了酒馆。

"刘曲，你想吃什么，尽管说！"刘迎春给我搬了一只板凳。以前没有人给我搬板凳。

"我要一盘猪肉酸菜馅的水饺。"我说。

"哎，镇长，你听听，你听听——"刘迎春扯着嗓子喊，"刘曲不傻嘛，知道要猪肉酸菜馅的水饺。"

镇长对刘迎春说："你招惹他干什么？他想吃啥，你给他就是了。"

刘迎春抽了一口烟，问我："你还记得我的名字吗？"

"刘迎春。"我说。

刘迎春"哎哟"叫了一声，说："你还真行啊！那我问问你，我以前是干什么的？"

"养猪的。"我说，说完我呵呵笑了。

刘迎春的嘴歪了，他把烟扔在地上，用脚踩灭，就像踩死一只臭虫似的。他对镇长说："我可不能让他白吃白喝，他一点都不傻，连我过去是干什么的他都记得！"

"你废什么话？"镇长说，"我不是跟你们说了吗？刘曲要什么，就给他什么。你们善待刘曲，就是支持三开镇的工作。支持三开镇的工作，就是支持县里的工作，这个道理还不明白吗？"

刘迎春叹了一口气，说："县长的儿子要是也把我打成这模样，我该多享福啊。"

我坐在板凳上，看镇长他们吃喝。他们正啃鸡翅。它被酱过，泛着黄莹莹的光泽。我馋了，主动上去抓两个过来。谁也没制止我，大家只是笑。我闷着头，吃过一对鸡翅，饺子也就煮好了。我又吃了满盘的饺子，撑得快要倒仰了。

我趴在酒馆的桌子上睡了。等我醒来，已是下半晌了。镇长他们早已不见了，酒馆里一个食客都没有。刘迎春也不在，我打了个哈欠，回家去了。一进家门，发现杨半拉来了，他正坐在饭桌前喝酒吃菜。这家伙最近老来我家。

"刘曲，咱家的猫又丢了，你出去帮我找找啊。"花袖说。

我的女人说什么，我都会听从。我出了家门。才出去，想起花袖对我太没情分，她让杨半拉大模大样地吃喝，她怎么不问问我吃了没有？

我反身回屋了。

花袖说："刘曲，你怎么又回来了？"

我说："你怎么不问我吃了没有？"

花袖笑着说："那还用问吗，你的嘴油光光的，准是吃过好东西了！现如今的三开镇，就是所有人都饿死了，哪能饿着刘曲你这个名人呢！"

花袖也称我为"名人"，这令我高兴。一个男人要是天天在外都有饭吃，那就是个本事。我现在有这个本事。

我觉得杨半拉是个窝囊废，只会凑到女人的桌面上混饭吃，他还有什么脸面在这世面上混？我鄙视他，我把家门重重地一摔，出去了。

我到雪坝找猫去。我想起了那个金色的美人！

她真的还躺在冰河转弯处，一丝不挂，腰肢纤细，双腿并拢，一只胳膊微微展开，另一只则弯向胸部。这回我没吓得掉头就跑，我要仔细欣赏她。我不敢靠前，我怕她听到我的脚步声会害羞得离开那里。她的身体散发着金色的光晕，给人暖融融的感觉。我看她的时候屏住呼吸，我怕自己喘的粗气会惊扰她。我是多么想让她做我的新娘子啊。

"刘曲！"一个艰涩的声音在呼唤我，"你一个人在这儿看什么？"

那个令人眼熟的老太婆朝我走来了。那天我在雪坝上曾遇见过干瘪的她。

我没搭理她。

她说："噢，我明白了，你在看水？你说也怪，别的地方都冻着，单单转弯处的这段河不结冰，是不是河里藏着一个火炉子？"

我讨厌她这么说话，那明明是个金色的美人，可她非说那是水，这老妖婆！

老太婆走了，那美人身上的金色正逐渐褪去，她的身影看上去模糊了。我抬头望望天，见先前还像火球一样的夕阳已经下山了，天色暗了。我想起该找猫了。我看了看雪地，除了人的脚印还是人的脚印，没有猫的爪印，我便回家了。

杨半拉走了，可家里又来了一个男人。对了，他是我的儿子！他在县城念高中，不常回来。他一回来就是要钱。他还爱骂我和花袖，说我们是穷光蛋，没本事，把他的前程给耽搁了。我看不惯这小子。他穿的裤子，非要故意弄上几个窟窿；他的头发明明是黑的，非要染得跟洋人的头发一样黄；他看人时总是觑着眼，像是睡不醒的样子。他还爱说脏字，"×"字不离口。我很怕见儿子，不愿意他回来。他一回来，我就出门。

儿子见了我，没说"×"，他说："老爸，回来了？"我没在镜子中发现自己有多少白发，可他嫌我老了，叫我"老爸"了。

我没吱声。

儿子拿过一张纸，那纸上写了很多字，纸的底端有一片空白。儿子递给我一支钢笔，让我在空白处签上名字。

"你写上'刘曲'两个字就行了。"儿子说。

在我的印象中，只有领导才爱在纸上签自己的名字。如今儿子让我签名，看来他把我当作领导了。

我刚要签，花袖说："刘曲，别签。"

儿子对花袖一撇嘴说："你能不能少管闲事？×，别惹我心烦！"

花袖说："人家给了不少东西了，咱别再贪心了！你想啊，你爸现在不用上班，月月都有工资拿，我就是不做豆腐，吃穿用也没缺了一样，还不知足啊？"

儿子说："你以为我是真告他？我这是假告！我把诉状往法院一递，县长的儿子就得来找我把事情私了！"

花袖说："你想怎么个'私了'？"

儿子说："他老爸是县长，让他给我安排个工作，最好去公安局，戴着大盖帽，骑着摩托车满街跑，多牛啊！我上学上腻烦了！"

花袖说："人家要是不理你呢？"

儿子说："不可能！我告他把我老爸给打傻了，在医院躺了半年，他肯定就发毛了！"

花袖说："法院等于他家开的，告也是白告！"

儿子说："这点我早想到了。法院要是不理我，我就放风说要告到市里的中院去，他们怕我把事闹大，就得听我摆布。"

"什么是'中院'啊？"花袖问。

"说了你也不懂。"儿子说，"你只配做豆腐！"

花袖没再制止我，我就恭恭敬敬地签上了自己的名字。我写"曲"字的时候，才发现这个字的形态不好，就像掉了两块玻璃的破窗扇一样。

儿子收了那张纸，连夜走了。

我和花袖各自上床歇息，我听她在叹气。

我不叹气，我心里很舒畅，我又见着雪坝下那个金色的美人了，我认定她就是我的新娘！我没有好好地做一回新郎官，因为我娶的新娘不是新娘！可雪坝下的新娘是新娘，我一眼就看出来了。

"刘曲，你睡了吗？"花袖在黑暗中说，"你要是想吃那一口，就到我的被窝中来。"

花袖的意思我明白，可我装糊涂。我不想搂她的腰，不想吃她的"那一口"。我不搭理她，她以为我睡了，说："这人真是傻了，除了吃就是睡，连'那一口'也不想了！"

天又落雪了。

杨半拉又来我家吃豆腐了。我乐意让花袖打发我去找猫，这样我可以和我的新娘幽会。我从来不敢走她太近，我怕她害羞。一看到她那纤细的腰肢，我就忍不住落泪。什么时候我能搂一搂她的腰呢？

有一天我找猫回来，听见花袖拍着床沿哭。她边哭边擤鼻涕，有一绺鼻涕还甩在我身上了。我以为她知道了我的秘密，不高兴了，所以才哭。我正想过去摸摸她的头发，劝劝她，她突然冲我吼道:"刘曲,咱完了!县长他受贿一百来万,让市里的检察院给逮走了,咱没了靠山了!镇长刚才过来说,让你明天就回筷子厂拣筷子,我又得起早贪黑地做豆腐卖豆腐了!"

花袖哭得比在她亲娘的葬礼上还要悲切。我不懂,县长被抓走了她哭什么?凭什么他被抓走了,镇长又叫我回去拣筷子?我才不回去呢。我天天在街上逛,走到哪儿吃到哪儿,而且,我还能到雪坝看我的新娘,这日子多美!

我到小市场去。花袖这两日除了哭就是哭,也不给我做饭。我饿了。我想先吃块油炸糕。我进了葛麻子的店铺,伸出一只手,说:"来一块!"葛麻子撇了一下嘴,说:"拿钱来!不拿钱白吃,你以后休想!"我糊涂了,葛麻子今天这是怎么了?我又到刘迎春家的饭馆,一进门就吩咐他:"给我来一碗阳春面!"刘迎春瞟了我一眼,阴阳怪气地说:"刘曲,你以后吃东西,要交钱才行!你把钱给我掂来,别说是阳春面,就是做金丝面也行啊!"我想可能刘迎春今儿气不顺,他才这样抢白我。我不在乎,如今在三开镇,东家不留我,西家还留呢。我又去了张金宝家的水果铺子,我抓起一只梨,刚要咬一口,清凉清凉嘴,却被张金宝给打落在地,他狠狠地瞪了我一眼,说:"狗东西,拿钱来!你以为自己是王母娘娘,我的水果要孝敬你才是?"受了他的辱骂后,我灰心丧气了。可我想总会有人叫我白吃的,我又进了烧饼铺、粥铺和肉食店,结果那里的主人都一样不让我碰吃的。三开镇的人这是怎么了?!我在小市场徘徊来徘徊去,见着我的人也不像过去那样爱打招呼了,偶尔跟我说上一两句话的,都嘲笑我,说:"刘曲,这回你傻眼了吧?""刘曲,你才交了几天红运啊,怎么说倒霉就倒霉了?"

我饿坏了。我碰见了从包子铺出来的刘小玲。她还是穿着一套白服。她见我没要成吃的，就赏给我一个包子。那是牛肉萝卜馅的包子，还热乎着，我美美地吃了，还想吃第二个时，刘小玲已经走远了。我真是没白白在心里喜欢这女人，她就是好。

花袖没让我去找猫，可我还是到雪坝去了。我走到河流转弯处，看我的新娘。她还躺在那里，肌肤明媚，看上去莹莹欲动。她那纤细的腰肢使我心跳加快。我想跟她说上一句话，可我怕我的话又脏又俗，冰清玉洁的她会跑了。我就一直看她看到天黑，她的影子隐在夜色中了，我才离开。

我家有个豆腐房。

我家的豆腐房不像别人家的不挂幌子。

杨半拉还是常来我家吃豆腐。我也常常被花袖打发着到雪坝找猫。我乐意去，我可以看我的新娘。我讨厌三开镇的那些人，他们不再让我不花钱就吃东西了。花袖又像以往一样出来卖豆腐，只要豆腐卖得不好，她就骂我，说是她嫁给我，倒了八辈子的霉。我想跟她说，你都不是新娘了，跟了我，是我倒霉，你倒什么霉呢？可我是男人，我不愿意和女人计较。

花袖做豆腐，我依然每天把豆腐幌子挂在杨树上。冬天还没过完，雪说来就来了。不管别人如何对我使白眼，我心底是快活的。我每天有豆腐可吃，又常能到雪坝看我的新娘，我很知足。虽然我回家时花袖常常指着我骂："你个大傻瓜！"可我并不生气。花袖是我的女人，我不干活，还偷着去雪坝看我的新娘，我找不着猫回来她也不埋怨我，没有比她更仁慈的女人。这样的老婆上哪儿找去呢，你们说呢？

2003 年

行乞的琴声

老黑最厌烦领着猴子经过若梅湾。

猴子一旦经过这里，若恰逢那个白发苍苍的老人抑扬顿挫地拉着二胡，它便驻足观望、侧耳聆听。看到有行人往老人脚下的灰色帽兜里扔钱，猴子就围着老黑转来转去，希冀得到一点钱也投到里面。可是老黑从未给过猴子一分钱，任凭它急得抓耳挠腮地直叫唤，老黑也毫不动摇。

猴子听琴，非要等到一曲终了才罢休。琴声一落，它就意犹未尽地咂摸咂摸嘴，乖乖地跟着老黑离开。通常情况下，老黑领着猴子经过若梅湾时，会踢它的屁股一脚，算是先作警告，否则猴子一旦听起琴来，会忘了自己行乞的角色，它会一曲接着一曲地听下去。

老黑和猴子每天要经过若梅湾两次：正午和黄昏。正午时若梅湾的花坛旁没有拉琴的老人，有的只是商家的吆喝声和形形色色的过路人，老黑牵着猴子经过时便怡然自得。而黄昏时则不一样了，老黑和猴子晚归时，若梅湾的花坛旁通常坐着位白发苍苍的老人。他手持二胡，有板有眼地拉着，一些为他的琴声而受感动的人就主动往他脚下的灰色帽兜里扔钱，这让老黑很不自在。在他眼里，他和那老人处境相同，他们都是行乞者，而猴子和二胡则是工具。老黑想不管怎么说，猴子也应该比二胡有优势，它毕竟是活灵活现的啊。它会翻跟斗、作揖、单手投篮、吸烟、嚼口香糖。它甚至还会跳摇摆舞，把屁股扭得像暴雨前的乌云一样翻卷。可老黑发现，人们对它的这些招数似乎不以为然，看的人象征性地扔下几角钱后就掉头而去，有的甚至于一毛不拔，令他很气愤。而拉二胡的老人所得到的施舍却比他们要多得多。黄昏经过若梅湾的时候，老黑听着琴声就格外反感，他想琴音是看不见摸不着的东西，它跟雾一样虚无缥缈，人们何至于为它动情呢？每每离开了若梅湾的时候，老黑都要悻悻地对猴子说："那胡琴比你讨的钱多，你还想着往人家的帽兜里扔钱，真是个傻猴子！"猴子与老黑相处久了，人话也听懂一些，因而受了奚落后眼里就现出委屈的神色。

老黑的家在乡下，猴子的家在哪里老黑可就不知道了。老黑是五年前花了一百五十块钱在一家小客栈门口买下它的。那时它瘦骨伶仃的，只有一只乳狗那般大。老黑买下它，目的就是为了行乞。他想幼猴好调教，教它一些讨人欢心的本事后，他们便可闯天下去了。也的确，幼猴很聪明，老黑训练了它一年后，就领着它四处打场子乞讨了。老黑和猴子来到了城市，因为只有城市才能给耍猴人提供更为广阔的生存空间。他们白天乞讨，晚间随处就宿，夏天时住天桥和地道口，冬季时多半在火车站的候车大厅里游荡。每隔三五个月，老黑讨的钱有一定的数目了，他就会搭车带着猴子回乡下的家中送钱。老黑和猴子一出现在乡间小路上，撞见他们的乡亲就会热情地和老黑打招呼，说："城里人回来了？"这时老黑就觉得精神抖擞、无上荣光，腰板不由自主地挺直了。其实他心里也明白，他能进城，还不是仰仗于猴子？他在城里像鬼魂一样游荡，居无定所，饥一顿饱一顿的，又算什么城里人呢？可是奇怪得很，不管在城里如何受屈辱和白眼，一旦回到乡下，看到那些面色黧黑在田间劳作的乡亲，看到麦田，甚至于看到牛马猪羊、鸡鸭鹅狗等牲畜和家禽，他确实有种无与伦比的自豪感。老黑进得家门，除了能看到老婆之外，通常还能看到另一个男人，这男人叫方头，老黑不在家时，他就比主人还主人地在老黑家进进出出。方头很结实，生得一口黄牙，喜欢吃老鼠。他吃老鼠用柴火烧了，然后撕下皮蘸着盐吃，令老黑一想就恶心。方头帮助老黑生了个儿子，叫大宝。大宝管老黑叫"爸"，而管方头叫"干爸"。其实方头才是大宝的亲爸。老黑没有生殖能力，他老婆曼珍一天到晚看他不顺眼，要跟他离婚另寻伴侣。老黑想哪有男人没有老婆的？于是就对刘曼珍说，你可以找个有生殖能力的男人跟你生个孩子，我老黑就当亲生孩子把他养活着。曼珍那时已经三十多岁，且面目粗俗，想想再嫁也没有什么优势，索性就按老黑说的去做。曼珍选择了方头。曼珍家的地和方头家的挨着，曼珍下田干活，方头也常在田里。夏季玉米抽穗时，他们就在玉米地里把好事做了。后来曼珍怀孕了，生下了大宝。本来老黑想瞒住这一切，在乡亲们面前维护一下自尊，可是方头一天到晚往老黑家跑，使这事情败露了。尤其是人们发现大宝长得和方头如出一辙，便明白大宝并不是老黑的孩子。大宝如今九岁了，天天在外面疯跑，晒得跟茄子一个色，老黑总觉得他像一只小老鼠，眼睛贼溜溜的，喜欢在阴暗的角落里窜来窜去。有时大宝坐在他膝上，老黑就有一股无以名状的嫌弃感。曼珍对大宝则不一样，她全心全意地爱他，每天"乖儿""乖儿"地叫个不休。曼珍一叫"乖儿"，老黑的心便一哆嗦。后来老黑受不了这折磨，就离家外出打工，在几家建筑工地当过泥瓦工。挣得钱后，他就回家把钱交给曼珍。方头的老婆杨枝红，是个好逸恶劳的人，懒而馋，知道曼珍养下了方头的孩子，她不像其他女人一样又哭又闹的，她找到老黑，说既然我家方头帮你养了个儿子，你该常孝敬孝敬我才是。老黑觉得杨枝红说得有理，每回返乡，他的背包里总有带给杨枝红的礼物。有时是两包香烟、一瓶酒和几根香肠，有时是降价处理的皮鞋和花布。因而杨枝红的吃穿其实比曼珍还要好些。杨枝红从不下田，她对亲生儿子胜利也不喜欢。胜利比大宝大五岁，跟方头一样生得满口黄牙，杨枝红常说一看他们爷俩儿的牙，她饭都不想吃了。所以盼望老黑回乡的，并不是曼珍，而是杨枝红。杨枝红这人怪，有好吃的偏要等到夜晚，比如夏夜时月光如水，杨枝红会把一个方桌摆在菜园旁，将菜和酒置上，有滋有味地独斟独酌。方头这时若搅扰了她这份闲适和风雅，杨枝红就会骂他个狗血淋头。不过若是老黑带着猴子前来，杨枝红就不会发怒，她会指着天上的月亮柔声细语地对猴子说："上天去摘个月亮下来给我尝尝吧。我猜这月亮里全是蜜，一定甜极了。一个月亮，怕足够我吃一辈子的了。"老黑便说："你吃了月亮，让那些虫子们夜里怎么走路？"在老黑的意识中，一旦到夜晚，最活跃的当数那些虫子，它们这时出来吃菜喝水，然后伸着懒腰在月光下的菜园里漫步。有回老黑把这想法说与杨枝红，杨枝红忽然鼻子一酸，她分外感动地对老黑说："咱这一村子的人，就你跟我最像，就你最懂我啊。我爱听虫子在夜晚叫，爱看着月亮喝点酒，这时我的心别提多舒坦了。可别人却说我魔怔，这些个刨着土坷垃的人怎知我的心呢！"杨枝红因为受了感动，将老黑引为知音，对他说若是老黑想要她，就把猴子放到别处，她会满足他的要求的。可老黑不愿意这样做，不是他不想，而是觉得这样做了，两家的关系就更像买卖关系了，因而他对杨枝红还是敬而远之。可是奇怪的是，在城市的夜晚，他和猴子客居异乡而顿生凄凉之时，老黑想念的人不是曼珍，而是杨枝红。杨枝红那张被月光映得泛着温柔光晕的脸，就像一张网一样把他罩住了。老黑归乡，回到自己家里后，曼珍会给他打来一盆洗脸水，然后给猴子弄些吃的。若恰逢方头也在，方头会问老黑又给杨枝红带了什么东西，他好顺路带回家。老黑怕方头把杨枝红的东西给顺手牵羊了，总是说他没给她带什么。方头便龇着一口黄牙说："让她白念叨你了。"这时老黑就会心头一热。而当老黑提到杨枝红名字的时候，猴子就会低低地叫一声，它也不讨厌杨枝红。每回归乡，杨枝红都要带它到河边，给它洗个澡，然后用木梳给它梳理毛发。老黑回到自己家，把钱给了曼珍后，晚间仍与她睡一个被窝。只不过想着平素那地方睡着方头，心里有些不自在。曼珍喜欢问老黑行乞的事情，最多时每天可讨多少钱，都是些什么人爱施舍？老黑觉得行乞已经够辛酸的了，再把这辛酸复述一遍，实在跟往伤口上撒盐一样没什么区别。老黑就不跟曼珍说行乞的事，只是讲城里的高楼大厦和红男绿女，曼珍听着听着就要犯困，最后是老黑还在黑暗中说着，曼珍已经鼾声大作了。

老黑和猴子在一起睡得时间久了，偶尔分开还有些不习惯。有时他半夜伸出手去，摸到的不是猴子毛茸茸的身体，而是曼珍光滑润泽的肌肤，他还有些怅然若失。猴子归乡时独自睡在狗窝里，那狗窝原来睡着条老狗，后来它死了，恰好猴子来到了老黑家，猴子就理所应当入住其中了。不过猴子并不喜欢这个窝，它睡一夜总要起来多次，大约那老狗气息犹存，让它不能忍受吧。

老黑此次归乡是盛夏。他的帆布背囊里装着耍猴的工具，一个铁圈，一件绿褂子，一个皮球。此外，还有一个掉了瓷的茶缸、一袋蛋糕和两斤绿豆糕。老黑戴着顶蓝帽子，穿着套灰布衣裳，脚蹬一双看起来比他的脚要大得多的皮鞋。这些行头除了鞋之外，都是别人施舍的。有时老黑领着猴子傍晚时在居民区的楼下空场耍猴，有些围观者见老黑穿得太寒酸，就把家里闲置不用的衣帽给他。这些东西不是按老黑的尺寸做的，因而帽子戴上去显得肥大，而衣裳穿上去则紧紧巴巴。他的那双皮鞋，是在垃圾箱里捡到的。那是双半新的皮鞋，在老黑看来它任何毛病都没有，可却被主人弃了。老黑穿上它太松，一走路就要掉鞋，不得已垫了两副棉垫，虽然穿上很热，可他却觉得美滋滋的。老黑除了耍猴之外，喜欢逛富人居住区的垃圾箱，里面的垃圾常常给他带来意外的惊喜。比如他脚上穿着的皮鞋，比如被虫蛀的羊毛衫、漏了洞的袜子，他都将其拾起。洗干净后放入背囊。当然，他还捡过吃的东西，如过期的罐头、饼干、香肠，他和猴子吃起来津津有味的，也未见闹什么毛病。

猴子穿了件红马甲，看上去喜气洋洋的。他们走在田间小路的时候，不断有人跟老黑和猴子打招呼。和老黑打招呼的大都说："城里人又回来了？"而和猴子打招呼的就千奇百怪了，有的说："猴子，你也学学人家孙悟空，提它一个金箍棒，拔根毫毛给我吹出几头肥猪来！"有的说："猴子，给我作个揖，我拔个萝卜给你吃！"还有的说："猴子，你比我强啊，还穿着件红马甲，难怪美得猴腚天天都是红的！"猴子对这些生动而含有戏谑意味的话早已习惯了，它不吭不响地跟着老黑，亦步亦趋着，一副宠辱不惊的大将风度。

曼珍没在家里，她去田地干活了。老黑知道，曼珍在地里，方头肯定也在那里。老黑听曼珍讲过大宝是在玉米地里受孕的，所以老黑从那以后一看到高高的密不透风的玉米地，就觉得它们像一支支枪一样阴森森的。他恨玉米，觉得它们是一群十恶不赦的小人，恨不能用镰刀把它们全都斩除了。老黑洗过脸，给猴子饮了些水后，大宝回来了。大宝见了老黑龇着牙叫了一声"爸"，然后就去翻老黑的背囊，把蛋糕提出来欲去吃。老黑连忙制止他说："给你买的是绿豆糕，蛋糕是送人的！"大宝一抽鼻涕急赤白脸地说："我知道你要把蛋糕送给杨枝红，人家领着孩子回娘家了，你给不上东西了！要是我不吃它，这大热天的还不得捂成一堆绿毛？"老黑一听杨枝红回娘家了，只觉得心一阵阵下沉，他问："她回娘家干什么了？"大宝已经把蛋糕塞进嘴里了，他含混不清地说："她家把炕扒了，没睡的地方了。"老黑骂了一句："人家都秋后修炕。她家大热天的修炕，纯粹是脑子里灌了狗屎！"发完牢骚，见大宝吃相粗俗，老黑心下不悦，他说："你知道管方头叫'干爸'，怎么不知管杨枝红叫'干妈'？"大宝梗着脖子尖声说："我才不管她叫'干妈'呢，她一见了我就撇嘴，好像我欠了她八百吊似的！"老黑叹了口气，对身旁的猴子怅然地说："这回没人陪你下河洗澡，杨枝红回了娘家了。"猴子似也叹了一口气，眼里露出失望的神色。

傍晚时方头和曼珍双双回来。曼珍盯着老黑的皮鞋看了半晌，对老黑说："这皮鞋你穿着显大，我看方头穿最合适。"方头拿过烟笸箩卷烟抽，见到老黑只是从鼻子里哼了一声，老黑心下不快活，就顶撞曼珍说："方头那两只猪脚，只配下地干活，皮鞋上了脚还不是被糟践了？"曼珍一撇嘴说："咱家的地可都是方头帮助侍弄的，你一年下过一回田吗？还有，你年纪大了，得大宝养你的老。大宝又是谁帮你养的？"大宝正在吃一条黄瓜，吃出一股清香气来，他颇为理直气壮地对老黑说："爸，人家都说我是方头养的！"老黑的脸紫涨了，他冲曼珍吼道："你别一天到晚老拿我当猴耍，我在城里遭人白眼，讨来的钱让你们有吃有喝！你们睡着热炕头，我老黑睡在垃圾堆旁！你要是还不知足，我趁早领着猴子净身出户算了，也少受这份窝囊气！"老黑说完已是泪水婆娑。猴子从未见过老黑落泪，见主人满面悲凉，不由也跟着辛酸地呜咽起来。它拍着老黑的腿，似是在安慰他。曼珍见老黑动了真气，便叹了一口气，说："我不过说说罢了，其实这鞋穿在你脚上很受看。方头的那双臭脚，哪配得上穿它！"曼珍说完，就和面给老黑烙葱花油饼。饭后，夜色已深，凉爽的晚风袭来，窗前的十几棵果树发出哗啦哗啦的声响，仿佛那些碧青的果子在喊喊喳喳地说话。老黑见方头仍赖在自家不走，就问曼珍："他今晚还要住在这儿啊？"曼珍说："方头家修炕了，不能住人，杨枝红领着孩子回娘家了，方头这几天就睡在咱家里。不过你放心，今晚让他和大宝去睡，你还和我睡一铺炕。"老黑嘴上没说什么，心里还是觉得别扭。他想方头完全可以去别人家找宿，我老黑回家也不过住个三天两天的，你何苦明目张胆地轻慢我呢？老黑一赌气，就对曼珍说，如果方头住在家里，他就和猴子睡狗窝。他以为曼珍会坚决反对，岂料她顺水推舟地说："你愿意和猴子在一起，我也不反对。要不猴子不等我醒，老早就拍着窗户叫你了。"的确，以往老黑回家，第二天天还不亮，猴子就拍着窗户叫唤，它想老黑了。那时曼珍还没睡够，猴子一拍窗户，她就会骂一句："贱命！有福不知享！"

老黑拿了一床褥子，铺在狗窝的干草上。狗窝不大，老黑和猴子勉强能挤得下。猴子似乎知道老黑受了委屈，它在黑暗中用手抚摸着老黑的脸。老黑仍像在城市中一样，把牵猴的绳子绑在手腕上，拍着猴子的脑袋对它说："睡吧，你跟着我受罪了。"猴子低低地叫一声，乖乖地睡了。老黑却睡不着，他透过狗窝的门望着天上半圆的月亮。他觉得自己的生活就像今晚的月亮一样不圆满。他想他和猴子在外面风里雨里地乞讨，不过就是为了养活这个家。而这个家的女人如今是谁的？难道不是方头的吗？这个儿子难道不也是方头的吗？老黑觉得实际上自己早已是一无所有的了，他作为一个男人的权利在这个家早已被剥夺了。老黑唏嘘哀叹着，将腕上的绳子解开，丢下猴子独睡，起身来到果树环绕的窗前，借着月影使劲往屋里的炕上张望。他看不清炕上人的脸，但他看出那上面睡着两个人，看来方头是和曼珍睡在了一起。老黑恨不能这一刻一脚踏进深渊，摔得个粉身碎骨，再也不回这个不是家的家。

老黑在天亮时背着背囊，牵着猴子出了家。他们回城里了。老黑没有把钱留给曼珍，他想你不是依赖方头吗，缺东少西就该朝他要啊。田野一派迷蒙，微微的雾飘拂着，可以想见这是一个湿漉漉的不明朗的黎明。老黑出了村子的时候，站下来回了一下头，心想这地方还有什么值得我挂念的吗？以往这时候他会想起杨枝红，现在他却觉得她也是可憎的，如果他不给她带礼物，她会用温柔的笑语对他吗？不会的！老黑做出这个判断后，就义无反顾地牵着猴子朝前方走去。只要路越走越宽阔，说明城里的路就在脚下了。他喜欢和猴子坐在长途汽车上飞驰，猴子坐在他膝上，和他一样饶有兴致地望窗外游动的风景。那时的树木就给人一种疯狂的感觉，因为它们在旋转。而河水则如游龙一般，似乎每时每刻都在舒展腰肢。此时车上的乘客大都把目光放在他们身上，有人还要求猴子表演节目，可老黑从不答应。他知道猴子喜欢望风景，它的快乐本来就少，老黑怎忍心再剥夺呢！

老人坐在若梅湾傍晚的花坛前，激情满怀地拉着二胡，他不厌其烦地拉着《惊禅》，这时他感觉若梅湾又化成了五十年前的沼泽地，那碧绿的湖面上有银白色的水鸟在盘桓。他眯着眼睛，感受着夕阳在沉沦之时的那种金色余晖。他在此拉琴已经有一年多了。这一年来，他逐渐忘却了自己的名字，忘却了自己多半的人生经历。他在现存的记忆里，脑海中定格的是青年时代的一段经历。那时这里还没有城市，只是一个小小的村落。老人记得大学的一个暑假他与同学结伴出来游玩，他们来到了这个村子。那时的村子就叫"若梅湾"，只有几十户人家。家家的土屋前都种植着蔬菜，饲养着家禽。村外有一片湖，湖水是碧绿的，四周被沼泽地环绕着，那上面生长的野草和芦苇在晚风中会发出悦耳的沙沙声。老人和同学住在一户农家，记得主人姓王，有六个孩子，四男两女。这些孩子因为年龄大小有异而高矮不同，常使他产生错觉，觉得这些孩子若按由高到矮的顺序排成一排，就可以当一扇琴来用。王家的大女儿乳名

"惊禅"，据说这名字是庙里的一个老和尚赐予的。说是她父母是虔诚的佛家弟子，惊禅出世时，其父正在村外的庙里烧香。那是四月初八，礼佛的善男信女很多。天一直下着雨，没有晴朗的迹象。惊禅的父亲在叩拜观世音菩萨的时候，只觉眼前金光一闪，他以为雨过天晴，太阳露出脸来了呢。岂料他回头望了下外面的天，见仍是阴霾密布、细雨霏霏。再望观世音菩萨，只觉那圣像动了，菩萨手指微微翘起，从净瓶中拈出几滴甘露水洒于坛下。惊禅的父亲激动得泪水纵横，一路念着"南无观世音菩萨"的圣号回村。才进家门，就见他的二儿子急匆匆地迎着他跑来报告："爸爸，妈妈生下了个小妹妹！"惊禅的父亲进得屋里，果然见老婆平安生下了一个女孩，她粉嘟嘟的样子煞是可爱，恰如一朵含苞待放的莲花。惊禅的母亲对他说，女儿出生时，只觉屋内金光一闪，孩子很顺利就降生了。惊禅的父亲就把先前在庙里所见的一幕说给老婆，夫妻二人执手相看，然后抱头喜极而泣。满月之时，惊禅的父母去庙里将这孩子出生之日他们所经历的事情说与老和尚，老和尚便赐予她一乳名"惊禅"。惊禅生得面目白净，聪明伶俐，十分讨人喜欢。她勤劳、善良、乐于助人，平素话语不多，见了人总是抿着嘴角乐。若梅湾的人没有不喜欢她的。

老人记得自己和同学住在王家的西屋里，他们白天时和农人一起下田，晚间则在煤油灯下创作音乐，他们是音乐学院的学生。他们带来了小提琴和二胡。若是夜色动人，他们就到湖畔去拉琴。老人拉二胡，而他的同学则拉小提琴，他们所拉的曲子，大都是在若梅湾期间创作的，如《湖畔清晨》《若梅湾的麦田》《晚风吹过》等等。惊禅喜欢听二胡，只要是湖畔有琴声，她就循声而至，像棵芦苇一样站在草中,很动情地听着。老人记得那时的惊禅十六岁,她那一头乌黑闪亮的头发格外令人喜欢。惊禅喜欢变换发式,今天梳一根辫子,明天就是两条,后天则有可能把头发全都绾起来。每天清晨,她给两位学生送来洗脸水,而傍晚,则又给他们端来洗脚水。她说喜欢听二胡的声音。惊禅还喜欢唱歌,唱的都是山野民歌,听起来淳朴而亲切,老人不知不觉爱上了惊禅。惊禅的父母说,这孩子生来就是佛家弟子,在她年满十八岁之后,一定要把她送到尼姑庵修行去。老人便问他们是否征求了惊禅的意见。惊禅的父亲说:"惊禅这孩子,天生就有佛心,你都不用点拨她,让她去她就会很乐意。"按惊禅父母的想法,惊禅就是观世音菩萨的现身,她将来定会修得功德圆满,福泽后人。老人当时听了这话,失望得一夜未睡,他为惊禅感到难过。他不敢设想她那满头亮丽的黑发被削后的样子,那一定会使他觉得人间永远失去了阳光一样黯淡无华。青灯古刹固然洗涤人的灵魂,可他觉得这不是惊禅的去处。在他的想象中,惊禅应该做他的老婆,生活在一处有古屋、流水和茂盛植物的地方。惊禅还应该生下几个孩子。老人甚至设想,不等惊禅满十八岁,他就会再次来到若梅湾,将她偷偷地带走。只是他没有把握惊禅会跟着他走。惊禅像当地的女孩子一样只读过两年私塾,所识之字少得可怜。她在家帮助母亲料理家务,做做针织和刺绣的活儿。她常常一边坐在庭院里刺绣一边唱歌。有些歌的曲调很优美,可并不为老人所熟知。他问惊禅,惊禅总是莞尔一笑说:"我自己编的。"问她编曲的悟性从哪里来?惊禅说,她平素听流水声是有节奏的,听鸟鸣也是有急有缓的。就说风声,也是忽而高亢忽而低沉的。她即兴编的曲子,都和它们有关系。惊禅还说,淘米的声音，青蛙的叫声，牛耕地的声音，柴火燃烧的声音，若仔细听来，都是一支乐曲。这使老人大为惊异，觉得惊禅有如此丰富而敏锐的艺术细胞，若是做了尼姑岂不可惜？老人记得每个夜晚惊禅擎着油灯给他们送来光明的时候，总要笑吟吟地嘱咐一句："你们可别忘了吹灯。"惊禅放下灯，总要看一眼桌上的曲谱，然后她咋舌叹息说："打死我这辈子也认不全这些谱儿。"有时他们睡不着，就悄悄起床喊醒惊禅，他们三个人拿着乐器来到湖畔，在清凉的夜色中演奏起来。夜栖的水鸟被乐声所惊扰，在湖面上盘桓不休，倒像是为这乐曲伴舞似的。若梅湾的人都说，来了两个学音乐的大学生，若梅湾的夜晚就像天堂了。

老人记得暑假即将结束，他和同学将要离开若梅湾的前一天晚上，他独自约了惊禅去湖畔，那夜他没有带琴，他不希望琴声引起别人的注意。惊禅那天穿了件白衬衣，有明月的夜晚，那白衬衣亮丽得炫目。他和惊禅相挨着坐在湖畔，他们听见了湖面上水鸟的叫声，听见了微风漫过芦苇所发出的温柔的沙沙声。远处的草坡上荡漾着白雾，使落在它上面的月光有一种无与伦比的美感，月光就仿佛在骑着白象行走一样。他拉住了惊禅的手，问她若是他把她带走，她会愿意吗？惊禅虽然没有把手抽回，但她坚决地说："我才不离开若梅湾呢，我喜欢这里。"他又问她，如果过两年她的父母让她削发为尼，她会答应吗？惊禅半晌没有出声，但她悄悄抽回了手。湖面上有一轮明月，因为它被微波吹拂着，这月亮颤颤欲动，仿佛在洗澡一样。惊禅突然指着湖上的月亮对他说："天上只有一个月亮，可它投到人间，就数不清有多少月亮了。海里有它，湖里有它，江里有它，河里也有它。不过我还没有见过海和江，听说海很大很大。我呢，就是若梅湾这小湖里的月亮，天上的月亮只要一躲在云彩后，我就被它收回去了，人世间落在水上的所有月亮也就都跟着收回去了，我能说什么呢？我想菩萨就是这月亮，我就是它的影子，她什么时候要我，我就什么时候去。"惊禅的口气是忧伤而又抒情的，听得他几乎落下泪来。他多么希望若梅湾上空的月亮永远明朗，周遭没有阴霾，让这湖里的明月能永远温存而光明地浸在水里啊！那样的话，他就情愿做个"水中捞月"的傻瓜，伫立湖畔，一次次地捧起水中的月亮。纵使捧起后仍是两手空空，他也心甘情愿，因为每次捞月时的幸福感是多么撩人啊！

老人租了位于城西的一间小屋。房东是个絮絮叨叨而又有洁癖的老太太，她一天到晚嫌老人邋遢，声言他若老是把屋子弄得个乱七八糟，就把他轰出去。老人就说，轰我出去，你少了房客，不是少了一份收入吗？老太太一撇嘴又叉着腰说："哎哟哟，你走了我就揽不到别的房客了吗？你知道我是谁？我是当年外号叫'吴西施'的美人！我往街上一站，哪个男人不给我使眼色？"老人瞟一眼这又老又蠢的老吴西施，不由得摇头叹息。吴老太有儿有女，可她却喜欢独居，她有三间房，两间出租，一间自己住。除了老人外，还有另外一对夫妻房客，他们在城里做传销，整天背着形形色色的产品走街串巷，所住的那间屋也基本上成了货仓。老人白日在家歇息，回首往事，可他基本什么都想不起来，黄昏时才提着二胡去若梅湾乞讨。吴老太每逢老人踏着满城灯火蹒跚着走回家里，总要问一句："今儿弄了多少钱回来？"老人也不说什么，将灰布帽兜扔给吴老太，算作当日的食宿费。有时帽兜里钱多，吴老太就满面笑容地去给老人买碗馄饨做夜宵，反之她则冷着脸子骂如今的人没有同情心，个个黑心烂肺。有时吴老太还能从帽兜里发现别样的东西，诸如药品的广告、过期的购物券、作废了的粮票、有了裂痕的纽扣、几颗蚕豆等等。此时的她会破口大骂，说老人的帽兜又不是垃圾箱，谁收这些破烂儿？

老人的记忆截止到离开若梅湾他大学毕业后的那个夏季。他重回若梅湾，这回他是独自一人。他的背囊里装着二胡，他想给惊禅在月夜的湖畔尽情地拉上几曲。若梅湾仍如从前一样，有着傍晚时蓝幽幽的安闲的炊烟，有着夕下时分娇娆的云霞，有着古朴的房屋、表情平和的村民和湖畔随风起伏的芦苇。可是惊禅不在了。惊禅已经在她年满十八岁的四月初八当尼姑去了。老人问惊禅的父母她去的那座尼姑庵在哪里，叫什么名字？他们拒绝回答他，说是惊禅出家前留下话，她尘缘已绝，以后再也不和家人有任何联络了。老人便离开若梅湾，独自去尼姑庵寻惊禅。他想她不会离家太远，就去了离若梅湾最近的两家尼姑庵寻她，然而他失望了。他想起了惊禅有关水中月亮的那番话，明白即使找到她，也是徒劳的了。他多么希望天上的那轮月亮是自己啊，到时他只收回落脚于若梅湾的这轮月亮！

老人觉得自己的生命终止于这一时刻。尽管他后来活了漫长的几十年，也许有过老婆和孩子，可当他风烛残年要告别人世时，他觉得一生中唯一值得留恋的就是若梅湾。于是他来到了这里。他恍然记得自己从一个更加繁华的都市来，他走了许许多多的路才到达这里。他很奇怪几十年不见，若梅湾已经消失了。若梅湾只成为了这座城市繁华街区的一个名字。那被青青芦苇簇拥着的绿水荡漾的湖哪里去了？那宁静的炊烟和常入他梦中的土屋哪里去了？老人在初到的一段时日每日都失魂落魄地坐在若梅湾的花坛前，看着行色匆匆的路人，听着商家不绝如缕的吆喝声，望着楼群下那层层叠叠、花花绿绿的灯箱牌匾，不止一次觉得不是自己疯了，就是若梅湾疯了。老人觉得如果要唤回对若梅湾的记忆，就一定要有琴声相助。于是他就开始在若梅湾拉琴，这时他发现有许多驻足听曲的人往他的脚下扔钱，他才明白大家以为他是在行乞。老人索性就把头上的灰布帽子取下来，任人施舍。他所拉的曲子，都和若梅湾有关。尤其是他寻惊禅而不得、满怀伤感而写下的《惊禅》，更是令他自己和行人都百听不厌。在若梅湾一带，聚集着形形色色的乞丐。有的把自己的一双断腿展览给行人行乞；有的编造谎言，逢人就叩头说："大哥大姐行行好，我儿子得了绝症没钱治，求您给俩钱吧。"在老人看来，这样的行乞是可耻的。因为他们随意展览自己的伤口甚至是用谎言骗取别人的同情心。老人所敬重的唯一一位行乞者，就是老黑。确切地说，是那只猴子。在他看来那是一种尊严的、艺术的行乞。他们每每经过这里，总要停下来听上一曲。老人有很多次想和老黑搭搭话，他叫什么，从哪里来？猴子有没有艺名，它又从哪里来？

　　若梅湾是喧闹的，它的空气也是混浊的。可是每逢雨后的黄昏，老人坐在这里拉上一曲《惊禅》，便觉得几十年前的若梅湾又掉头回来了。他又看见了澄澈的晴空、碧绿的湖水、青青的芦苇和一望无际的麦田。这时的惊禅就像彩虹一样从天而降，带给他心灵的震撼。他祈望着能看到她那满含善意而又温情脉脉的双眸。然而他重回若梅湾所看到的目光，除了焦急、贪婪、麻木、冷漠、嘲讽之外，较少有真正的同情目光，那些寥若晨星的同情目光，化成的也只是他帽兜中的一些零钱。没有人主动上前问他一句，你从哪里来？你究竟有多大的哀愁才会拉出《惊禅》这样的曲子？老人想，只要在他离开人世前再看到一次那湿漉漉的满含善意和温情的惊禅式的目光，他就死而无憾了。

秋天不知不觉地来了。若梅湾的花坛有些枯萎了。树叶微微黄了。一个秋雨初霁的黄昏，老人坐在花坛前拉着《惊禅》，只觉眼前有一片温暖的亮色升起，他睁开双眼，见有许多双眼睛在打量他。这其中，只有一双眼睛是湿漉漉的满含善意和温情的惊禅式的目光，那是老黑所牵着的猴子的目光！老人喜极而泣，更加动情地拉着曲子。一曲终了，他取出裤袋里的小剪刀，剪断琴弦，长叹一声，颓然倒在散发着一股寒秋之气的花坛旁。老黑和围观者走上前去，一试他的鼻息，知道他已无人间之气了。大家窃窃私语着：这是谁家的老人？他叫什么？住在哪里？该通知谁来为他收尸？

寒露来了，秋风猛烈了。一个深秋的黄昏，落叶满天飞，老黑领着猴子经过若梅湾，突然一阵狂风袭来，将一个行人的帽子刮了下来。那帽子是灰色的，同已故老人脚畔放过的帽子几乎一模一样。猴子首先停了下来，老黑也停了下来。他们看见那帽子像只灰鸽子一样在半空中扑棱棱地飞，待狂风飞逝后，这帽子落在已经荒芜的花坛前，帽里向外露着。老黑叹息了一声，正欲领着猴子离开，只见它突然把一只胳膊伸进老黑的裤袋，从中掏出一把钱来，飞快地跑到那帽兜前。

老黑见猴子直了一下身子，将钱投入帽兜里。当猴子反身回来的时候，一枚金黄色的落叶也在帽兜上方摇摇欲坠着。老黑想，除了钱之外，帽兜里就要有一片落叶了。

2001 年

170

闹　庵

　　子元和子从是在富春江泛舟时顿然萌生了去拜访一座名山的念头的。那是个月夜，他们备下了一壶酒、酱鸭、茴香豆、洋桃片和一口袋鱼干，就由位于桐庐和富阳之间的东梓下水了。船虽然很旧了，但轻盈如燕，他们看见了月下的富春江比他们杯中的陈年老酒还要美。子元在微醉时分不由激情洋溢地呼喊："漂到兰溪去吧，那里有我们的美人！"

　　"可是美人已经迟暮。"子从说，"真正的美人都归隐山林了，我们无缘相见了！"

　　就在这个时刻，他们同时想起了一座名山，想起了那山中的庵堂。在他们的想象中，那里会有一个美丽的尼姑在等待他们的造访。

　　于是他们从富春江上岸后就打点行装上路了，先是坐了三个小时的汽车，接着又坐了十二个小时的火车，然后再坐三个小时的汽车，才到了名山脚下。他们在旅途中一直很愉快，虽然说火车晚点了两小时，使本来十小时的路程加长至十二小时，他们也未因此心情沮丧，相反倒是为了能多看一会儿窗外的景色而身心愉快。

名山脚下有一家客栈，名为"紫气"。让人联想到也许哪朝皇帝曾在此居留过。子元和子从打算在紫气歇脚，次日登山，因为他们到达山脚时已是暮色苍茫的时刻。紫气是座三层竹楼，一层是仓库、饭馆、茶室和寄卖店；二、三两层均为客房，二楼为普通客房，三楼是高档间。子元和子从毫不犹豫地选择了三楼最靠东的一间屋子，因为他们认为紫气东来而上浮，只有住在顶层才名副其实。

他们的房间是个套间。爱静的子从一头扎进了里间，仰倒在竹床上，使床发出一阵吱嘎的响声。子元把旅行袋扔到床头柜上，便锁上门到卫生间冲凉，然后赤身裸体地出来挨个掀茶杯的瓷盖，看看里面是否干净。子从听着杯盖清脆地响着，他不由隔着门大声说："子元，给我也泡杯茶！"

"你总也改不了地主的脾气。"子元嘟囔一句，"什么都让人侍候。"

"我怎么会是地主？"子从在里面笑着回敬道，"我又没有三妻四妾。"

"可是我们忘了带茶了。"子元说。

"这可是高级竹楼，难道房间里没给备茶？"

子元就是这时候打开过道的灯提着两袋茶出现在子从面前的，"喏，有两袋袋茶，里面全是碎末，泡出的味道我想比刷锅水好不了多少。"

"啊——"子从先是惊叫了一声，然后一扭身说，"怎么不穿上衣服就过来？"

"这屋里又没有女人，你害臊什么？"子元说。

"不习惯，快穿上穿上。"子从说，"我一看见袋茶上的两根白线绳就恶心，连绳带包装纸都浸在水里，好像有人提着绳子在井台上打捞尸首，喝这样的茶不如喝白水。"

子元说："我觉得这袋茶特别像女人用的卫生巾。"

"掌嘴掌嘴！"子从责备道，"语言污染！"

子元咧咧嘴，穿上衣裳，两个便下楼吃晚饭。

底层的餐室大约有七八十平方米，摆了十几张圆形竹桌和上百把小竹椅。一盏灯由屋的中央吊下来，像只丰满的女人的乳房散发出奶白的光晕。竹椅由于频频被人坐过，在灯下泛出一股油光，而竹桌则相对黯淡一些。细密的竹篾上残存着一些污垢，子从不禁想起爱整洁的太太，她对餐具卫生的讲究程度可以说是无可匹敌。正在思虑间，跑堂的端上来两杯热茶，已是暑气消沉的时分，可他的脸上还是流着热汗，可见生意红火得像狗舌头。

子元啜了一口茶，用舌尖挑出一根茶梗，说："还好。"

子从随之啜了一口，答道："马马虎虎。"

跟着走来一个递菜单的小姐，这使两人都大为泄气。小姐倒是确定无疑的，十七八岁的样子，梳着根长辫子，很丰满，只是相貌实在过于平庸，不仅是塌鼻子、细眯眼，皮肤也粗糙不堪，这样的姑娘倒不如有风韵的少妇更能打动人心。子元和子从看了她一眼后就有些后悔，所以点菜时连头也不肯抬一下。因为在他们的心目中，能在名山脚下服务的女人虽不能说个个花容月貌，但也应自有其妖娆动人之处。

小姐拟好菜单离开后，子元抬头笑了一声，"紫气这种地方怎么会招这种小姐？”

"别虚荣过分了。"子从也笑了一声，"又不是选美来了。"

"那倒也是。"子元说，"如果尼姑庵里的女人个个是这般模样，还不如不削发的为好。"

小姐很快端上来一碟酱豆，子从这才想起忘了叫些酒。

"你去叫酒吧。"子从说。

"不，你去。"子元努了一下嘴，"反正你是结过婚的人了，再倒一次胃口也无所谓。"

"其实她也没那么难看，而且她淳朴。如果在烛光下看她，感觉也许会非同寻常。"子从说，"我们这么谈论她有些卑鄙了。"

"你一高尚我就觉得自己有些下流了。"子元连忙起身朝小姐叫酒，"一斤绍兴黄酒，要温一下。"

小姐答应着去取黄酒。

子元回到座位刚要说点什么，屋子里的灯光骤然消失了，正在用餐的人发出一阵埋怨声。子从不由颤声说："真的要有烛光了，我敢说烛光下的女孩会变成另外一个人。"

正说着，灶房传来响亮的爆油锅的声音，接着是哗啦哗啦的蔬菜被煎熬的声音，子从深深地嗅了一口，说："是我们的香菇菜胆。"

邻桌首先出现了一点烛光，接着靠窗的位置也有了烛光，跑堂的正把一支支燃烧的白蜡烛送上来。眼见着有就餐的人的桌子上都亮堂起来，子元不由急了，他大声地吆喝："这桌还没点上蜡烛呢！"

跑堂的充满歉意地回答说："没蜡烛了，将就一下吧，您周围的桌子上都有蜡烛，您在正中间，也暗不着。"

"这叫什么话。"子元嘟囔道,"让我们借光。"

邻桌的一个男人在吃面条,吃得很响,仿佛小孩子在吸鼻涕。最后他不知被芥末还是辣椒给刺激了鼻子,忍不住一连串打起了喷嚏,并连声"哎哟"着,惹得周围的人发出笑声。子从连连说:"借光更好,又不会被蜡烟给熏着。"

菜上齐了,黄酒也温好了,电却仍然没有来。透过窗前的竹帘可以感觉到山脚的凉气。子元和子从在昏暗的烛光中对饮,讲着一些亲切可人的话,不知不觉已微有醉意了。就在这时,从店外进来一个老汉,手中提着五六个铁丝笼,笼子里有翘尾巴的动物在摇来摆去地动,原来是个卖松鼠的。老汉将笼子依次放在窗前,叫了二两白酒、半斤熟肉、一碟盐水花生米,有滋有味地吃喝起来。

子从说:"我若到了这般年纪,也如他这般逍遥,这一生就算没白活。"

"你现在已经够逍遥的了。"子元讥讽道,"谁能把妻儿老小丢在家里,心无旁骛地来造访尼姑庵?"

子从呷了一口酒,微微摇摇头,说:"我可是陪你来寻美的,你别刻薄过分。"

"寻到美又怎样?"子元说,"遁入佛门的人六根已净。"

"那就看你的魅力了。"子从轻轻地用手指点了一下桌子,说,"好男人会让一个已削发的女人再长出一头乌发来。"

"在这种地方说这话,可是对佛的大不敬。"子元做了一个暂停的手势,"打住打住。"

子元和子从继续喝酒,电仍然没有来,许多人已经用完餐离开了,连卖松鼠的老人也提着几个铁丝笼子踏入夜色中了,他们却兴致不减，又叫了半壶黄酒。周围的烛光在微风中摇曳，橘黄的光瑟瑟抖动着，小姐送上来了散发着温热香气的黄酒，那小姐果然就变成了另一番模样，面庞光洁柔和，眼神温存湿润，子元子从不由面面相觑。

"小姐，现在客人少了，能坐下来说说话吗？"子元说。

那姑娘踌躇一番，还是顺手端了把竹椅悄悄坐上去，竹椅"吱嘎"一响，姑娘的丰腴得到了清脆的印证。

"喝盅酒吧？"子从劝道。

那姑娘微微摇摇头，矜持地说："陪你们说话还可以，陪酒是不行的。"

"老板不允许？"子元调皮地说，"他要是炒你的鱿鱼，我就给你找个比这儿好得多的工作干。"

子从微微冲子元觑了一下眼睛，嘲笑他说大话。

姑娘倒是很认真地回答："我不能离开紫气，就是有再好的工作我也不离开这儿。"

"为什么？"子从问。

"这个我不能告诉你们。"姑娘莞尔一笑。

"看来紫气有你的意中人。"子元打趣道，"是这店里的伙计？"

"不是。"姑娘说。

"那是做什么的？"子从也尽情地说，"不会是来去匆匆的香客吧？"

"不是。"姑娘认真地说，"不是因为人，是因为气，是紫气。"她掩了一下嘴，大概为自己泄露了秘密而有些懊悔吧。

"因为紫气？"子元兴致勃勃地说，"能不能仔细讲来？"

姑娘郑重其事地说："不能。"

"你去过富春江吗？"子从毕竟老于世故，他说，"月光下的富春江很美，如果你坐在船上，江上又起了雾，你会觉得比紫气还美。"

"我得去招呼客人了。"姑娘并没有进入子从设置的樊篱，她站起身，抖了一抖衣襟，仿佛要掸去灰尘一般。可是四周的空气好得很，绝无尘埃；如果有，对姑娘而言，那就是子元子从的话语了。

"因为一种气而不能离开这里？"子元顾自摇头笑道，"她一定是在故弄玄虚。"

那一夜便真的再也没有来电。子元子从醉在清澄的深夜里，只觉得满屋的烛光变幻成无数条松鼠的尾巴，温柔地抚摸他们的脸。店里的伙计在埋怨游人，他的一双布鞋放在窗台上，被人顺手牵羊了。而掌勺的不小心被沸油溅着了手，便把怒气转嫁到电的身上，"回了这么长时间也不来，月月还要给你交钱，你明天来了我们也不要你了，掐断你的金嗓子。"他这种骂，惹得店里所剩无几的几个人笑起来，电又不会唱歌，掐断它的金嗓子又能怎样，它又不怕黑暗，想要光明的可是你们这些人呢。

子元子从是如何走出餐室的，他们已经无从知晓了。只是事后听人说那一夜两个人去拍庵堂的门，口口声声要见尼姑，闹得夜行的鸟直冲他们的头顶拉屎。

庵堂的门紧闭着，一圈灰墙铁面无私地将游人拒之门外。半轮月亮歪在屋檐上，可以看见那奇峭的灰檐有如一只振翅欲飞的苍鹰。子从灰心丧气地说："咱们回吧，这庵堂里的人都睡下了。"

"等等，再等等。"子元毫不气馁地说。

于是两个人就耐心地等待着。月亮不动声色地西行，虫鸣渐渐稀薄了，他们正打算回客栈休息，只见那紧闭的门突然闪出一道缝隙，一缕紫气夺门而出，直贯天际，门訇然洞开，庵堂也随之一振。

子从吓出一身冷汗，他结结巴巴地说："子元，我不敢进，你一个人去吧。"

子元努力用平静的语气说："我们看见紫气了，我们不能这么轻易就离开。"

"可我听见你的声音在发颤。"

"那是因为冷。"子元看着门里暗暗的世界，目不转睛。

"我们喝了那么多的酒，怎么还会冷呢？"子从颇为失落地说，"都是为了你，不然我们现在还漂在富春江上呢。"

子元并没有在意子从的埋怨，而是摇摇晃晃走入庵堂。他在跨入门槛的一瞬间两扇门忽然急遽合在一起，将子元子从分离在两个世界。子从不由萌生了生离死别的感觉，他撕心裂肺地叫着："子元，你从墙上爬出来吧，你不要再向里走了，我们回紫气歇脚吧。"

子元并没有回答。子从四顾无人，晚风又做鬼般地弄得树叶沙沙响，他便格外地思念妻儿老小了，觉得来拜访名山实在是一个荒唐的举动。子从对着天轻声说："天快亮吧，让子元平安出来吧。"

子元进了庵堂，只觉得脚下的路格外松软，就像是走在沙滩上，或者是走在落叶的丛林中。他听见风声响在窗棂，有一扇窗透出一方温存的光亮，他循着光亮而去，正要叩门，里面有一个沉郁的女声说道："你进来吧。"

子元诧异地推开了门。一股松香气扑鼻而来，条形的竹桌上放着盏油灯，一个粗布灰衣的老尼姑正冲他微微点着头。

"是一道紫气使这门打开的。"子元惊魂未定地说，"可我进来后这门却突然闭上了，我的一个好友还被挡在门外。"

"他在那里落泪想家。"老尼姑说。

"不，他从不落泪，也不会想家。"子元说，"他要是想家就不会出来了，他每年有大半的时间在外面旅行。"

"可是你们不会见到想要见到的。"老尼姑说。

"你知道我们想要见到什么？"

"青春。"老尼姑说。

"不，是美丽。"子元强调。

"你们想见的那种美丽不是美丽本身，而是美丽的外衣，它就是青春。"

"既然如此，我能见到什么？"

"我和它。"老尼姑指了指那盏油灯。

油灯调皮地跳了一下花，像是肯定老尼姑的回答似的。子元说："你在敬香吗？"

老尼姑说："我在闻尘埃的气息。"

"我听不懂。"子元麻木地吐了吐舌头。

"当然，你喝了酒，又吃了肉。"老尼姑说，"酒肉使你的心迟钝了。"

子元心中愤愤不平起来，心想也许你是个被男人抛弃遁入山林的女子，你的修行并不是由于对生命本身的大彻大悟，而是因为红颜遭到冷遇后的消极退守，你以为削发吃斋就超凡脱俗了？

子元"咦嗬"地叫了一声，不以为然地离开了有灯光的庵堂。

他在石板甬道上走来走去，到处都是灰墙，夜下它们给人一种分外寒冷的感觉。子元不禁有些胆寒，不知道另一处的灯火在何处闪烁，那灯火中的人又可曾是他要觅的人。一个女人失去了头发就等于失去了温柔吗？也许更大的温柔还埋藏在灵魂深处。子元这样一想，浑身又有了力气，他激情荡漾地继续前行。

子从的妻子正在堂屋前的藤萝架下做糯米糕，她那六岁的乳儿天分扯着邮差的手从稻田的田塍上走来。邮差的手里拿着一封信，她的心不由微微下沉，预感到子从又加长了他的旅行日期。

"妈妈，爸爸又来信了！"天分从邮差手里抢过信递给母亲。

"瑞珐，做糯米糕啊？"邮差问道。

"天分去给叔叔倒碗茶来。"瑞珐用嘴努努堂下闲着的一把竹椅，示意邮差坐上去。瑞珐拆开信，见到了丈夫子从龙飞凤舞的一页字，上面一句亲热和恋家的话都没有，只是报告了他暂不还家突变行程的消息，这使瑞珐大为光火和失望。

天分给邮差捧上一碗茶。邮差知道瑞珐收到的信大都是没地址无法再回信的，但他还是惯常地问："用不用打封信回去？我顺手就捎去寄了。"

瑞珐摇摇头，说："从富春江又去了名山了，唉。"

天分便不懂事地问："名山在哪啊？那里有田鸡吗？"

瑞珐蹙了一下眉，说："你就认田鸡。"

邮差爱抚地摸了一下天分的光头，说："等到明年春天，叔叔给你去山中捉只松鼠回来。"

小孩子是很容易受渺茫的希望鼓舞的，他心满意足蹦蹦跳跳地出门找伙伴玩去了。

邮差放下茶碗，说："天分快上学了吧？"

"明年他满七岁了，也不知学校收不收。"瑞玦叹了口气，说，"这孩子随他爸，喜欢在外面疯跑，我想让他早点上学拢拢他的心。"

"我们家喜臣还不是一样？"邮差劝慰道，"虽然小学二年级了，也没安静下来学几个字。教室也拴不住他的心，三天两头就逃课，有一次差点把头水牛闷在邻人家的泥塘里，气得他妈不给他饭吃。"

瑞玦终于"扑哧"一声乐了，"唉，小孩子玩起来哪有王法？"

午后的阳光斜斜地射在稻田上，使那绿野波澜起伏。瑞玦白嫩细腻的手指上粘着糯米，睫毛的投影使得眼睑处一片黯然，更显出她的端庄和贤淑。邮差入神地看了瑞玦一刻，然后起身说："不早了，我该走了，还有几封信没送到户里呢，谢谢你的茶。"

"别客气呀。"瑞玦说，"若是投完信时候还早，你不急着回村的话，晚上就在这儿吃糯米糕。"

瑞玦望了一眼邮差，瑞玦的脸色有些红。邮差说："太麻烦了。"

"房顶的腊肉也熏到时候了。"瑞玦进一步说，"天分他爸爸还留在柜里一瓶酒。"

邮差的心剧烈地跳起来，他尽量克制着这种兴奋，看着瑞玦的鞋说："那我就不客气了。反正今晚有月亮，晚些回去没关系。"

"才七里的路。"瑞玦说，"人走夜路时步子又快，半个多小时就会到家的。"

邮差未酒而醉地出了瑞玦家。他每到一户投信时都乐呵呵地多跟人家说几句话，问问庄稼的长势，牲畜的新老交替情况，甚至还问人家需不需要在城里买东西，有机玻璃扣呀、发卡呀、锥子呀、花线什么的。弄得家家的女主人喜笑颜开，不断地给他端茶，夸他心眼好、脾气好。

邮差回到瑞珏家时水塘边的青蛙开始叫了，暮色弥漫着田野村庄。晚炊的烟已经很难看清，瑞珏早已在饭桌上摆了腊肉、酒和糯米糕。天分见到邮差来了，就缠着他为他编个草蝈蝈。好在邮差天生就有这副好手艺，不出十分钟，一个碧绿的草蝈蝈就编成了，喜得天分提着它直叫。

他们像一家人似的和和美美地围在饭桌旁，融洽地吃喝起来。天分因为高兴而要酒喝，瑞珏先是训斥他没教养，但还是把一盅酒推给他，让他抿了一小口。结果天分将一盅酒全喝干了，瑞珏便气急地说：“你怎么全喝了？一会儿你会受不了的。”

果然，不到一刻钟，天分便睡在了竹椅上。瑞珏连忙在灯影下起身，将他抱到床上，盖上毯子，然后放下蚊帐重新回到饭桌旁。邮差抬头问了一句：“天分是醉了吧？”

“小孩子是不能喝酒的，以后不能惯着他了。”瑞珏柔声地说，“他跑了一天，就是没有酒也会早早睡下的。”

邮差“哦”了一声，然后问：“你家男人总是一个人外出？”

“哪里是——”瑞珏说，“有一个叫子元的陪着他。”

“那个人是做什么的？”邮差颇为羡慕地说，“跟你男人一样也是个画画的？不用按时上班也能拿钱？”

“子元是个作诗的。”瑞珏说，“他比子从小八岁，还没成家呢。”

“你男人在家时天天都画吗？”邮差问。

"也不全是，他在白天时喜欢睡觉。"

"那他晚上画？"邮差大为不解地道，"那怎么行！"

"他爱晚上画，那就让他画。"瑞玞说，"我们住在城里时他也这样。有时候晚上我还起来给他做点心。"

"你们就是为了画画来乡村的？"邮差说，"来了有三四年了吧？"

瑞玞点点头。

"不打算再返城了？"邮差问。

瑞玞摇摇头。邮差以为她是在说不返城了，不料瑞玞随之而说的是"哪知道呢"。

他们把子从留下的一瓶酒喝干了，他们都觉得血流的速度加快了。一盘玫瑰花瓣似的腊肉带着香气沉入他们心底。

瑞玞说："有时候我一喝酒就想哭。"她这样说的时候已经带着哭音了。

"那你就哭吧。"邮差轻声说，"忍着泪的滋味可不好受。别把天分哭醒就行。"

瑞玞就真的哭起来，哭得邮差热血沸腾，因为瑞玞哭倒在他怀里。邮差是头一回面对这种情景，因为以往偎在他怀中的女人只是他妻子。瑞玞像截烧软的蜡瘫在他坚实的胸前，他不由埋头亲吻这个早已令他动心的女人和她脸上的泪水。

子从和子元在紫气的竹楼醒来时天已大亮。他们几乎是同时醒来的。他们彼此都听到了脚步声，子元觉得嗓子发干，他哑着嗓子冲里间喊："子从，你起来了吗？"

"没有。"子从的嗓子也哑了，"我还以为你起来了呢，我听见了脚步声。"

"我也听见了脚步声。"子元嘟囔一句，"以为是你呢。"

他们正诧异着，一个女人的影子从厅的走廊闪了出来，子元吓了一跳，正要惊叫，一看那女孩竟是昨晚在餐室见到的招待员。她温和地冲子元微笑着，"你醒过酒来了？"

"你是怎么进来的？"子元惊异地问。

"你们半夜醉在庵堂的门前。被几个游人发现了，把你们俩给抬了回来。"

"我们去过庵堂？"子元迷惑不解地说，"我怎么糊涂了？"

这时子从闻声而出，他光着脚，蓬头垢面的，脸色十分苍白，见到招待员小姐，他也吃惊不已。

"昨晚停电的事你们还记得吗？"

"哦——"子从嗫嚅着说，"记得。"

"你们喝了好几斤酒还记得吗？"

"记得一些，"子元想了想，忽然道，"我记起来了，我和子从出了餐室是去了庵堂，门锁着，到处是灰墙，后来突然有一道紫气使门打开了，我——"

"你进去了——"子从说，"我看见那门又自动合上了，我被关在外面，我听着风吹树叶的声音，就特别想念瑞珠和天分。"

"我在庵堂里面走，看见了一个老尼姑，她坐在灯下，和我说了几句话，后来我离开那里，又向前走，大约是寻年轻美丽的尼姑去了，寻没寻着我不知道了。"子元不由抚摸了一下胡子拉碴的下巴，"天哪，我们是被人抬回来的？"

"对呀。"姑娘说，"你们刚才讲的经历大概是回来后做的梦吧。你们是去了西园寺的尼姑庵，那里离这里不过两里的路。不过你们谁也没进过庵堂，因为西园寺的尼姑庵已经没有人了，封了大概有三年了。你们拍着庵门，口口声声说要找小尼姑亲亲，闹得游人闻声而来，不停地劝你们。"

子元子从呆若木鸡地垂首听着。

"名山上有一种白鸟，夜晚时爱在寺庙上飞，而且专爱往发声的地方拉屎，所以你们的衬衣落上了不少鸟粪。游人把你们俩抬回来时，并不知道你们住在紫气，店里刚刚打烊，我听见外面吵吵嚷嚷的，出去一看是你们，就把你们送回来了。"

"你一夜都守着我们？"子从问。

"我刚来一会儿。"姑娘说，"你们的睡衣都是店里的伙计给换的，他陪了你们好长时间，现在他招呼生意去了，我也得下去干活了。"

"这太抱歉了。"子从颇为疑惑地说，"昨晚发生的事怎么跟梦一样？"

"因为你们醉了。"姑娘笑道，"就想着去闹小尼姑，以前也有游人这样过。"

"等等——"子元一拍脑门对姑娘说，"我还记得你说过一句话——不能离开这里不是因为人，是因为气，是紫气，对吗？"

"我说过这样的话吗？"姑娘咯咯笑着，然后活泼地走出屋子下楼去了。

子元子从面面相觑了许久，都有些不知所措。阳光一如既往地漫游着，子元建议先洗漱一番然后下楼喝茶，子从点头答应了。他说："吃过茶点咱们就动身回家。"

"我也想尽快离开名山。"子元说，"还有这个叫'紫气'的客栈，今晚绝不在这儿过夜了。"

子元子从离开名山后在一个叫作"隐将"的地方分手了。子元由隐将去了杭州，而子从则由隐将日夜兼程回到乡下。

子从回到家时田野里一片阳光灿烂，想着此次归来又忘了给天分带礼物，他便为自己在外面的胡闹而心生愧意。他想着瑞珠的眼神和她那双柔嫩至极的手，便决定至少今年不再把她独自撇在家里了。他想她的茶饭，她的温存和隐忍，想他们家傍晚廊前的斜阳和冬日屋檐上的白霜，他觉得他又像婚前一样急切地渴望瑞珠了。

子从走进家院，他先喊了一声"瑞珠"，没有听到回答，就直奔堂屋，然而门上了锁，子从颇为疑惑，因为瑞珠没有给门加锁的习惯，何况这一带治安极好。子从出了家门，沿着稻田去了另一户邻居家，邻居的女主人正在淘米，见到子从，将米盆都给惊翻了，子从便问："瑞珠出了什么事？"

"她走了。"那女人说，"听说她不会回来了。"

"她去了哪里？"子从焦急地问，"带着天分回城了？"

女人摇摇头，说："天分被下村的邮差给领走了。"

子从当然记得下村的邮差。他想不管出了多大的事，只要天分在，瑞珠肯定在，瑞珠是离不开天分的。

子从赶到下村时暮色已合。邮差一家人正在院子的藤萝架下吃饭，天分也在其中，但是没有瑞珠。邮差的老婆正在给每个人盛汤，袖口挽得高高的。天分见了子从委屈地叫了一声："爸——"

邮差连忙起来让座，慌乱之中将给子从坐的竹椅又弄翻了。在他俯身扶竹椅的那一刻子从问道："天分怎么来了这里？"

"他妈妈走了。"邮差说，"把天分托付给我们了。"

邮差的老婆接过话说："瑞玦希望我们抚养天分，我喜欢这孩子，他就是有个坏毛病，不爱喝汤，汤其实是很养人的。"

"天分是我们的孩子，她怎么把他给了你们？！"子从说这话时几乎是在吼叫了。天分伤心地哭起来。

"瑞玦她离家出走了，"邮差说，"永远不回来了，她让我告诉你。"

"她就是回城也要等我回来再说嘛，何况又无缘无故撇下天分。"子从说，"她这次做事怎么这么糊涂？"

"她没有回城。"邮差吞吞吐吐地说，"她出家了。"

子从不由一阵头晕目眩，"什么叫'出家了'？"

"就是——就是——"邮差为难地说，"她不要她那一头女人的头发了。"

"她怎么会不要了那一头女人的头发？"子从哽咽地说，"她那头发多好。"

"她当尼姑去了。"邮差的老婆说，"你会回城画画的，你放心，天分在我们这儿不会受到亏待，有我们吃的……"她开始啰唆不休，邮差瞪了她一眼，而天分的哭声却越来越大了，他口口声声要妈妈。

子从在接下来的几个月里一直拜访各座名山古刹，遍访尼姑庵，希望能找到瑞玦的行踪。然而一直到了年底，瑞玦仍然杳如云鹤难觅形迹。子从绝望了，他又一次来到名山，去拜访那座尼姑庵。庵门紧闭，衰草萋萋，这庵早无烟火了，这使子从顿时苍老了不少。他从尼姑庵沿着小路下山时本想一走了之，但他又望见了叫作"紫气"的那家客栈，于是又萌生了住一夜的想法。此时恰是旅游淡季，客人极少，他如愿以偿地住进了原先与子元一同住过的房子。黄昏时他下楼买酒，招待他的仍然是那个姑娘，姑娘笑着问他："又来闹小尼姑了？"

子从回到客房后夜已深了，他醉意深沉，一头栽倒在竹床上只一会儿就在梦乡中了。他在那里见到了瑞珠，她的满头秀发在紫气中飘扬，他一声声地唤着她的名字，泪水由心灵疼痛地流出，使他在暗夜的竹床上颤抖不已。

1996 年

无歌的憩园

蛐蛐先是试探着叫了一声，接着又沾沾自喜地嘘了两声；待一分钟的安宁没有结束，它就开怀地狂躁地像个粗野的乡下女人骂街一般地吵闹了。

满鼻子都是酸臭味。他不晓得是外屋地的碗橱烂了，还是高居他头顶的搭在铁丝线上的两只货真价实的绒线袜发情了？总之，这气息叫他不安，令他烦躁。他把被子蹬开，赤条条地仰着，把手伸到他鼻子与嘴唇之间的那片黑森林中，吭哧吭哧地拔起胡须来。

他感到那片森林从沉睡中苏醒了。他觉得那儿疼。他还感觉到大拇指和二拇指的手指肚肥厚了，似乎上面黏黏地糊了一层胶。他隐隐地嗅到有一丝淡淡的腥味儿，他不知道自己那片黑森林竟这般不堪一击。那粗硬、爽利的胡须果真就长在薄薄一层的贫瘠的黄土上吗？

蛐蛐有恃无恐地在火墙根继续发表演说。他对此气愤已极。那又小又丑陋横七竖八的蛐蛐，活脱脱像嫁不出门的老姑娘，喋喋不休地对着茫茫黑夜喁喁私语。他为它恼火，又想为它的苦恋而流泪。然而他的泪腺依旧麻木。

他很想快活一下，就一下子。他蹬出左脚。硬硬的东西好烫人，是火墙，他乖乖地规矩回左脚。出右脚时他可不那么奋勇了。他轻轻地慢慢地送出右脚，像一个柔情蜜意的少女把一片红叶泊在平静的秋潭上。红叶没有归宿。他的那只脚悠荡累了，这铺能睡下四个人的大炕却像天边的大海，不能给他一个稳固的岸。他的绵软的身体筑起的那道海中堤坝早已崩溃，他无论如何也不会触到曾属于他的、位于他右侧的那片温存的白沙滩了。他收回右脚。

他觉得满目苍茫。他起身下地，用脚尖探索到鞋子，踏上，敛声屏气地摸到窗前，一把撩开厚实、沉重、肮脏的棉布窗帘。他的心在胸腔猛然被提拔到一个高度，垂悬着。

月亮一点也没改变模样儿，同五年、十年乃至十多年前一模一样。脸庞依旧圆润，脸色依旧莹洁，微笑时的眸子也依旧清澈。他的脑子忽地出现一片空白。在这肃穆庄严的空白上，又缓缓地弥漫上许多许多悠悠飘来的影子。

"爸，酱里有苍蝇。"他就着咸酱吃掉了半个玉米面窝头，才突然发现敌情。

"嗯。"爸惯常地应着，不抬头，上下齿不停地捣动着口中的食物。

"是，一只，死苍蝇。"他的眼睛瞪得溜圆溜圆的，盯着碗中的黑点。

"吃吧吃吧。"爸紧了下鼻子，望了他一眼，用筷子敲着碗说，

"你这碗糊涂粥，又不喝了？"

朦胧的晨曦中，爸的脸青黄青黄的。那上面跑着汗珠，一直溜到脖颈。他对爸小声地"嗯"了一下。

"咳，不吃——不吃省不下了。眼睛倒好使，一只蝇子……两三只蝇子又碍啥事？"

爸从容不迫地把那只苍蝇用筷子夹起，抬升到眼皮底下瞧了瞧，嘴唇张开，把那东西撸进嘴里。他见爸的喉结扭动了一下。他痉挛地丢下筷子和窝头。

"把蝇子想成飞龙鸟，不就结了？"爸看了他一眼，责怪着拿过他没动一口的那碗糊涂粥，全力以赴地歼灭起来。

昏黄的晨光恹恹地消退，屋子里徐徐地亮堂起来。他背上书包，到四大娘家喊来玉姣，两个人一前一后地去学校了。

过了一架山，又过了一架山。蹚过那条汩汩奔流的小溪，再跑过一片开阔的草甸子，便可望见一幢白灰涂抹的平房和一个"门"形架吊着的一口大钟。

"快到了。"

"到就到呗。"他白了她一眼。

"小山子，谁惹你了？"

"早晨吃饭，酱碗里有只死苍蝇。"

"挑扔了不就得了。"

"我爸把它吃了。"

"吃……了？他没看真亮儿？"

"看真亮了。爸说……"小山子猛然觉得头一阵晕，肚子里好像有一股臭水直冲到嗓子眼，他蹲在地上，呕吐着。玉姣急忙在他的后背上捶打起来。她那红嫩的小拳头像可爱的鹿蹄，哒哒哒地在他的背上点来点去，点去点来。他的眼角窜出一股泪水。

　　这之后他见了爸就不舒服。看见他疾走如风地捯着碎步，一会儿鸡栏一会儿猪舍的跑来跑去，看见他那顶灰白得磨了几个洞的帽子里倒歪斜地戳在脑袋瓜上，看见他乌七八糟的胡子和瘦弱微黄的眼珠，他就周身不自在起来。还有每天喝不断的糊涂粥吃不绝的窝头，都让他难过，让他无语凝咽。

　　"你肚子里八成是长虫子了。"有一夜晚，爸捏着他细瘦的麻秆胳膊，叹了一口气。

　　"肚子里长虫子怎么了？"

　　"人不爱吃饭，就黄了，瘦了。"

　　"我吃不进。"他颤着声告诉爸。

　　"吃不进也要强吃。"

　　"不吃呢？"

　　"就不经事了，像你妈。"

　　"妈为什么不吃呢？"

　　"没有能吃的。"爸沉默了好久，才说，"你还不知足，十多岁了，该懂事了。"

　　那天晚上的月光出够了风头。第二天早晨，爸问他昨夜睡得好不？他兴冲冲地说声"可好了"。接着，他连比带画神采飞扬地告诉爸，他梦见一个又白又圆的月亮变了一个仙女，这仙女飞过重重叠叠的大门进了他家，把倾斜的门框修正了，把满墙的灰尘蛛网臭虫血迹除掉了，还做了一锅晶莹透明香喷喷的大米饭。

　　爸听后，告诉他今天不要上学了。爸说他昨晚子夜时分跑出屋子，光着屁股在月光下绕屯子走了一圈，回来后又上炕接着睡了。他不相信。爸一定是怕花学费耍花招不让他上学。

"我没出去，我睡得可香了。"

"别犟。十多岁得了梦游症，不怕医，要不将来咋说媳妇呢？"

爸请来了四大爷。四大爷驼背、塌鼻子、老鸹眼。屯里人有了病，全都请他去医。有医好了的，也有医死了的。医好的人都说那些死了的人是寿路已尽，千恩万谢地说四大爷能妙手回春。小山子一听到他阴阳怪气的声音，就起了一身鸡皮疙瘩，内心恐惧得像一个人深夜走进了坟地。

"这小山子是庙里的小童子，伺候天神的。不承想那年庙门开的日子，他就偷着跑出来了……"

"咋整呢，这孩子？"爸只是一筹莫展地挤眼睛。

"再过几天，看看他还出去不？"

一连三天都是好月光。爸说他一连三天都在夜半时分光溜溜地走出去，有规则地绕过东头的水井，然后悠然地回来蒙头大睡。

他不相信。他只是从玉姣那里知道他有两篇课文没有学了。

"叫你爸跟我爸说说，让我上学吧。"

"你有病。"她说。

"你也信？"

"嗯，我亲眼见的。"玉姣把小拇指触在嘴丫旁，歪着脑袋说，"昨晚，我都睡着了，你爸敲门把我弄醒了。他说'小山子又出来了'，我爸光着脚下地，我妈也光着脚跑出去，我跟着也出去了。我看见你往东走，他们跟在你后面。你，什么、什么也没穿。"

"你看清了吗？"

"我没看清。月亮地里，你一跳一跳的，很白很白的，白得像，像……"

"像什么？"

"像扒完了皮的大萝卜！"

"瞎扯。"他抬起手，蹭了蹭眼睛，说，"都怨那只苍蝇。"

他从此不再上学。只要是月光太疯狂的夜晚，他总要出去梦游一番，第二天早晨，一切又都记不起来。他非常憎恨爸、四大爷和玉姣，他认为他们在合伙耍弄他。爸因为他不吃酱中的蝇子而惩罚他，四大爷因为没有营生做了拿他开心，玉姣是因为他好几次蹚小河时没有背她而报复他了。

他握着火钩子，把炉膛的火捣灭，闹得狼烟四起，爸佝着身子点头哈腰地直咳嗽，还假装疯魔地捶胸。他见了很高兴。看到锅里的糊涂粥好了，他也要趁爸去园子厨屎的空当把两大块桦木柈扔进灶里，等爸提着裤带悾悾惶惶地奔回外屋地，疯狂地把灶里的柈子撤到院子，稀里哗啦地舀一瓢水往糊涂粥浇去，然后再用铁勺叮叮当当地搅拌一番，他就等于饱餐一顿，再不会有任何食欲。

他时时刻刻监督爸的一举一动。他发现爸总是天微微亮就起来，穿起那条四季永不变更的青布灯笼裤，一件灰蓝色的对襟小褂，像一只张开翅膀的老鹰一样趴在他背上；而那双圆口的条绒夹鞋，则像两眼小小的陷阱，把他那双青筋暴起瘦如鸡爪的大脚牢牢地绑在那里。穿戴好，他开了门出去，在院墙上摘下锄头铁锹洋镐叉子之类的农具，向他那一片园子巍然走去。等到他又睡了一小觉，常常发现爸已经蹲在门槛，用右手的五指托起碗底，专心致志地吸着糊涂粥。他的额上脸颊上一如既往跑着密麻麻的汗珠。小山子这才起来穿衣，然后跟爸下地干活。

　　田地的风光总是旖旎。盛夏的微风款款地从山谷间飘游而出，在一望无际、苍翠如黛的大草甸上温情脉脉地滑行着。饱满充沛、热烈妩媚的太阳拉长了金色的焦距，追踪着风儿的脚步，把那草叶野花和那野花上对对双双的彩蝶，拉进镜头。小山子坐在地头，望着爸干活，望得眼睛疼了，望得夕阳匆匆忙忙、慌慌张张地跌进山坳，只在西边的天际留下一朵一朵羞红的晚霞。傍晚，天倒清澄了许多，空气也新鲜了许多，他和爸扛着农具慢腾腾地往家走。烧锅做饭，碗盆叮当。当肚子被糊涂粥吹胀了的时候，月亮便也圆圆地出来了。他们父子俩顾自擦着汗。

　　"这汗，像下了层露水。咳咳，你闻闻，酸得像发糕。"爸把汗水濡湿了的毛巾递到小山子的鼻子下。小山子屏住呼吸，一屁股坐在地上，哭了。

　　"不闻就不闻，哭啥？"爸扫兴地撇下毛巾，哼了一声，叹了一声，"逗逗你也不行。"

　　晚上，他老是觉得口干，他摸黑下炕，跌跌撞撞地找到水缸，咕嘟咕嘟地灌了一气，然后又开门坐在院子里。天好凉啊，星星少得可怜，月亮却老是丰满。湿漉漉的夜风挟带着一两声虫鸣，情深意切地温存地裹着他。他用双臂环抱着腿，把下巴抵在膝盖上，悄悄地注视着黑夜。不久，他听见门响，爸接着出来了，他费了很大的力气才把小山子抱起来。

　　"你坐这儿……干啥？"

　　"我渴……喝了凉子……不困了。"

　　"不困也要困！"爸把手塞到他的腿间，摸索着。他觉得浑身都不舒服，他挣扎着，掐着爸的那只胳膊，"别碰！"

"嘿嘿，成人了。"爸将他摆在炕上，干笑了三四声，然后坐在炕沿搓脚掌上的灰尘，自言自语地道，"该有个窗帘了。"

于是就有了窗帘。爸拆下了被里，撕了一半，穿在一段细铁丝上，用两根生锈的铁钉子牵牢，无论多么潇洒的月光也溜不进屋子了。爸说这样下去，他的病就会好的。

这窗帘足足垂吊了一千多个夜晚。爸郑重其事地告诉他，四大爷家和他家做了亲家，过了腊月，就把玉姣娶过门。

"她不是上学吗？"

"上啥。你四大爷四大娘不叫她去了。学校一天不务正业，见天地领学生下地。"

"早先……"小山子咕咕哝哝地说。

"早先是早先……你病了三年了……外头的事知得少……"

"三年？"

"嗯，亏了那窗帘遮光。要不，谁管保你不会梦游得掉进井里。"

都说那口井缠人。打井时，有两个人在底下镶井框时被坍塌的泥沙埋葬了。井打好了，水却总也不旺，一次只能摇上半桶。闹饥荒的时候，小山子的妈妈饿得头昏眼花地去井台摇水，一头晃进十几米深的井里死了。把她捞上来后，井里竟奇迹般地一下子涌出好些水来。从此，这口井便汪洋恣肆着肥厚的水源。人们都说小山子的妈妈变成了一棵水仙草。以后家家户户挑水时，总是在饭后饱了肚子才去。

爸又提起这口井，他不由得真真切切地打了个冷战。他不记得

196

妈的模样了。可一想到她，他就害怕。尤其是想到他所痴迷的月亮也会剪一缕月光甩进井里，就更加深了恐惧。

天冷了，大雪封门。山山岭岭、沟沟壑壑都起伏着白了。一入夜，爸早早就撂下窗帘，催他上炕养精神。他时时听见爸叨叨咕咕地算计着成家该用的东西。

腊月就到了。四大爷的门牙不知怎的掉完了。他流着口水到小山子家含糊不清地呜噜着："还差一条红腰带，咳咳。"

"就下山去买。"爸对着四大爷直点头。

"冲喜嘛，就要有个讲究。小山子的病才会去根。"四大爷又说。

"就是，就是。一条红腰带，算啥？"

爸抠出了枕头里最后一点钱，揣在怀里，第二天一清早就走了。一个白天悠悠悠去了。晚上，小山子他爸还没回来。四大爷一家人都着急了。一直到子夜时分，他才汗涔涔喘吁吁地夹着一团红布回来了。

"这么晚，让人牵念着。"四大娘捶了下胸口。

爸的脸被油灯映得红堂堂的。他一边脱棉袄一边说："供销社哪儿也没有卖红布的。我跑折了腿，一个布丝片都不见。倒好，街里才热闹呢，红布条子挂了满大街。"

"你怎么……"四大娘敏感地抚弄着那团满是灰尘的揉皱了的红布。

"买不着，没法子。我挨到天黑，把吊在供销社门前的红标记布扯下来了。"

"你……"

"怎么好……不成了偷吗？"

"偷？不能算。我把兜里的钱都放在那儿了，用石头压着，等于买。"

"这要让人知道，不蹲笆篱子才怪。"

"不碍事。满街都挂红布，我扯一条用用咋的？这一去，我可就知道还是咱这里安稳，好地方哪。"

爸的话分外多起来。他精神焕发，好像做了什么惊天地泣鬼神的伟大壮举似的。四大爷不悦地抖了抖红布，问道："上面没有字吗？"

"都让我撕掉了。"

"真的。"四大娘叹气。

"你可真是不知马王爷长几只眼了。你撕碎的纸片，扬在道上，可不就把他们引上山来？"四大爷跺了下脚。

"哪能那么神！"爸自信地说。

爸还是被人抓走了。街里的雪被碌碌行人踩得瘠薄而又肮脏。爸游街了一天。水米未进，腿都站不直了。他的脸青一块紫一块的，鼻孔下淤着血迹，胡子上挂了厚厚的一层白霜。小山子跟在后面，想给爸递上一个窝头。他奋力地向前挤着，喊着爸爸。那几个身高气盛的小将几下就把他推得踉跄着倒下了。他听见爸一声一声地哭着乞求："别管我，回去吧，回去吧。别丢了咱那块……好园子……"

三天后，他死了。

三天后，小山子和玉姣成亲了。

仍旧是那铺炕，睡的不是爸，而是她了。窗帘哀怜地低着头，屋子里黑沉沉的。虽然如此，他仍感觉出窗外是一派好月光。他的心空旷旷的。他觉得口干舌燥，鼻子酸疼酸疼的。他下了炕，到外屋地舀了一瓢水，从头顶直浇下去。水流到地上，和着灰土，把他的脚弄得黏糊糊的。他推开门，迎着冰冷的月光站在院子。

"小山子，你出来撒尿吗？"四大爷披着皮袄，战战兢兢地从窗根下立起，问他。

"我没有尿。"

"那就进屋和玉姣睡吧。"

"我要看看月亮。"

"月亮？见天地看，有什么稀奇？"

四大爷连哄带推地把他关进屋子，然后用一根铁钎把门顶上。

他昏昏沉沉地上炕了。他听见玉姣低低地饮泣。

"你哭啥？红腰带不是也有了吗？"

"小山子，你真没良心。"

"我浑身一点劲都没有。"他哭了。

"你怎么不去当和尚？"

"爸让我守着园子呢，不能丢。"他抹了一把泪，想起了自己的责任。

一切都提不起他的兴致来。一天过去了，两天过去了。许多天昏昏沉沉地过去了。他总是没有力气，一丝丝的力气也没有。快开春时，四大爷给小山子捧来一堆草药，让他医病。他用手指头拨弄拨弄这些草药，气愤地说："草根树皮，有什么好吃！"

淡蓝淡蓝的猫耳朵花还没开，玉姣就用那根红腰带吊死了。

那些天好像一直在着火。四大爷四大娘的眼睛总是红的。屯里人的眼睛也都红着。他的屋子被折腾得乱七八糟，连子夜的月光，也那么乱七八糟的。他的两颗门牙都被玉姣的哥哥砸掉了，他觉得这为的是让他一辈子都喝糊涂粥过日子。

屋门没锁，他就离开了屯子。世界正在解冻，春寒料峭。山路朦胧不清，却也并不弯曲。他舍弃了爸给他的那块园子，晃荡出山林。

没有家，却总有家。

没有吃的，却总有可吃的。

他做了乞丐，伸着一双贫血的大手走，尝遍了酸甜苦辣。消失的月光太多，或许可以汇成一片海了。他竟然活了这许多年，他竟然又回到了这里。

他奇怪这里的山路还那般窄，连一盏路灯也没有。他的屋子还原样生存着，并没有被新起的房屋所夷平。他的园子也长满了庄稼。同父亲种过的作物一模一样。只是山间的坟多了又多，野间的百合花稠了又稠。

蛐蛐总有叫累的时候。从窗外走出就是世界。风流的月光无论对什么人都传递出如水的柔情。他尽情地消享着这一切。

第二天，他刚一出门，就被一位白发苍苍的老太太哑声哑调、指指点点地叫出了名字。立刻就来了许多人。都说认识他。都说他们那时不该为了死去的玉姣而合伙揍他，让他出去遭了这许多年的罪。都说他该回来过过好日子了。都说他爸留下的园子是这一带最肥的。

他却忘了他们。于是他们就用漏风的牙讲起月光，讲起梦游，讲起红腰带，讲起许多许多。他分明懂了，可那位老太太还是絮絮叨叨地流着眼泪指着远方启示他："你小时，就跟他一个样儿。"

那是一个七八岁左右的充满生机和活力的赤身男孩。他披着满身阳光，手里抓着一个满月样的白面馒头，挤在人群中嘻嘻地冲着小山子笑。

　　一定是记错了。自己怎么会有这样的时候。他摇摇头，哭了。

1988 年

一匹马两个人

一匹马拉着两个人，朝二道河子方向走。

马是瘦马，且有些老了，走起路来就难免慢慢腾腾的。而它拉着的两个人，也不催它走快。他们在几年前就停止在它身上动用鞭子了，一则是这马善解人意，它不会故意偷懒；二则是因为他们和它都老了，马经不起鞭子的抽打，而他们也丧失了抽打一匹马的勇气了。

老马拉着的两个老人，是一对夫妻。男的跟老马一样瘦，女的则像个大树墩一样胖。他们不像马有着那么英气逼人的大眼睛，他们都是小眼睛，是那种懒得睁开的、老是处在半梦半醒间的小眼睛。瘦脸上长着一双小眼睛，这眼睛就给人一种镶嵌上去的感觉，看上去比它本身显得大些；而生在胖脸上的小眼睛，则让人觉得像是掉进了豆腐渣里的两颗石子，你只能凭借着点点涡痕判断它的藏身之所。因而有的时候，马觉得老太婆是没长眼睛的人。

二道河子离他们居住的村庄有二十里路。那里没有人家，有的是一条曲曲弯弯的河、开阔的原野和田地。当然，山也是有的，不过它在河的对岸，看上去影影绰绰的，不太容易走近。马曾经想，那山一定是座很大很大的房屋，只是它猜不透里面都住着些什么动物，也许是黑熊、狼或者是兔子，马见过这些动物，它觉得它们比它命好，不用听人吆喝，也不用被套上绳索埋头拉车，直到拉得老眼昏花、吃不下草料为止。不过，有的时候马猜想那山里住着的未见得是动物，也许是些云彩。在马的心目中，云彩是有生命的，它们应该有居住之所。大地上离云最近的，就是山了，云彩住在里面是最方便的了。

同以往一样，坐在车辕的男人垂着头袖着手打盹，车尾的女人则躺着睡觉。他们不用担心马会走错路，因为去二道河子只这一条路；他们也不用担心马会受惊，因为这个季节没有其他的车辆过来，能使马小惊一下的，也不过是横穿路面的小松鼠。马呢，它知道两个人都在迷迷糊糊地睡，所以它若遇见笔直的路段时，也抽空打一下盹，它老是觉得累，看来真是老了。

马走得有板有眼的，一对老夫妻也就安然地在湿润而清香四溢的晨曦中继续他们未完的美梦。偶尔能让他们醒一刻的，是原野上嘹亮的鸟鸣。

马拉着的除了两个人，还有粮食和农具。他们在二道河子有一个窝棚。夏天时，每隔一周他们都要来一次，每回来都要住上三五天。人住在窝棚里，而马则宿在野地里。到了秋天，不管天气多么恶劣，他们也得待在这里，因为鸟群会来糟蹋麦子，仅仅靠稻草人的威慑是无济于事的，他们就只有赤膊上阵了。

微风吹拂着原野，原野上的野花就把芳香托付给风了。越是远离人烟的地方，野花就开得越疯狂。坐在车辕上的男人不喜欢花，可是马喜欢，它常常用舌头去舔花。车尾的女人也爱花，不过她只爱花朵硕大的，比如芍药和百合，而对那些零星小花则嗤之以鼻，说它们："开得针眼那么大，也配叫作'花'？"

这二十里的路，马已经不知走了多少趟，也不知走了多少年了。只记得拉着丰收了的麦子回村庄时，由于车陷在泥泞中，它的背上吃了主人数不清的鞭子。疼痛其实并不能使它增长力气，而是由于这剧痛带来的癫狂使它仿佛是有了力气。马还记得，老人的儿子第一次被人用手铐带走时，哪怕是走在没有辎重的平道上，它也要挨上几十道鞭子。而他第二次戴着手铐被人带走后，他们对它则温情多了，夜里不忘了喂点豆饼给它吃，女主人还常常用一把刷子给它理鬃毛，仿佛把它当成了他们的儿子。

天已经大亮了。马打了一个响鼻，示意二道河子已经到了。果然，男人跳下了车，他先用手抚摩了一下汗涔涔的马，无限怜惜地说："唉，瞅瞅你这一身的汗，真让我不忍心再使唤你了。"说着，他回头去看车尾的老伴。这一看他吃惊不小，老太婆不见了，他以为她憋了屎尿，方便去了，就朝附近的麦田和原野看，结果他什么也没发现。往常，马车一停下来，老头跳下车时，她还躺在车尾睡得忘乎所以的，他得吆喝她："哎，老婆子，醒醒吧，再不醒你就把太阳睡下山了！"

老太婆就会磨磨蹭蹭地坐起来，恹恹无力地向老头絮叨她这一路所做的梦。她的梦很多，且都稀奇古怪的，什么树叶长了翅膀，麦子里藏着珍珠，马在河边唱戏，老鼠叼着一枝红花向空中的乌鸦求婚，听得老头说她六十岁的人了，却长着颗十八九岁女孩的心。

老头闹不懂，这个年轻时不爱做梦的女人，为什么到了晚年，那梦却排山倒海般地涌来。

"老太婆，你到哪里了？我看不见你，你给我个音呀！"老头叫道。

马站在原地，不安地动着四蹄，它很纳闷主人为什么还不卸车，它想去掉束缚和羁绊它的缰绳，轻松地到草场歇一歇。

老头听不见老太婆的声音，他急了，以为她钻到马车底下和他藏猫儿，她年轻的时候常和他开这种玩笑。老头吃力地弯下腰，他看到马车下只是两个沾满了泥巴的车轮，此外什么都没有，他这才明白，老太婆是被丢在路上了；他责备自己太粗心，只顾着自己眯着，也许她中途跳下来解手，没有追上马车。他连忙掉转车头，折回去寻找老太婆。

马听见老头呼唤老太婆，已经明白主人为什么没有及时地给它解缰绳。所以它再次上路时，没有丝毫的懈怠。尽管它已经累得眼花缭乱了，还是加快了步伐。可是老头还是嫌它走得慢，他没有鞭子，就下车折了一根柳条，用它不停地抽它。由于久违了鞭子的滋味，马对疼痛的感觉就格外敏感，它闷着头，拼命地快走，老头却并不领情，他心急火燎地持续抽它，抽得马的眼睛都花了。

大约走了四里路，在一片开满了黄花的草甸子簇拥着的路段上，他们发现了老太婆。她横躺在路上，似乎在睡觉。老头叫了一声："你怎么睡在路上了，吓死我了。"他长吁一口气，从车上蹦下来，去搬弄老太婆。马满身是汗，身上疼痛难忍，四条腿没有一条不在打哆嗦。它可没像老头那么乐观，以为她是睡着了。马知道老太婆只是喜欢在马车上睡。她在地上睡不实，风吹鸟鸣的声音都能把她扰醒，更何况马车前来的声音这么明显，她如果还没被惊醒的话，除非是她死了。

果然，老头搬开老太婆时，发现她的额头都是血，而地上也是血迹斑斑。他拍了拍她的脸，喊道："我的老婆子，你说句话呀！"老婆子沉默着，不再给他讲那些光怪陆离的梦了。老头试了试她的鼻息，一点呼吸都没感觉到，再摸她那双粗糙的手，已经冰凉如秋日的河水，而她的四肢，也僵硬了。

老头虽然有些耳背，但比老太婆整整大十岁的他并不糊涂，他知道她是死了。他没有哭，而是分外委屈地说："你怎么说飞就飞了呢？"在他看来，他现在抱着的只是老太婆的一个躯壳，而真正的她却已经抽身而去了。

微风就像打太极拳一样，慢悠悠地飘来荡去，它的拳脚所落之处，带来的波动是不一样的。比如落在草上的风，就把草弄折了腰；落在黄花上的风，则将缕缕花香给偷了出来，随便地送给过路的鸟或者蝴蝶了。老太婆身上唯一能动的，就是头发了。那稀疏的白发随风飘舞着，仿佛她在跟他做最后的告别。老头闻着那浓郁的花香气，伤感地说："你要是喜欢这片黄花，就跟我说一声啊，我把咱家园子里的地都栽上这花，让你爱惜个够。"

马看着老头吃力地把老太婆抱上车，然后他又仔细查看那路面究竟有什么不对的地方。结果他们同时看见了，路面偏右的地方有一块突出来的石头，那石头的顶部像笋尖一样，是它充当了杀手的角色。那石头已经被血染红了。

"你这阎王爷派来的小鬼，我踢死你。"老头咆哮着，使劲踢着石头，那石头却是纹丝不动。

"你这颗狼牙，我拔了你。"老头依然咆哮着，他蹲下身子，用手去拔那块石头，而石头依然龇着血红的牙望着老头，泰然处之。

"你这没长眼睛的子弹，我要把你的魂都砸破了。"老头见拳脚相加都不管用，就去马车上取下镐头，奋力砸那石头。这下石头沉不住气了，它先是发出阵阵呻吟，然后迸溅出一串串火花，顷刻间就分崩离析了。

那镐头本来是要用来刨百合根的，老太太有哮喘，她常用它来熬粥喝。老头把镐头小心翼翼地放回车上，然后他抚摩着老太婆的面颊哭了。

他们朝村庄走去。老头不再坐在车辕的位置，他抱着老太婆坐在车尾。他想她一定是因为睡得太熟了，糊涂中被马车给颠到地上了。她一落地，又碰上了那块倒霉的石头，头正撞在上面，于是就一命呜呼了。

一块这么不起眼的石头就要了她的命，这使他想不明白。她落地后立刻就死了吗？她是不是呼唤他了？可惜他耳朵不如年轻时灵便了，而且马车一旦走起来，听到的只是马蹄声，其他的声音都在无形中被抹杀了。他这样一想，就有些怨恨马了。

而马呢，它走得心事重重的。它也在责备自己。老太婆掉到地上了，一定是因为它走路不如以往利索，腿常常抖一下，车也就随之颠簸一下，想必她就是这么被晃到地上的。而且，不可饶恕的是，老头不会感觉到少了一个人，因为不是他在拉车。它在拉车的过程中少了分量，应该有所察觉的。可它什么察觉也没有。它是个废物了。马觉得自己最好就此不要吃草了，就这么完结算了。

他们走了大约两里路后，老头呵斥住了马，让它掉转车头，又朝二道河子去了。他想老太婆死了，把她带回村庄也没用。她不喜欢那里，她喜欢的是二道河子的麦田。可是他们折回去没有多久，他又改变了主意，因为他想起老太婆的棺材在家里，她最终得被装进棺材里才能安葬，于是又让马掉头，朝村庄走去。马精疲力竭了，可它还是忠实地履行主人的意愿。这样，他们把太阳走到了中天，是正午了，天气热了起来，马觉得口干舌燥，这时老头又改了主意，他掉转马头，让它往二道河子方向走。因为他想把她葬到她喜欢的地方，将她放到窝棚后，他再回去把棺材取来是一样的。这样马车又朝最初的路线走，马又得经过老太婆出事的地方，这对它来说是一种折磨。可马是善解人意的，主人让它怎么走，它就觉得他是有道理的。他们走了大约两小时后，已经距二道河子很近的时候，老头又改主意了，他想若是把她独自放到窝棚里，万一来了狼或者是熊，没有反抗能力的她不就被这些野兽给吃了吗？这一想让他胆战心惊，他立马掉头，朝村庄走去，他想总应该让她回家再看看她生活了几十年的地方。就这样，老马在这一天水草未进，老头也是粒米未食，他们在二道河子和村庄之间的道路上折来折去，徘徊不已，直到黄昏时才死气沉沉地到达村庄。

老太婆被葬到了二道河子，不过葬得颇多波折。由于路途太远，送葬的人大都只是送到了村口。老头也讨厌别人跟着去，他觉得他们一家三口就是：他、老太婆和老马，被人尾随着纯属多余。老马拉着红棺材，老头仍然是坐在车辕的位置上，他听着马蹄声，看着原野的绿草和野花，感受着隐约的鸟鸣，走在一个阳光灿烂的日子里。这一程他们走得很慢很慢。马和老头都有一个共同的愿望，那就是让老太婆再最后享受一下她所喜欢的旅程。到了出事地点，老头特意喝住了马，下车到那片黄花草甸上采了一束花，把它放在棺材上。然后他们又继续前行。那一路老头都在回忆老太婆生活的一些细节，她梳头的姿态，她吃饭得意了时的表情，她发脾气时摔笤帚的愤怒神态，他实在是太想念她了。

到了二道河子，老头卸下马，领它到河边饮水，然后自己吃了点东西，就择了块地方，挖起了墓穴。他觉得这墓地风水不错，它的左右两侧是麦田，前面是原野，背后是河水，在他看来，是个有吃有喝有玩的独一无二的地方。他在挖坟的时候，老马就垂立在他身边。他对它说："她死了，我给她挖坟，我要是死了，你能给我挖坟吗？"老马用蹄子踢了踢他扬上来的土，意思是它的蹄子在挖坑上不会次于铁锹，老头就怜爱地抚弄了一下马耳朵，说："好兄弟。"

墓穴在太阳下山时终于挖好了。老头要给老太婆下葬时，发现麻烦来了。他一个人无法将棺材下到墓穴里，当初这棺材被抬上马车，还是邻居帮的忙。老头这下可是叫苦不迭了，他对老太婆说："唉，想让你清静清静的，不叫别人跟着来，可是我一个人又不能把你埋了，马又不能当人来使唤，你要我怎么办？这前后左右都不见人影，我要是不回村子喊人来的话，除非你像孙悟空似的弄点法力，把棺材变得和纸一样轻，这样我就能抱着你进去了。"

老头以为他的话会起作用。因为在他的心目中，老太婆是无所不能的。她既然能做那么神秘莫测的梦，那么把棺材变得轻巧一些应该是手拿把掐的事情。他停顿了一刻，然后充满信心地去搬那口棺材，可是它只是微微动了动。他急得几乎要哭了。他想自己真是个蠢货，没有想到应该带一个人过来。他还想村庄的人也都是蠢货，没有一个人提醒他。不过，或许他们已经看出了这事他独自解决不了，但因为他儿子的缘故，他们故意刁难他。

老头一筹莫展，太阳在天上滚着玩了一天，它要接近落山的时刻了。想必天上也有尘土，而且那尘土是铁锈红色的，所以它的身上就仿佛裹着一层又一层的红色花瓣。老头对马说："你留在这里陪老太太，我得连夜赶回村子去找人来。要是我回来发现狼或者是熊弄零碎了老太婆，我可就对你不客气了。"

马长鸣了一声，用嘴努了努棺材，意思是说老太婆被钉在这么厚的棺材里，狼和熊能奈何她吗？

老头正要带上手电筒和防身的工具回村。在这里，防身只是为了防野兽的袭击，忽然见马耳朵忽闪忽闪的像鸟的翅膀一样张开着，只有听到了异样的声音，它才会有如此举动。老头警惕地望着那条唯一的路，他什么也没看见，想马也有虚张声势的时候。正在他准备上路的时候，他看见前方来了一个骑马的人，老头的心狂跳不已，心想老太婆真是体恤人，平素这里不来人，单单这个他最需要人的关键时刻，就有人来帮助他。他激动得几乎要哭了。

然而来的人老头并不喜欢，他是王木匠。他骑了匹雪青色的马，那马比他的马要年轻漂亮多了。王木匠穿着一套干净的蓝衣服，马背上搭着水叉和渔网，看来他是到二道河子捕鱼来的。

"我能帮你什么吗？"王木匠跳下马，大声跟他说。

老头犹豫了一下，他还是忍着妒忌对他说："唉，你帮我搭个手，我一个人搬不动棺材。"

王木匠笑笑，老头就觉得他的笑容里包含着嘲笑的意思。他比老头年轻十岁，他的身体还是那么健壮，似乎一顿能吃五碗饭的样子。当年他和老头都看上了老太婆，可是老太婆选择了他这个穷得三十多岁还没有说上媳妇的光棍汉。他还记得王木匠难过得在他们的婚礼上喝醉了，醉到桌子底下，由人把他抬回去的。这使得那天的洞房花烛夜的喜悦大打折扣。老头为此一直耿耿于怀。

老头吩咐王木匠抬棺材的底部，而他抬头部，岂知他的力气不支，根本抬不稳，只得和王木匠交换位置。当王木匠抬着顶部，而他抬着底部，吃力地把棺材落入墓穴后，他已经累得腿打哆嗦了。他很委屈，心想最后是王木匠抱着老太婆的头，而他抱着的却是一双脚，自己的身体真是不争气呀。老头叹息了一声，停顿了一刻，用铁锹往墓穴填土。王木匠就知趣地走开了。他去河里捕鱼了。老头想，他捕鱼肯定只是个借口，他看出了他一个人下葬是力不能及的。而且，王木匠他一定是想最后送送他爱过的女人。老头"哗——哗——"地扬着土，夕阳将它金色的余晖洒在墓穴周围，他感觉自己连带着把那些柔软而明媚的光晕也葬在其中了，心里就有一种莫大的安慰。

王木匠没有捕多长时间的鱼，就连夜骑着马回村庄了。这更证实了老头的猜测。天黑了，老头离开墓地，回到窝棚，点亮油灯，生起火，笨笨磕磕地做起了饭。他下了一碗挂面，由于火候没有掌握好，煮烂了，它几乎成了一碗糨糊。凑合着吃完饭，他吹灭油灯，卷起一支烟来抽。他想老太婆想得厉害，真想找块石头把自己也磕死。不过他转而一想，王木匠今天的到来，也许是老太婆想最后看王木匠一眼，所以她的魂灵才把他勾来了。这样一想，他就觉得老太婆对他不忠，将烟抽完后，他就钻进被子睡了。第二天早晨起来，他就到麦田劳动，日出而作，日落而息，这样他在这里足足待了一周。本该是两个人的活儿，他一个人来做，确实耽误了不少时间。干完农活，他将要套上马回村庄的时候，他看见马车上的镐头，精神随之恍惚了一下，猛然想起还有一项活儿忘了做：挖百合根。他就赶紧扛着镐头到了原野上，找到几株百合，将它嫩白的根挖起，放在口袋里，这才回家。马车走到那片开满了黄花的草甸子时，他猛然想起老太婆是死了，那百合根已无人来吃了，便怀着凄凉的心情将它们一把一把地扬在路上。

老头回到村庄后几乎不出门。他面临的最大问题是：吃饭。以往都是老婆子给他做饭，他只需张嘴吃就是了。如今，他面对着锅碗瓢盆却犯了难。他不知道怎样焖米饭，不知道怎样炒菜，更不要说蒸馒头和包饺子了。村里有个饭庄，是张金来开的，老头就只好到那里去吃饭。其实他很不情愿去的，因为张金来是王木匠的女婿。这个饭庄只有到了旅游季节，生意才好一些。平素，外面不来人，村上又没有什么婚丧嫁娶一类的事发生时，它就关门了。张金来年轻时到二道河子用炸药炸鱼，不小心把自己的一条腿给炸掉了，落了个残疾，不能做农活，就开了饭庄。因着自身条件不好，他娶了王木匠的女儿雪花。雪花患先天性小儿麻痹症，四肢扭曲，就像一棵长得曲里拐弯的树，走路时哆哆嗦嗦的，好像她的脚下安着弹簧。他们夫妇没有一个走路顺畅的，但他们的儿子却很健壮，跑起来像小马驹一样有朝气。而且他们夫妻感情很好，谁也不嫌弃谁，别看他们有残疾，可是比谁都能吃苦，他们家种着园子，里面的菜蔬一应俱全，而且还饲养了猪、羊、鸡、鸭等牲畜家禽。老头初始时不太喜欢在饭庄吃饭，去了几天也就习惯了。他早晨去那里喝粥，中午是一碗米饭、一个炒菜，晚上是二两酒、两个小菜、一个馒头。一天的开销在二十元钱左右。老头和老婆子种了这么多年的麦子，每年都要收入几千块钱，手头有些积蓄。他们只有一个还待在监狱的儿子，老头恨他恨得咬牙切齿，一分钱也不想留给他，况且，他的丧服和棺材几年前就已经预备下了，他舍得自己在饭庄吃饭，他想这样一直吃到死，他也吃得起。唯一令他不自在的是，他经常在饭庄遇见王木匠，他来看孙子，一进门就会大声嚷嚷："我的乖孙子在哪里呀？"这时无论在哪里玩着的奔头就会"爷爷、爷爷"地一路叫着跑来，像旋风一样扑入王木匠的怀里，看得老头心里发酸。心想如果自己的儿子争气，他不也抱上孙子了吗？

老头的儿子两次入狱，都是因为强奸罪，这使得他们夫妇觉得在村子里颜面无光，抬不起头来。这孩子自小就怪，不喜欢和人交往，独来独往。其实他并不喜欢女孩子，他从城里高中肄业回来后，老头看他逃不出务农的命运，就给他张罗对象，介绍了一个又一个，他都说没意思，不想结婚。他和老婆子也没在意，心想男孩子有开窍晚的，到时他想要孩子了，你不让他找还不行呢。有一年春天，老头家养的几只鸡钻进了薛敏家的菜园，把她家的几垄刚出苗的菠菜给啄了个溜光。薛敏是个蛮横的女人，老头说赔她家钱她不答应，说是把那些惹祸的鸡给她，她也不答应，她非要让她家的菜地一夜之间长出和原来一样的菠菜，这实在是刁难人。老头的儿子也不含糊，他当夜闯到薛敏家，把她给强奸了。那时薛敏的丈夫回老家参加侄子的婚礼未归，薛敏五岁的小女儿看着妈妈被强奸，吓得呜呜直哭，小孩跑出屋去求助别人，正赶上胡裁缝路过，胡裁缝就跟着进了屋子，老头的儿子被当场捉住。胡裁缝这个女人仗着一手的好手艺，在村子里过得衣食无忧，人缘也好，因而很遭女人的妒忌。她替薛敏报了案。老头的儿子被判了九年徒刑。审讯他的时候，法官问他为什么要强奸一个女人，他说："她蛮不讲理，强奸她活该！"薛敏的丈夫回家后受不了村子里人的指指点点，就净身出户，和薛敏离了婚。所以薛敏恨丈夫，恨老头老太婆，恨女儿，也恨胡裁缝。她恨丈夫不念夫妻情分抛弃了她，恨老头老太婆养了那么个孽障儿子，恨女儿不该出去叫人，恨胡裁缝不该报案，她可以忍下这羞辱，做得什么事情都没发生似的。那样，她还是一个良家妇女的形象。有的时候她也憎恨自己，当时不那么为难老头家，就不会有今天的灾祸。其实，她这个人只是嘴上硬，当时心底想的就是若能让他家多赔点钱就行。她不愿意让他们赔她鸡，她讨厌饲养家禽。结果最后弄得鸡飞蛋打，一败涂地。不过，后来她不恨胡裁缝了，因为她步她后尘，落得个灰飞烟灭的下场。

老头和老太婆在二道河子开荒种麦，就是在儿子入狱之后。那时这马刚到他家，才两岁，他们就带着它去那儿耕地。一旦它歇了一会儿，他们就拼命地抽打它，把它打得直恨自己为什么是匹马，为什么不是蛇、黄鼠狼、熊这些既逍遥而又令人类胆寒的动物。

九年之后，他出狱了，回到了村庄。谁也认不出他来了，他长高了个子，但是异常的消瘦和苍白。他更加的不爱跟人说话，大多的时间就是和马待在一起，有时还睡在马棚里。只有马知道，他在深夜的时候会哭泣。他常常抱着马头，跟它说些什么。马对人话是懂一些的，可它却一句也听不明白这个囚犯所说的话。就这样，不到一年时间，他又一次入狱。他这回强奸的是胡裁缝。有一天，老太婆领着儿子去胡裁缝家给儿子做条裤子，胡裁缝说什么也不肯给他量尺寸，似乎是一碰他的身体，她就会有危险似的。老太婆求她："我跟着他，你看他还能把你怎样？"可胡裁缝清高地说："我是个干净人，不做脏裤子。"老太婆只能悻悻地领着儿子回家。胡裁缝家养了头奶牛，她喜欢那头牛，晚上时都是她去接奶牛回村。老太婆的儿子被拒绝做裤子的第二天傍晚，他躲在草场那里，待牵奶牛的胡裁缝一露面，他就把她死死地摁在草地上，痛快地把她强奸了。这回是他自己投案自首的。他在谈强奸动机时说："她不是不做脏裤子吗，我让她亲自穿脏裤子。"好脸的胡裁缝投井自杀了。由于是再犯，再加上强奸后果恶劣，胡裁缝死了，他这次被重判，是二十年。他知道无法给父母养老送终了，所以他在案发后回家抱着马说："你帮我给他们送终吧！"这是马听懂的他说的唯一的一句话。

老头平素在饭庄吃饭，晚上时他回到家里，一个人睡在炕上空荡荡的，他就搬到马棚和马住在一起。也怪，和马在一起，他就不觉得那么凄凉了。儿子第二次入狱后，他们都不约而同地把它当作了人看待，须臾不能与它分别。马吃草时的咀嚼声是那么温柔，他听了直想落泪。他知道这马同他一样风烛残年了，可是他希望自己死在马之前，如果马走在他的前面，他活着还有什么意义。

每隔一周左右的时间，老头就要套上马车，到二道河子去。一到了那里，他卸下马来，就去看老太婆。马也跟着他去看。他们呆呆地看上一刻，然后就各干各的。老头去麦田劳作，马到草场闲逛。到了晚上，老头会生起火来给自己煮一碗面条。马看着那红红的火焰，觉得它就是夜晚唯一在盛开的花朵。到了睡觉的时候，老头就住在窝棚里，而马则卧在草地上，它喜欢闻夜露湿漉漉的气息，喜欢听那不知名的虫子的呢喃叫声，听起来真是温存极了。马想念老太婆，因为她心细，夜晚时常披衣起来看看它，而且还经常给它梳理鬃毛。老头呢，他确实是有些糊涂了，连自己都照应不好，洗衣服时打不均匀肥皂，煮面条老是煮成一锅糨糊，早晨从窝棚起来连行李都不知道卷起来。而且，要想秋天及时在麦田插上稻草人的话，现在就应该在草场打草了，可是老头却毫无动静。马为了提醒他，有一回把镰刀咬在嘴上，送到老头面前。老头毫不开窍地说："我就是再馋肉吃，也不会割你的舌头的。"马真的是有口难言。

麦子抽了穗，麦粒就一天一天地膨胀起来了。马和老头如以往一样穿行在村庄和二道河子之间。有一天，老头在饭庄遇见了一个外地来写生的画家，他就住在张金来家。人家说他画啥像啥。老头就拿出钱来，并把老婆子的一张照片给了他，让他画一张像门那么大的老婆子的肖像画给他。那人应允了，答应让他一周以后来取画。

到了那天，老头穿得整整齐齐的，他还特意把木梳蘸了水，将仅存的几绺白发梳得格外光顺。他向饭庄走去的时候有些害羞，又有些激动，就像他第一次去柳树林赴老婆子的约会似的。他终于在一个暗淡的屋子里见到了老婆子的画像，它真的有门那么大，浓重的油彩新鲜欲滴，老婆子笑眯眯地披着一块彩色披肩望着他，她的背后是一望无际的丰收了的麦田，在麦田上，影影绰绰可见一个男人和一匹马的形象。老头想一定是王木匠提供了他家的生活情景，不然画家不会画得这么洗练、传神。老头抱着这画回家的时候，哭了一路，仿佛是他的老婆子丢了，他终于又把她找了回来一样满怀喜悦。他的泪水溅到画上，那画就显得更加生动。仿佛是老婆子刚刚从河边沐浴归来似的。老头先把那画拿到马棚让老马看，它看了一眼，泪水就流了下来。它伸出舌头舔了舔檀色的画框，它不敢舔老婆子，怕引起老头的嫉妒。最后，老头把画挂在屋子的西墙上，这样阳光一从东窗射进来，这画就会被映照得熠熠生辉。老婆子就仿佛要开口跟他说话似的。

老头死了。马清楚地记得那天老头和它去二道河子，到了目的地后，它停下来了很久，老头也没有如以往一样跳下来卸车。马努力回了一下头，见老头不是坐在车辕的位置了，而是四仰八叉地倒在车上了，一动不动，马就知道老头是断了气了。老马没有过多停留，它掉转车头，朝村庄驶去。它听着车轮辘辘响着，看着越来越阴沉的天空，不时地祈祷老天可千万不要下雨，那样会淋湿它的主人。马每走一程就要嘶鸣一声，它仿佛是在对着天地呜咽。乌云似乎也为它的真情所动，它们聚集了一刻，就逐渐消散了。这样，太阳出来了，路上又跃动着它那活泼的光影了。马踏着柔软而明媚的光影，就像踩着一条铺满了野花的小路，觉得四蹄都是芳香。

老马把车停在了饭庄。只有它知道，王木匠对它的主人是多么的尊重和关心。他爱老太婆，一辈子都爱，这只有它知道。它不止一次看到，深夜的时候，王木匠常常在主人家的门外徘徊。他怕别人看见，总是等到村庄没有人影的时候才出来。他其实无非是等着老太婆出来泼洗脚水的那个时刻。隔着院子，天又黑，他其实根本看不清什么，不过是听到"哗——"的泼水声以及她偶尔的咳嗽声。老马还记得，主人家的儿子第一次入狱的时候，老太婆被气病了。王木匠捕了几条鱼，把它们穿成了一串，甩在主人家的院子里。第二天清晨起来，发现了鱼的老头看着那串鱼，喜不自禁地回屋向老太婆报告：有人悄悄给送来了鱼，老头只当是好心人同情他们，才悄悄给了这些鱼。可是老太婆明白，那鱼一定是王木匠送来的。他虽然也娶妻生子了，但对她一直难以忘怀，虽然他从来没有用语言表达过。就是这次给老太婆下葬，马都明白王木匠是特意赶到二道河子的，捕鱼只是一个借口。老马记得王木匠故作轻松离开墓穴之后，他眼里顷刻间涌满了泪水。他去河里捕鱼，莫如说是去那里洒泪去了。

王木匠把老头葬在了二道河子，让他挨着他心爱的老太婆。当送葬的人纷纷离去之后，王木匠悄悄采了一束野花，把它放在老太婆的坟头。他低声对她说："我早就想采把花给你，一直没有个机会。以后的夏天，我都来采花给你。"

村长出面，把老头家的房子给封了。他说这房屋的继承权应该归属那个服刑的强奸犯，只是不知他有没有福气享用它。至于那匹马，大家见它很老了，已经干不了什么农活了，就想把它杀了，将它的肉分着吃了。杀马的那天，屠夫很早就来了，他发现马棚里根本就没有马，去问村长，村长说这牲畜与它的主人分不开，也许是跑到二道河子去了。谁也不愿意为了一匹老马而跑一趟二道河子。都说这马即使杀了，那肉肯定也老得一天都煮不烂，不会有好味道的，所以也就没有人再去惦记马。

秋天来了，麦子黄熟了。由于麦田没有稻草人，鸟一群一群地来了。已经瘦得皮包骨的老马吃力地驱赶着鸟。可是它赶跑了一群，又飞来了一群，这些鸟完全把麦田当作了乐园。老马觉得对不起它的主人。为了赶鸟，它在麦田上跑来跑去，气喘吁吁，愈发显得气力不济，它觉得自己的生命就要到尽头了。有一天，老马到河边饮水归来，发现麦田上出现了两个人影：是两个女人。她们是薛敏母女。薛敏已经衰老得满脸都是褶子，她离婚后没有人再娶她，她与女儿印花相依为命。印花二十一岁了，她长得很秀气，但是脑子比较笨，所以高中没毕业就回乡务农了。老马知道，主人家这些年常丢东西，都是薛敏干的。她觉得自己的悲剧都是老头家一手造成的，所以缺了米，她入夜时就到老头家的仓棚去拿，缺了柴火，她就打发印花来抱。老头和老太婆丢东西的次数多了，晚上时就留心观察动静，他们发现是薛敏在做贼，就不好说什么，也就听之任之了。

薛敏很高兴老头和老太婆死在了收割之前。在她看来，这片丰收了的麦子毫无疑问应该归她所有。她带来了两把锋利的镰刀，开始和印花割麦子。薛敏已经联系好了买主，她想卖了麦子后，她要进城给自己买件古蓝色的软缎棉袄，给印花买一条呢子裤子，然后把余下的钱存起来。可是薛敏才收割了一小块麦子，就遭到了老马的袭击。它从河边赶来，用蹄子去踢薛敏正在挥舞着的镰刀。薛敏几乎认不出这匹马了，它瘦得面目全非了，走起路来它那松松垮垮的肚子像钟摆一样左摇一下，右晃一下。它站在她面前，不停地打着哆嗦，同人害了感冒发冷一样。但它的眼睛是清澈的。

"你真的比狗还忠诚啊！"薛敏对老马说，"你的主人都死了，他们扔下你不管了，你还管他们的闲事干吗？"她放下镰刀对它说。薛敏停下了活儿，可印花却仍旧挥舞着镰刀，老马又去制止她。印花起身对老马说话的时候，薛敏又开始了收割。印花说："你要是敢踢我一下，我就用镰刀把你的腿割断了，晚上烤你的肉吃。"老马没有踢印花，但它踢了镰刀。印花把掉在麦田的镰刀拾起来，出手很快地割了一下马的前腿，它真的是老了，立刻就瘫在麦田上。它的腿渐渐渗出血来，血染红了刚倒伏下来的麦子。

薛敏见老马倒下了，就唱起了歌。她的歌声刚落下，鸟飞来了，它们也唱起了歌。老马却再也站不起来了，它听着"唰——唰唰——唰唰唰"的割麦声，眼泪就像露水一样滚滚而下。

当夜薛敏和印花吃过饭后，仍觉得不尽兴，她们就点起火来烧麦子吃。新鲜的麦子实在香极了，吃得她们忘乎所以了。印花问母亲，要不要把这老马宰了，反正它也是个死，看着它流血的样子，实在是可怜。薛敏说："它休想死得痛快，他们家欠我们的太多了。"

"它是马，不是人。"印花说。

"它在别人家是马，在他家就是人。"薛敏高叫着。老马就这样听了三天的割麦声，然后平静地死了。当薛敏和印花打算着剥下它的皮，剔点好肉来烤着吃的时候，王木匠骑着马出现在二道河子。他说是来捕鱼的。他见薛敏正要剥马皮，就劝阻说："你要了他们的麦子也就算了吧，这马是他们最稀罕的牲畜，不如囫囵个儿地还给他们。"

薛敏不愿意在卖掉麦子前惹麻烦，就听从了王木匠的建议。王木匠挖了个坑，把老马埋葬在老头老太婆身旁。谁也不会想到，这三座隆起的坟中，有一座坟是马的。

麦子将要收割完毕的一个黄昏，薛敏提前到窝棚里做饭，印花说她还要再割一会儿。天将黑的时候，薛敏做好了饭，她正要去喊印花吃饭的时候，印花回来了。虽然天光黯淡，但薛敏还是看到女儿走得趔趔趄趄的。她想她一定是累到极点了。待她到了近前，薛敏才感觉女儿出了事，她的头发散了，衣服被撕烂了，脸上到处是泪痕。

"出了什么事了？"薛敏心慌意乱地问。

"有个人，他突然出现在麦田里，他强奸了我。"印花大哭着。

薛敏只觉天旋地转的，她支持不住地坐在了地上。印花说那人戴着黑色面罩，只露出眼睛、鼻子和嘴，她根本辨不清楚他的真实面貌。只感觉他很有力气，他的喘息很重，他的身体散发着马一样的气息。

"不会是他吧？"薛敏想，那老头的儿子就是一个浑身散发着马的气息的男人，可是他还待在监狱里呢。难道说他越狱了，或者是减刑出来了，如果不是他，又能是谁呢？

"我恨这些麦子。"印花边哭边控诉着。

"这件事，你就当没有发生过，跟谁也不许说。"薛敏拍着腿大哭着说，"就当是鬼把你给强奸了。"

她们哭了一刻，又如往常一样地吃饭了。第二天早晨，她们把余下的麦子都割完了。她们坐在光秃秃的麦田里，垂头看着已经钝了的镰刀。

2003 年

七十年代的四季歌

春：外祖母的灶火

外祖母说：“猫儿，你去给姥姥抱块柈子！”

我噘起嘴，磨蹭着走向院子的柈子垛。

柈子就是柴火。七十年代的大兴安岭，家家户户烧的都是柈子。鲜树不能做柈子，得是风干了的被狂风掘了根的倒木，或是虽然站立着，却已被雷电打死的枯树。将它们锯得一截截的，再用斧子劈成块，柈子就成了。柈子有松木的，也有白桦木和水冬瓜的。松木柈子大多有松油，烧起来火焰旺，金红色，散发出浓烈的松香气；白桦木柈子的火焰橘黄色，香气也有，不过非常淡，得觑着鼻子仔细闻；青皮的水冬瓜柈子，火焰倒是好看，能发出太阳般的白炽光焰，可它没香气，而且不扛烧，在炉膛趴上半小时吧，就灰飞烟灭了。所以外祖母一看家人拉回了水冬瓜，就会撇嘴，好像谁领来了一个病病恹恹的丫头，非要做她的儿媳似的。

　　桦子垛高高的，我矮矮的；桦子垛像头肥实的花母牛，而我则是它蹄子旁可怜的蚂蚁。我讨厌抱桦子，一不留神，桦子身上丛生的木刺，就会扎了我的胳膊或手。刺扎得浅，用针挑出来，忍个瞬间的疼痛就是了；若扎得深，难以拔出，皮肉就像是钻进了一条毒蛇，火烧火燎的，晚上连觉都别想睡安稳！

　　外祖母分派我做活儿的时候，是一九七〇年，我满六岁。那年夏天，母亲将我送到漠河乡的外祖母家。由于年幼，在父母身边时，我不做活儿，见天地除了吃和睡，就是淘气。可是外祖母觉得像我这般大的女孩该调教了，所以母亲一把我撂下，她就教我抱桦子，倒尿罐，抹桌子扫地，洗手绢和袜子，这些小活儿，她认为不可小视。

　　我不愿意外祖母叫我"猫儿——"，我有小名的，叫"迎灯"。只不过因为我四五岁的时候，在托儿所与小朋友抢苹果吃，挠伤了人家的脸，就落下个"老猫"的外号。外祖母一叫我"猫儿——"，我就气鼓鼓的，感觉自己不是人，跟猪狗一样了。

　　外祖母是个小脚女人，又矮又瘦。她明净的瓜子脸，骨碌碌的黑眼睛，快五十的人了，看上去却一派少女的神情。她头发白得早，那发髻套里塞着的头发，就像一网银鱼！她喜欢白衣黑裤，不管太阳多么晒，她的肤色都是白皙的。她说话语速快，跟她干活一样利落。无论冬夏，她总是凌晨四五点钟就起来。

　　外祖母家的早饭从不对付，稀的干的都得有。干的永远是烤得外焦里嫩的火烧。稀的呢，秋冬时节是粥，小米粥或是玉米糊糊；春夏时节依仗着菜园的蔬菜，汤就登场了。菠菜、小白菜和西红柿，是汤的主角。汤的配角永远是香菜，外祖母把它们切成碎末，每种汤出锅时都要撒上一层，让它们像绿珠子一样在汤上滚动。除了这些，外祖母还得给外祖父准备酒肴，他一早一晚要喝酒的。酒肴是煎鱼，或是小葱拌豆腐。外祖父晚年在公社打更，晚出早归。他早晨交完班，大约五六点钟的样子。他一进家，外祖母就把酒菜摆上桌了。冬天的太阳出得晚，外祖父坐在圆桌旁喝酒的时候，还得掌灯。等他喝完酒，我从炕上爬起来，油灯就灭了。天边是红的，外祖父的脸膛也是红的。不过外祖父脸上的红，是酒气给熏染的。太阳出来了，外祖父倒在炕上睡去了，馋嘴的我顾不得梳洗，直奔饭桌，享用剩下的酒肴。

我和外祖母睡在东屋。东屋有一铺大炕，刷着蓝油漆，光溜溜的。光溜到什么程度呢？不仅能照人，猫在上面走，往往爪下打滑，侧歪了身子。被褥整齐地摞在炕梢，用蓝方格布苫着。为什么不能放炕头呢？因为炕头挨着火墙和灶坑，它们烧得太热的时候，被褥就成了烧饼，会被烤成焦黄色。那时候的布匹和棉花凭票供应，伤了被褥的脸皮，损失可就大了。

外祖母喜欢讲鬼神故事，晚上她钻进被窝，嘴里就会蹦出妖魔鬼怪，我听了害怕，一怕就想撒尿，可尿罐搁在门口，屋子黑漆漆的，我不敢下地。外祖母只好翻身摸出手电筒，射一束光为我壮胆。往往我撒尿后哆哆嗦嗦回到炕上，她就不说故事了，大约觉得我听怕了再去撒尿，浪费手电筒的亮儿，不划算。外祖母睡了，我却睡不着，想知道那些故事的结局，于是就用痒痒挠把她挠醒。外祖母的枕头下除了放着手电筒，还有一个用晒干的玉米棒子做成的痒痒挠。我挠醒她，问："姥姥，后来怎么样了？"外祖母迷迷糊糊中嘟囔着"怎么样了——"，然后叹口气，说"这么样了——"，随便讲几句，给鬼神一个去处，把我打发了，复又睡去。她也不能不睡，不仅一家人的早饭等着她做，一院子的牲畜和家禽，也会在醒来后，张着嘴朝她乞食。

漠河乡那时也就二百来户人家，几乎家家独门独院。房子大都是木刻楞的，房前屋后有广阔的菜园。由于与苏联交界，而中苏关系紧张，所以尽管从外祖母家到界河走一刻钟就到了，大人也不让我们小孩子独自到江边玩。说是对岸高鼻子的老毛子坏，万一江上的巡逻艇靠过来，把我们抓过去，就会喂狼了。

那时最让我不解的是，为什么苏联那么坏，太阳却要从它们那儿升起呢？因为从东窗望出去，近处的是私家菜园，再远一点的是公社的黄豆地和麦田，而过了麦田，下一个坎儿，就是黑龙江了。黑龙江的这岸是漠河乡，对岸就是苏联的山峦。每天早晨，我是看着太阳从那儿升起来的。

外祖母家的东边，住着一个苏联老太太。她七八十岁的样子，独居。她个子高高，肤色白皙，高鼻深目。她是新中国成立前逃过来的，嫁了个中国马夫，生了两个儿子。可是后来因为中苏关系恶化，那个男人怕受牵连，抛下她和孩子跑了。

苏联老太太的儿子我只见过一个，他那时四十多岁了吧？沉默寡言，黧黑干瘦，光棍一条。他膝下有个叫春生的十多岁的男孩，是他弟弟过继给他的。春生是个三毛子，浓眉大眼，不灵光，总干傻事。每隔一两天，他都要来给他奶奶劈柴挑水。做过乡长的外祖父，不让我去苏联老太太家玩，说她家政治上有问题。我不懂政治，只懂得愣头愣脑的春生是好玩的，春生奶奶家的蚕豆是诱人的。所以春生一来，我就从自家菜园越过栅栏，跳到她家的菜园，再溜进门去。那道木栅栏比我高不了多少，鸡都跳得过去，别说是我了。她家的狗认得我，一见我就摇尾巴。我乐意看春生干活，喜欢听他说话，更愿意进屋吃蚕豆。苏联老太太喜欢穿条宽松及膝的古铜色裙子，头上包着三角头巾。我一来，她就把我抱到一个高背椅子上，端来蚕豆给我吃。她炒的蚕豆浓香酥脆，妙不可言。我嘎嘣嘎嘣嚼蚕豆的时候，挂钟里的钟摆"嘀嗒嘀嗒"地摇摆，一副馋昏的模样。

苏联老太太基本不说话，像个哑巴。我吃蚕豆的时候，她坐在一旁专注地看。等我吃完了，她把我从椅子上抱下来，拉着我的手，带我跳舞。她跳的舞，基本就是驴拉磨似的转圈。估计我满脑子的糨糊吧，转个三五圈就迷糊了。她紧紧拉着我的手，不让我栽倒，然后放声大笑！春生一听见他奶奶笑，会撇下手中的活儿跑过来，扶着门框，探着头，跟着嘿嘿乐。

外祖父睡了一头晌，下半晌就精神了。若是冬天，他下午会提着弯把锯，将整根的木头横在人字形的锯架子上，截桦子。拉锯声流水一般，清脆悦耳。偶有喑哑，那是松油捣的鬼，它们黏着锯齿了。锯末子白花花的，像雪花。锯末子不能扔掉，将它们稻谷似的扫成一堆，转年春天晾干了，可以撒在天棚顶上，做房屋的保暖层。而其他季节，外祖父下午是在菜园劳作，打垄、铲地、拔稗草、架豆角架、间苗、施肥或是打农药。外祖父在菜园干活的时候，我喜欢凑过去，缠着他讲故事。他的故事跟外祖母的不一样，没有鬼神，都是人的故事。

外祖父从山东逃荒过来，吃尽苦头，早年在老沟给日本人采过金子，见多识广，所以他的故事很传奇。他说日本工头坏，动不动就使鞭子，但做饭的日本人好，和善，烤的烧饼管够吃。他说苏联人讲义气，漠河乡发大水时，他们开着快艇来救中国人。不过苏联士兵不好，帮着收复东北时，尽睡大姑娘。他还说以前这地方窑子很多，不仅是中国的，连俄国的日本的窑子娘儿们也来做营生，从淘金汉怀里掏钱。窑子和窑子娘儿们是干什么的，我懵懵懂懂，就问他的钱也被掏了吗？他很生气，伸出大巴掌要打我。我赶紧逃，一边撒丫子跑一边喊："哈酒了！"外祖父的山东腔，总是把"喝酒"说成"哈酒"。没想到我故意气他，他倒呵呵乐了。

外祖父比外祖母大了近一旬，四方大脸的。虽然他脸上皱纹不多，但因为驼背了，给人衰老的感觉。他当乡长的时候，常拿自家的东西给公家，气得外祖母拿起拴牛的绳子，威胁他要上吊。外祖母并非小气，只是觉得公私要分明。母亲对我说，闹饥荒的时候，家家吃不饱，外祖母看着邻居家断了顿，一家老小几天没吃东西，全都饿倒在炕上，便把家里仅存的一点米匀给邻居救命。自家的米少了，她就用一把米煮一大锅粥，上面撒点干萝卜缨子。挨过饿的人没有不爱惜粮食的，外祖母要是看我碗里剩了几粒米，会吆喝我吃干净了；而她喝粥，最后总会擎起碗，舌头绕碗边一圈，将粥汁舔光。

外祖母最盼春天了，一到这时节，能种地了不说，柈子也省下了。而严冬时，户外寒风刺骨，大雪纷飞，火炉和灶坑就是两个大肚汉，得不住嘴地吃柈子。外祖母每天清晨生火，得先清理炉灰，一掏就是半桶。而春夏时节，三五天掏回炉子就行。

外祖母在调理灶火上很有一套，她知道做什么饭使什么柈子。蒸馒头和炒菜要用旺火，这时候进炉膛的是松木柈子；熬粥和煎鱼要用文火，能压得住火苗的桦木柈子是首选。而家里若是来了客人，要即刻做饭，就抱来蓬松的干枝丫，火焰很快能升腾起来。外祖母站在炉灶前，善于对锅里的食物"察言观色"，若是鱼煎得泛黄了，粥咕噜咕噜冒泡了，汤泛出鲜香气了，她就把杵子往外撤一下，让火焰减弱；而炒锅包肉和煮饺子，火一定要拨得旺旺的。隆冬的夜晚，怕火断早了屋子凉，外祖母会放上一块湿杵子，压在火炭上，让它慢条斯理地燃烧。所谓"湿杵子"，就是鲜树。它们水分足，不像干柴那样容易起烈火。鲜的松树和桦树是不能砍伐的，违法，但柞木可以采，所以外祖母夜晚填进炉膛的湿杵子，就是柞木了。柞木满脸黑斑，看上去老气横秋的。我们睡了，柞木却寂静地燃烧着，做我们的守夜人。

由于爱灶火，外祖母爱看别人家的烟囱。她能从飘出的烟的颜色和姿态，看出人家烧的是什么杵子；还能从炊烟的浓淡上，判断人家的饭是做好了，还是正在高潮。虽然她并不与东头的苏联老太太走动，但时时记挂着她。外祖母早晨起来出了院子，总是习惯地望望她家的烟囱。看到那座房子有炊烟升起，她就放心了。

我来到漠河乡的第二年冬天，外祖母有天发现苏联老太太家的烟囱没有冒烟，觉得奇怪。挨到中午，见烟囱仍无声无息的，她慌了神，赶紧打发家人去报给春生的大爷。春生的家人得了信打开门后，发现苏联老太太已经硬了。

参加苏联老太太葬礼的人很少很少。春生不知道死是什么，企图把他奶奶从炕上扶起。待他发现他的努力无济于事时，他哭了，我也哭了，因为我再也吃不到那么好的蚕豆了。窗外的麻雀在半空中飞着，就像老天淌下的大颗大颗的泪滴。

苏联老太太死于七十年代初，外祖父则活到了九十年代。他过了八十就糊涂了，一张嘴全是去了阴间的人，唤人家跟他喝酒，或是给他做饭。那一辈人中，跨过新世纪的只有外祖母，她是二〇〇九年中秋节的黎明过世的。

我回乡奔丧时，特意去寻老房子。没有想到，在乡间小路竟遇见了春生！他破衣烂衫，步履蹒跚，如果不是他的灰眼珠，我很难认出那就是春生！虽然不到六十，但他看上去像是八十的人了。满面皱纹，头发和胡子都白了，牙也快掉光了。我叫了声"春生"，问他还记得我吗，他仔细打量了我一番，跟小时候一样"嘿嘿"乐了，指着近处我家已经下沉的老房子说："咋不记得，你是这家的，一小可淘气了！"我问他家里还有什么人，春生告诉我，他大爷死了，他一个人过。我又问他娶没娶媳妇，他凄惶地看着我，说："咋没找？娶了一个，跟我过了没几年，他妈的被人拐跑了。"我问他跑哪儿去了，春生摇着头说"不知道"。

望着春生衰老的背影，我想起中秋节为外祖母守灵时，挂在天上的那轮圆月。那是多么圆满和光华的月亮呀。感觉那夜的月亮就是个炉子，而月华就是外祖母生起的灶火。是呀，外祖母选择月圆的日子升天，奔的就是月亮里那一炉好灶火吧。

我的耳畔仿佛又响起四十年前外祖母亲切地吆喝我的声音："猫儿，你去给姥姥抱块桦子"，可惜我现在抱着桦子，也无法送到外祖母的怀抱了。再说了，月亮里烧的是桂树呀。

夏：祖父与飞鸟

我从漠河乡回到父母身边，是一九七三年的夏天，读二年级了。

我们家所在的山镇叫"永安"，只有小学和初中。如果上高中，就得去离家十多里地的塔河。塔河是个林业局，有几幢红砖的二层小楼，在我眼里那就是圣殿了。

我们小镇是清一色的糊着黄泥的板夹泥房子。这种房子举架底，窗户矮矮趴趴的，夏天时敞着窗，鸡和狗进屋子，往往不走门了，越窗而入。它们有时腿脚不利索，蹬翻了窗台上的花盆，那就遭殃了。母亲会捉住调皮的鸡，用剪子铰掉它翅膀和尾巴上的羽毛，让它飞不起来；对待狗，她动用的则是笤帚疙瘩，啪啪打狗头，让它长记性。狗当时是记住了，耷拉着尾巴蜷缩在墙角，呜呜哀叫，可是不出三天，它又撒欢跳窗了。其实被损伤的花盆都是泥盆，不金贵；栽植在其中的花儿，也都寻常，不过是玻璃翠、绣球、灯笼花之类。

我回到永安后，发现家里多了两个新成员：祖父和小叔，他们是从帽儿山来的。

祖父五十多岁，国字脸，剑眉，鼻梁挺直，眼睛黑亮，目光犀利，满头乌发，腰板溜直，声若洪钟，大踏步走路，一派硬朗之气。小叔十七八岁，圆头圆脑，整日舞枪弄棒，打遍邻里。他们住在生产队前面的草房，有两片大菜园。

祖父衣着洁净，爱吐痰和皱眉，好像总是气不顺。因为父亲在哈尔滨擅自报名参加大兴安岭的开发建设，断了祖父的城市梦，所以他对父亲有一股说不出的恨！据说我没回来时，祖父有回扛着斧子雄赳赳地来到我家门口，吆喝着："老大，你给我出来！"要把父亲给劈了。

父亲是长子，叫迟泽凤。他有两个弟弟，二叔迟泽鸣，小叔迟泽岐。祖父祖母想再添个男孩，圆了"凤鸣岐山"的美梦，可惜小叔三岁时，祖母去世了。迟泽山没指望了，祖父便把小叔"泽岐"的名字改成"泽福"，只留下"凤鸣"。祖母去世时，还不到四十。她的死与日本鬼子有关。祖父家在帽儿山的时候，有天祖母坐在院子洗衣，日本飞机突袭，一颗炸弹在附近落下，爆炸声吓破了她的胆儿，从此后一病不起，没多少日子，丢下还在吃奶的小叔走了。所以祖父一提起日本人，目中喷火，咬牙切齿，说是中国跟哪国友好都可以，就是不能跟小日本！他见我扛着红缨枪上学，最爱说的是："杀鬼子！"红缨枪的枪头是木头的，为了使它看上去像金属的，刷了一层银粉。这样的枪头，连稻草人都扎不透，别说是血肉之躯了。

永安的房子不像漠河乡，没有独门独院的。一幢房子，少则两家，多则四家。我家住的那幢房子，就有四户人家。一般来说，把两头的人家，屋子和菜园都大，而中间的住户就窄巴了。虽然父亲做校长，但我们家住在中间，只有两间屋子，一个小灶房。弟弟和父母住大屋，我和姐姐住巴掌大的小屋，差不多是进屋就上炕。

祖父一旦不痛快了，就会找父亲撒气。他来我家闹时，小叔会提前通风报信，说："快，你爷找你爸算账来了，快插大门！"我们赶紧把大门闩上，将怒气冲天的祖父挡在门外。

祖父一来闹，我除了害怕，还觉得羞耻。因为一左一右的邻居，听到骂声，会跑来看热闹，听他历数父亲的不是，那简直就是一台戏。在祖父心中，父亲最大的不是，就是不该来这个冰雪之地，逼得他们也得跟过来，大家伙儿一起下火坑。

祖父嫌我们这里冬天长，两眼一望白茫茫，拉泡屎还得分两起，不然屁股就冻麻了，实在不是人待的地方。他还嫌这里没电，没自来水，没饭馆和澡堂子，人不活泛，死气沉沉。祖父进不了门，不耽误他骂。骂够了，他总要将一口痰吐在我家大门口，最后骂一句："犟眼子！"悻悻离去。大门外的人散去了，可我们久久不敢打开家门。怕开门的一瞬，会飞来祖父的痰和斧头。

祖父无休止地与父亲作对，弄得父亲很没面子，所以一开始我就讨厌祖父，觉得他就是从天而降的妖魔，专为人不痛快而来的。在路上碰见他，我很少叫他"爷爷"，他也不正眼瞧我。有时候，我远远看见祖父的身影，赶紧开溜，不想撞他的冷脸子。

祖父很会种菜，他的两片菜园，精耕细作，勤于施肥，成为我们小镇农人最羡慕的园田。园里没有杂草，菠菜和大葱翠绿翠绿的，豆角豌豆爬满架，土豆圆滚滚，黄瓜脆生生，西红柿和茄子红红紫紫地压弯了秧。祖父除了种菜，还在边边角角种了花儿，向日葵，大烟花，扫帚梅，爬山虎等，然而这些还算不上绚丽。祖父的菜园最诱人的是什么呢？别家的园子顶多有青蛙和蝈蝈的叫声，而他的园子，鸟声阵阵。祖父喜欢捕鸟，将它们关进笼子，挂在菜园的豆角架下。笼子少则两只，多则四五只。最特别的笼子，是叫油子待的"滚笼"。什么是"叫油子"呢？就是喜欢叫，而且叫声最动听的鸟儿。它独居的滚笼，一左一右有两个翻转的小门，上面别着谷穗。叫油子热烈叫着的时候，会引来半空中飞翔的鸟。它们看到滚笼上的谷穗，不顾一切冲下来。当它们脚踏着翻转的门时，至多啄上一口谷子，就会落入陷阱。所以叫油子在我眼里，是个不折不扣的叛徒。其他笼中的鸟儿，看着阳光好，或是看着花儿好，也会动情叫上一刻。但它们看见笼外的鸟儿被叫油子叫来，想起自己的不幸了吧，会停止歌唱，极少帮衬。

一个鸟语花香的菜园，对我的诱惑实在太大了，我情不自禁地靠近它。祖父知道他的菜园在永安是最好的，怕鸡鸭鹅狗钻进去糟蹋了菜地，只要栅栏的空隙稍大一点，他就会去河岸用镰刀砍了柳条，加密栅栏，所以溜进他菜园的，除了各色小虫子，就是如我这般小孩子的贪馋的目光了。我除了觊觎菜园的花鸟，还觊觎里面的西红柿和黄瓜。柿子只要冒红了，祖父就会把那棵秧子拴上一根绳，系个死扣，让你解不了。若是小孩子跳进栅栏偷了柿子，他会立即发现，从而责骂小叔没守好菜园。那时锁头还是金贵的东西，他不用于锁家门，而是锁了菜园的门，钥匙拴在他的腰上，任谁也别想进去。看着柿子一天天红透了脸，顶花带刺的黄瓜舒展着婀娜的细腰，我直流口水。有一回我眼巴巴地扒着栅栏门看柿子时，被祖父撞见，吓得我拔腿就跑。祖父喊住我，蹙着眉，先是骂我是个馋嘴巴子，没出息，然后叹息着摸出钥匙，打开菜园门，给我摘了个通红的柿子，再将拴着绳子的那个秧杈儿掐断。正当我窃喜找到了偷柿子的诀窍时，他警告我别打歪主意，别人掐掉秧杈儿，他一眼能看出来。

那个通红的柿子如同一场日出，融化了我和祖父之间的坚冰，此后我常去他的草房。那座草房有两间，小间在东头，放置农具和鸟笼，我叫它"鸟屋"；西头大的那间住人。我进了祖父的住屋，才明白他为什么不锁门，里面实在没什么可偷的呀。炕柜塞着两套行李，地上用木架子支起两口箱子，里面装着旧衣服。箱子上摆着两个镜框。大镜框镶着七八张黑白照片，居中的尺幅最大，七八寸，是祖父年轻时在山东老家的照片。他说那时家境好，开着油坊，雇了不少伙计。祖父穿长衫坐在中央，一副老爷的派头，而他周围，大都是穿短衫的人。我问他为什么后来变穷了，他只说"败家了"，至于怎么败的，他不肯说。其他的小照片，都是他的各路亲戚。而小镜框里只镶着一张照片，是我的祖母。她银盆大脸，梳着光亮的发髻，大耳垂，温顺而明净的大眼睛，眉毛和嘴唇弧线优美，沉静秀气，胸怀大度的模样，看不出是个短寿的人，更看不出是个能把胆儿吓破的女人。一到春节，祖父会在祖母的照片前摆上一双筷子，一只碟子。碟子里通常是三只水饺。平素，大镜框落灰了祖父不管，小镜框总是一尘不染，光可鉴人。有时我端详祖母时，我的头会映在镜框里，那种感觉就好像是被祖母给捉住了，心惊肉跳的。

我从漠河乡回来的次年，父亲被教育局发配到塔河粮库当装卸工。因为他跟进驻学校的工宣队吵翻了，嫌他们劳动课安排得多，挤占了文化课，骂他们"狗屁不懂"。在工人阶级领导一切的年代，父亲的言行，无疑是自讨苦吃。祖父见父亲落魄了，同情起他了。那时小叔已参军，到北京当铁道兵去了。祖父没有串门子的习惯，但隔三岔五地，他会到我家一左一右的邻居家坐坐，打探父亲的消息。祖父踏进人家门槛，也尴尬吧，总要大声咳嗽一番，手中还拎着东西。春夏秋是青菜，葱、小白菜或是芹菜，都是打成捆的，说是自己吃不了，让人家帮着吃；冬天呢，是用于引火的桦树皮或是松明。漫漫长冬，烧火可是个大事。邻居也明白祖父的用意，会告诉他，我父亲哪天回来高高兴兴的，哪天又骂骂咧咧的。祖父听到父亲不好的时候，会骂一句："孬种！"我在自家小院听得清清楚楚。祖父若是在西头的木匠家打探情况，还要慨叹："写粉笔字的，就是赶不上拿刨子的！"确实，小镇有了婚丧嫁娶一类的事时，木匠就神气起来了。结婚的要打箱子柜子，死去的要打棺材。木匠干活，除了得工钱，讲究的人家，还会送上烟酒糖茶或是鸡蛋细粮。所以木匠家的灶房，常有香味飘出。只要西院一响起"嚓嚓——"的刨子声，我便知道谁家要办喜事了。因为打棺材是不在他们家的，木匠会去出了丧事的人家干活。

祖父什么时候登我家门呢？除了端午、中秋和春节，就是家里有肉吃的时候。猪肉凭票供应，只要供销社来了猪肉，大人会派我们这些小孩子排队买肉。肉来得有限，卖着卖着就没了。一旦售货员扯着脖子喊肉卖不上几份了，后面人不用排队了，规矩的队列就像被狂风吹倒的栅栏，立刻就散花了。大家蜂拥着往前挤，叫喊着，窗口前高高低低地竖起一条条攥着肉票的胳膊。我虽然个子矮，但一到这时，力气出奇的大，总能挤到窗口，将胳膊伸到最前面。母亲见我有这本事，家中买肉的活儿，几乎轮不到姐姐和弟弟了。也奇怪，春天让我拉犁杖或是冬天拉烧柴，我没精打采，腿脚发软；可一旦知道到嘴的肉要飞了，便力气倍增，奋不顾身地向前冲。买肉前，母亲总嘱咐买肥的，肥肉可以炼成荤油，补充家里豆油的不足。可是到了最后，抢到肉就是胜利，没法挑肥拣瘦了。家里炖了肉，母亲会打发我去请祖父来吃肉。祖父很难请，往往一次请不来，要去两次。他来时总要提篮青菜，或是拎一摞桦树皮，表明他不是白吃。来了板着脸，又是吐痰又是叹气的，皱着眉坐在上位，好像我家没一个让他开心的人。所以别人家吃肉一团和气，我家吃肉像吃丧饭。

只有我知道，祖父在肉上没亏着嘴。他吃的肉不用票买，是老天无偿供应的家雀肉。

祖父不是好捕鸟吗，鸟儿要吃粮食的，捕多了养不起，他就把其中的家雀烧了吃。因为笼中的鸟儿，灰突突的家雀居多。祖父怎么弄死家雀呢？他来到鸟屋，打开鸟笼门，手伸进去，逮着个傻乎乎胖嘟嘟的家雀，将翅膀别住，紧紧攥住，然后运足力气，投铅球似的，"啪——"的一下，奋力摔向西屋钢铁般的墙壁。家雀瞬间头破血流，一个跟斗栽下来，呜呼哀哉。祖父每次大约摔上两三只家雀，然后提着它们去灶房，放到金红的火炭上，手持炉钩子，小心地翻转着。也就十来分钟吧，家雀熟透了。剥开它身上被烧得黑乎乎的表皮，嫩红的肉就蓓蕾般地露出来了。将它胸腹处的内脏掏出来扔掉，在盐巴上轻轻一蘸，就可以吃了。家雀肉的香嫩，是其他肉无法比拟的！祖父说这世上最好的荤腥，一个是鸟儿，一个是鱼儿。它们一个不停地蹦跶，一个不停地摆尾，通身活肉，美味异常。小叔走了后，我常去草房，发现了祖父吃家雀的秘密。为了封我口吧，他偷着给我烧过几次家雀，嘱咐我不许声张，说是让人知道不好。祖父与我吃家雀时，总是把乳白的脑抠出来给我，说是我吃了它，脑袋就灵光了。在他眼里，我是个笨女孩吧。

祖父爱鸟，可他摔家雀时的模样，实在可怖。所以每回吃完家雀，想起鸟屋那面血迹斑斑的墙，我又会恶心起来。

祖父夏天种菜，冬天拉桦子。菜和桦子自己使不了，就去卖。菜卖到塔河，他得挑着菜筐徒步进城；而桦子卖给小镇的粮店、卫生所或是学校。我记得桦子是论"个"卖的，码起来一平方米见方的桦子算一个，才卖八九块钱。一个冬天拉着手推车进山，拼死拼活地干，也不过卖二十个样子。祖父挣来的那点钱，没用于吃穿，都撒在路上了。他在永安待不长，隔个三五年，就张罗回关里。仅凭他攒的那点钱，是不够上路的，母亲得给他添。家里若是钱不够，就出去借。祖父回关里的路线是，先到哈尔滨看他的四弟，然后到山东看他的三弟。他回来的时候，至多带上两斤花生米和一包地瓜干。

有回祖父千里迢迢归来，竟提回了一笼鸟！那里面有两对色彩艳丽的鸟，我们小镇人绝没见过的，于是大家都去他的草房看鸟。祖父神气得像是中了黄榜，跟人说这鸟多么金贵，花了他多少多少钱等等。母亲听说祖父把钱都撒在鸟身上了，气个半死。不过，那些鸟水土不服吧，陆续死了，最后只剩下一只娇凤。

祖父在七十年代末得了脑出血，从此后腿脚不便，干不了力气活了。祖父摔家雀，它们的脑袋因他而出血，而他的脑袋最终也出血了，这是不是报应呢？从此后，我再也不敢吃烧家雀了。祖父病后，母亲做好了饭，会唤弟弟送过去。晚上，才十来岁的弟弟就陪祖父睡在草房。祖父因病腿脚发凉，弟弟把炕烧得滚烫滚烫的，他还嫌凉，灶坑也不敢断火，褥子都被烙糊了，热得弟弟直淌鼻血。祖父心疼他，说得了大孙子的济了。所以晚年的祖父，最疼的就是弟弟了。不过他对父亲还是怨气十足，说是不叫他把他招到气候恶劣的大兴安岭，他也得不了病。

祖父养病时，把东屋的鸟笼提到西屋，时时看着。听着鸟叫，他的神情会愉悦一些。有两只鸟深得祖父喜爱，一只是从山东老家带回来的娇凤，还有一只是叫声明朗热烈的铜嘴腊子。祖父每天会蹒跚着下地，哆哆嗦嗦地抓瓜子给它们吃。

祖父第二次脑出血，被死神劫走了，那是一九八一年初春，我正在塔河二中加紧复习，准备高考。葬完祖父，我们把他养的鸟全部放生了，包括那只娇凤和铜嘴腊子。

然而第二年开春，父亲带着弟弟去山上给祖父烧周年时，一进墓园，便听闻一阵清脆的鸟鸣。但见祖父的坟上，立着一只金黄嘴巴的鸟儿！它昂着头，像是见了久别的亲人，一声比一声叫得欢。家人凑近一看，啊呀，竟是一年前被放生了的祖父心爱的铜嘴腊子！

秋：母亲和生产队

我们小镇有正式工作的，也就三四十人。他们分布在学校、供销社、粮店、卫生所、种子站和山场的伐木点，是拿工资的。其他的人，只要年轻力壮，无论男女，都在生产队。

生产队说白了，就是劳动群众的家。大的生产队拥有几十垧地，上百人；小的生产队也就四五十亩地，二十来人。我们小镇有四个生产队，队下面又分了组。生产队有队长、副队长、会计、出纳员和记工员。那时实行工分计酬，男劳力每天挣十个工分吧，女的也就七八个工分。母亲是一队的出纳员，除了记账，她还做领工员，也就是领着社员干活的人。好的年景，她的收入，赶得上父亲一年的工资了。一到这时，母亲会把分到手的那摞钱夹在指间，打快板似的，哗啦啦甩着，在家人面前炫耀。分红大都在腊月，正是忙年的时候。生产队一分完红，小镇供销社的门槛，就快被人踏平了。男人们打酒买烟，孩子们买鞭炮糖果，女人们买花布、棉鞋、酱油、米醋、粉条、蜡烛、毛巾、肥皂、雪花膏、卫生纸等等，恨不能把货架掏空了。

母亲所在的一队是永安最大的生产队，人数多不说，它的场院，比学校的操场都大。生产队有一座狭长的板夹泥房子，社员们叫它"队屋"。队屋的东头是豆腐房，西头是牲口棚。队屋后面，还有一座小仓库。

每天天不亮，一个姓高的胖女人就来生产队套驴拉磨，给一队的社员做豆腐了。豆腐出来，太阳也出来了。豆腐无非两种，雪白的切得四四方方的水豆腐，以及像黄手帕一样干爽柔软的干豆腐。做豆腐是大人的事，换豆腐则是孩子的事。早晨起来，往往还没洗脸呢，母亲就递过一个装着黄豆的铝皮盆，打发我换豆腐。吃豆腐的人家多，豆腐做得有限，晚去就没了。

队屋最大的那间，在房子的当央，是社员们聚会的地方，光是一铺大炕就有二十多米长。队长领着社员学习，分派活儿，都是在炕上进行的。通常是女队长盘腿坐中央，社员们蜷腿坐四围。队长抽烟，社员也抽。所以队屋一开会，母亲回家时，一身的烟气。幽默的父亲，会划根火柴冲她比画，说要把她点着抽了。哦，母亲要真是根香烟的话，还是过滤嘴的呢，因为她常穿黄胶靴。

生产队开会大都在晚饭后，社员们吃饱了喝足了，舒舒服服坐在热炕上，打着饱嗝放着响屁听队长讲话。队长分派活儿时，大家是肃静的，一旦要念报纸学习，屋子就闹哄起来了。队长聪明，她念上几段，就说遇到生字了，把报纸撇给我母亲；母亲心领神会，跳着段落念，一篇社论被她拆得七零八落，很快就读完了。

生产队有广阔的土地，我们称为"大地"，种植着土豆、大头菜、萝卜、大葱和白菜。这些菜秋天时会被塔河镇调拨走，作为城镇居民的越冬蔬菜。队里把额定的任务完成后，余下的菜，就可自行处理了。生产队会把品质上乘的菜留着，卖个好价，以利分红。除了种菜，脑筋活泛的队长，还常承揽私活儿，派社员给塔河的建筑工地拉沙石，给居民区挖排水沟，给种子站栽树苗，帮林场伐木等等，捞外快。所以一队的工分，比其他生产队的值钱。也因此，二队三队的社员，总想跳到一队。但队长对社员的数量严格控制，生产队就是一个家，劳力多了，人浮于事，等于削弱队里的实力。

社员们把分红叫作"掰钱"，掰钱后若是结余多，队长就会张罗一台戏。生产队的仓库，放置的不仅是农具和各色种子，还有锣鼓及花花绿绿的戏服。一队有个叫兰英的女人，模样好，嗓子也好，是戏台的主角。生产队唱戏，队屋就是戏场，大炕就是戏台。听戏的除了社员，还有他们的家人。可是兰英的男人从来不来，尽管戏台上最出彩的是他的女人。

兰英的男人姓蓝，在塔河镇派出所上班，个子高高，一张马脸，大眼睛暴突着，腰间别把手枪，见人爱理不睬的，骑一辆大永久自行车上下班，大家叫他"老蓝"。因为挣得多，他归家时，自行车车把下，常吊着好吃的，麻花、糖酥饼或是猪头肉。老蓝进镇子，常引得几条狗，流着涎水跟着他的自行车狂奔。老蓝进了家门，狗们才停下来，抖抖身上的毛，悻悻地各回各的主子家去。

我们小镇同住一幢房屋的邻里，处得好的，会走一个大门，家与家之间毫不设防。东家包饺子，会送给西家一碗；西家炖肉了，也给东家一碗。鸡鸭鹅狗更是不分彼此，一起玩耍，一起吃食，晚上还常去对方家的鸡笼鹅圈睡觉。老蓝和他的邻居张瓦匠，就共用一个院子。

张瓦匠不像老蓝终日阴沉着脸，他是个快乐的人。老蓝的媳妇俊俏，他就常和她逗趣。老蓝早出晚归，他白天不在家时，兰英若想搬个重物呀，磨个菜刀呀，就唤张瓦匠帮忙，张瓦匠的女人从不计较。她虽然没有兰英漂亮，但温顺文静，面皮白净，别有一番韵味！邻居们因为这，常跟张瓦匠开玩笑，说他不容易，一手托两家！这话传到老蓝耳朵里，他认为张瓦匠和自己老婆有染，怀恨在心，起了歹意。一个夏日的礼拜天，他竟开枪打死了张瓦匠夫妇和他们的儿子！

一个警察杀死一家三口人，在当时是轰动全国的灭门惨案，公安部都来了人，我们这个不为人知的小镇一下子出了名。我还记得枪声过后，老蓝家东头的邻居跑出来叫喊"老蓝杀人了"，我拔腿跑到出事地点，扒着东头人家的板障子，察看凶案现场。只见老蓝仰面躺在地上，脖子咕噜噜地冒血泡。原来他射光了子弹，自杀时用菜刀，没有砍断脖子。想必张瓦匠很久没帮他家磨刀了，菜刀太钝了。家人见我胆大包天去看这个，吆喝我快回去，说是老蓝杀红了眼，万一爬起来，会逮谁杀谁。我吓得跑回家，一连多日不敢睡觉，一想起老蓝的样子，就恶心得连饭也吃不下去。

老蓝被救活后毙了。枪毙他的地点在采石场那一带，是最爱长蘑菇的地方。从那以后，采山的人们，都不爱去那儿了。说老蓝是横死的，鬼大。

这桩凶杀案，改变了我们小镇邻里的格局。生产队纷纷集会，提醒社员，最好不要两家用一个院子。于是那一年，竖板障子和加高围栏的人家，非常之多。邻里之间，从此隔山隔海似的，疏于往来。不过，动物们是不管这一套的，它们出了自家小院，到了大门外的公共领地，又亲密无间地聚合在一起了。

生产队的牲畜，属于集体生产资料，是不能随意宰杀和转卖的。有一年，队长见一头牛老得干不动活儿了，白搭草料，而那一段供销社好久没供应肉了，便与生产队的几个骨干合计，六人合股出资，悄悄把牛宰了分吃。知内情的除了他们，还有喂牲口的老哑巴。哑巴知道的事儿，在大家眼里跟不知道一样，所以也没介意。为了避开其他社员，杀牛是在深夜。一头牛分六份，每家连肉带骨头，挑回了半担。

第二天一早，母亲关起大门煮肉。老牛费柴火，牛骨头和牛肉在大铁锅里被慢火煎熬了三四个钟头才烂。我急嘴子，肉半生不熟时，就掀开锅，取了一块牛骨，蹲在灶台前啃，累得腮帮子酸疼。牛肉熟透了，我又是一通吃，弄得满手满嘴都是油。母亲嫌我吃相不雅，说是像我这样的女孩，将来不好找婆家。我一赌气，掀开锅盖继续吃，撑得倒仰。

宰牛的事情最终还是在小镇传开了。泄密的可能是老哑巴，也可能是狗。老哑巴虽然不能开口说话，但他会比画。他喜欢那头老牛，不舍得它死。据说杀完牛，老哑巴哭了，队长给他牛肉，他坚辞不要。狗又为什么会成为嫌疑犯呢？因为这六户人家虽然是关起门来悄悄吃肉，可是吃剩的骨头，会扔给它们。狗牙和牛骨硬碰硬，一块骨头，狗得啃好几天。它们不仅在家啃，有时还叼到大门外，过路人一看它们嘴下的骨头棒，就明白了八九分。有人写了匿名信，把队长告到塔河镇。镇上派人下来调查，确认牛虽然被杀了，但它确实太老了，不能再为生产队效力了。而六个私分牛肉的人，事先都交了钱，可以从轻处罚。最后镇里给队长警告，并让她在全体社员大会上做检讨，母亲与其他几人，则被扣了工分。老蓝杀人事件之后，这个被社员称为"六大股"的杀牛事件，成为小镇人茶余饭后的又一个谈资。

在我的少年记忆中，秋天是属于生产队的季节，也是属于母亲的季节。秋收的学问很大，先收什么后收什么，完全取决于庄稼的耐寒程度。萝卜和土豆要早收，傲霜的白菜和大头菜可以后收。收好的菜，通常分三等，分堆放着。母亲是一队的秋菜调拨员，哪片菜好，该进哪个等级，她说了算。而最终留给队里的好菜，要做个伪装。也就是将好的埋藏在里面，次的覆盖在外面，这样塔河镇来拉秋菜的人，就不会打它的主意了。

深秋的早晨，一挂挂从塔河驶来的马车，碾着落叶和白霜，嘚嘚来到我们小镇的庄稼地，采购越冬蔬菜了。四个生产队的菜地相距不远，但马车停在一队的时候多。往往一队的秋菜售罄，二队三队的还堆积如山呢！母亲忙完队上的活儿，会歇上一两天，然后请瓦匠来打家里的烟道和火炕，把挂了一年的灰清除，再用石灰将墙刷得雪白，用蓝油漆将炕涂得锃亮。我记忆中的七十年代幸福时光，就是秋日的午后，懒洋洋地躺在新刷了油的热炕上，一边翻小人书，一边啃青萝卜。看累了，撇下小人书的一刻，看着雪白雪白的墙壁，感觉是在云端，满心晴朗。

生产队的财富，是社员们用血汗换来的。母亲做领工员时，我不止一次听社员私下抱怨，说她领着干活太狠了！而母亲干活之所以拼命，不过是为了让大家多挣点。母亲在生产队卖力了二十多年的结果是，肩膀仄着，那是冬天在雪窝子里扛小杆、长时间受重压的缘故；而她的脊椎，骨刺丛生，常常疼得直不起腰来。

如今年届七十的母亲，一提起生产队，就一肚子火气。说是在生产队干了半辈子，没少给国家做贡献，可老了生活无保障，没有补贴，不享受医疗，只能靠子女来奉养，实在不公平！她说没有生产队，七十年代的人们，就得挨饿。我一听她发牢骚，就会拿"六大股"的事挤对她。她每回都撇着嘴辩驳，不过内容不同而已。她有时说："要不叫我，你能吃上那么香的牛肉吗，体格能这么好吗，哼。"有时则说："杀了头老牛，塔河镇就派人下来调查了，说明那个年代的人不腐败！现在别说杀牛了，当官的把单位吃空了，也没人管！"每次说完，她都要念叨"六大股"的结局，谁谁病死了，谁谁得了老年痴呆症不认人了，谁谁穷得现在还得卖菜换油盐，总之，晚景凄凉的多。

而我最想知道的，是喂牲口的老哑巴的下落。还记得有回我与邻居的女孩溜进马棚，坐在干草堆上互捉头发里的虱子，我起了顽皮，将捉到的虱子往马槽里扔，被老哑巴发现了。他瞪着眼睛，举起猪八戒扛着的那种九齿钉耙，将我们赶出马棚。在他眼里，所有的牲畜都是圣洁的。

有人说老哑巴去了山东，还活着；也有人说，他早就死了。我想老哑巴去了另一世，是回到故园了。因为那里，是一个无声的世界。

冬：父亲的和尚梦

我们家人忆起发生在父亲身上的有趣往事，往往是在冬天那些昼短夜长的日子里。

父亲与冬天也确实有缘。他生于正月，死于腊月。也就是说，他是披着雪花来的，裹挟着朔风去的。他的命运，与寒流也就有着不解之缘，虽然说父亲性格明朗热烈，像团火焰。

祖母去世后，祖父独自拉扯着三个未成年的儿子，艰难度日。父亲十多岁时，祖父将他送到哈尔滨读中学，指望着父亲将来出息了，将他们从帽儿山带出来。祖父的四弟，也就是我的四爷爷，那时在哈尔滨的兆麟公园看大门。父亲平时住校，周末回四爷爷家里。虽然父亲的生活费由祖父出，可有时候他入不敷出了，四爷爷就得添钱。四爷爷多子多女，生活拮据，常添也添不起。所以父亲读中学时，常因家长没能及时续上伙食费，而断炊挨饿。父亲说这样的窘况总是发生在月底，他提着饭盒去食堂打饭，轮到他时，伙夫会用勺子敲打着盆沿儿，高叫着："迟泽凤，停伙了！"他只能羞愧地离开队伍，提着空饭盒走开。

父亲上中学时功课优异，音乐天赋尤其好。他是就读的中学里，小提琴拉得最好的学生。然而，无论是祖父还是四爷爷，都不可能供他继续求学，上他梦想的音乐学院了。父亲中学毕业后参加了工作，在哈尔滨的一家小型工具厂给职工教书。可是这份工作他并不称心，一九五六年，大兴安岭开发上马，年仅十九岁的他没有同家人商量，毅然报了名。当四爷爷得知父亲要去大兴安岭的消息时，他即将踏上北上的旅程了。四爷爷赶到火车站，找到父亲，泪涟涟地送给他一双七毛钱买的球鞋，还把身上的中山装脱下来送给他。父亲一去三十年，直到病逝，再没回到哈尔滨。他与四爷爷在火车站的告别，竟成永诀。

父亲来到天高地阔的大兴安岭，先是与几个朋友，在漠河乡办学，接着参加了放映队，给各个林场放映电影，丰富伐木工的文化生活。据说父亲做放映员的时候，热恋上了酒。冬天的时候，户外常常零下三四十度，父亲带着放映机和拷贝坐在马爬犁上，在林海雪原穿行，怀揣酒壶，走一程就得喝几口暖身子。而各个林场，总是好酒好肉款待放映队。有时候电影还没开演呢，父亲就被灌醉了。放映员醉了，银幕上的喜怒哀乐无法上演，人们只能眼巴巴地等着父亲醒来。

　　结束了放映队的生活，父亲回到漠河做教师，有了终身相依的伴侣。母亲认识父亲的时候，才十七岁，是乡广播站的广播员。因为是乡长的女儿，模样俊俏，嗓音甜美，给母亲介绍对象的人很多。可她最终还是选择了贫穷的父亲。母亲说父亲英俊，开朗，有才。他的毛笔字漂亮，吹拉弹唱样样都通，爱读书。他从哈尔滨来大兴安岭时，带来的唯一家当就是书。母亲十八岁时，嫁给了父亲，婚礼由外祖母家筹办。父亲坐着马爬犁，把母亲接进了洞房。父亲最爱对我们说起母亲的一件笑料就是，新婚的第二天早晨，他刚起来，听见灶房传来母亲的哭声。过去一看，原来这个家庭主妇，因为点不着火，无法做饭，蹲在灶坑前抹眼泪呢。母亲也真是没白哭，从此以后，生火做早饭的永远是父亲。自我记事起，每个早晨，都会先听见门响，之后灶房"哗啦——"一声响（那是父亲从院子里抱来劈柴了），接着是劈柴"噼啪噼啪"燃烧的声音，再接着是父亲哼小曲的声音（他喜欢一边做早饭一边唱着），最后是父亲挨个屋子热情洋溢的叫嚷声："起来啦，起来啦！"这说明早饭妥了。

父母婚后两个月，把帽儿山的二叔接来读书。父亲辅导他考上了齐齐哈尔医学院，成为大兴安岭最早考上中等医学专科院校的学生。我出生的次年，全家从漠河乡移居到三合站，然后又到了十八站林业局，最终定居在永安。不管换多少地方，父亲的角色始终不变，一直是教书匠。只不过到永安以后，他做了校长。"文革"开始后，父母先后倒了霉。父亲去了五七干校，母亲因为来自中苏边境的漠河，被划定为苏修特务。父亲一两个月才回家一次，母亲若是被拉出去批斗，我们在家就没人管了。母亲说有一回她挨完斗回家，一进屋，发现我独自在炕上睡得正香，可枕畔却盘着一条蛇！我们家在山脚下，那是夏天，窗户敞着，蛇就是这样爬进来的。母亲说她被吓得半死，以为蛇会咬我。可是这蛇绕着我爬了一圈，像是给自己画了个句号，溜出窗户了。多年以后母亲忆及此事，还一脸惊恐。我笑着对母亲说，我属龙，蛇不好对同类下口吧。

母亲说，"文革"一开始，她和父亲就把被禁的书籍，用麻袋装着，背到松树林烧掉了。她回忆说，除了《红楼梦》等四大古典小说名著，还有巴金、老舍和张恨水的小说。

父亲在我们小镇，按时下人的说法，是个另类。他喜欢拉小提琴，喜欢念诗，喜欢在大地干农活时，采一把草甸子的野花，吊在锄头或镐头上扛回家。他被工宣队赶出学校后，竟然到塔河林业局找党委书记说理，人家不待见，他就坐在办公楼的台阶上控诉，说是党委决策失误，工人阶级只会毁掉学校，撤掉他是错误的，早晚有一天还得用他这样的人。

父亲去粮库后，和那儿的装卸工打成一片。他的酒喝得更甚了，而且学会了打情骂俏。我们小镇有一个叫田荣的女人，矮矮胖胖，倭瓜脸，屁股跟洗衣盆一般大，没心没肺的，整天跟鹅似的嘎嘎乐，男人见了她，都爱抱她一下取个乐子。父亲落魄后，有一次喝多了，见着田荣竟然也伸出手臂抱她，而我家的狗在一旁跟着热情洋溢地摇尾巴，路人见之，无不大笑，气得我直想剁掉父亲的手和狗的尾巴。父亲在粮库时，常揣着一兜黄豆回家，给我们炒豆子。我们说这是偷，他辩驳说粮库的人都这么干，他不拿，别人会瞧不起。而母亲参与"六大股"杀牛时，他也支持，是他深夜把牛肉担回家的，说是老牛成了废物，不能为生产队创造剩余价值了，该杀。只是杀牛时，属牛的他躲得远远的。

父亲懂得多，上至天文下至地理，别人聊什么，他都能接上茬。小镇人嫉妒他什么都能插上话吧，送他个"迟大白唬"的外号。我讨厌别人这么叫他，上初一时，有一天课间操，我去水房接水喝，一个男生在我背后叫了声"迟大白唬"，我怒火中烧，扔下茶缸，抄起炉旁的一截松木杆，打算教训这个男生。他见势不妙，撒腿就跑，我一路追出水房。男生腿长跑得快，我就把松木杆当标枪一样投掷过去。虽然没命中目标，但把他吓得哇哇直叫，溜出操场，下一节课都未敢上。从此后他见着我，躲躲闪闪的，再不敢当我的面喊父亲的绰号了。

父亲是个内心情感丰富的人。他拉小提琴，往往拉着拉着，眼睛就会湿了。他写毛笔字，也是写着写着，就要吟诵他喜欢的诗词。而他喝酒喝到兴处，会用筷子敲碗，唱起歌来。我们姊妹三个，他最喜爱的是我。每到春节，他为邻里写对子，我会帮着他把《春联集全》的书打开，裁剪红纸，铺展开来，让他挥毫。待墨迹干后，再将它们一副副折叠好。除了做他的"书童"，我还在他的鼓励下编春联，供他挑选。有一年我家的仓房贴的就是我创作的春联，我把父亲的小名"满仓"编了进去。父亲写完后，我点着条幅，怪里怪气地叫了声"满仓"，他才反应过来，又喜又气地举着饱蘸墨汁的毛笔朝我扑来，要给我画鬼脸。

七十年代末，父亲平反，又回永安学校做校长了。几年的粮库劳动，再加上恋酒成癖，他看上去衰朽了。他端酒盅时，手抖得厉害，酒常会溢出，不得不改用大号的暖壶盖做酒盏，这样就洒不了了。他也不像从前那样爱唱歌了，他歌声的翅膀在岁月的狂风中，无知无觉地折断了。他身上唯一没变化的，是对工作的执着。除了睡觉，他就长在学校，哪怕是礼拜天。他有时会说一些奇怪的话，比如在电视上看见宋庆龄，他就换台，说是她要是早早跟着孙中山死去就好了。说到毛主席，他则一声长叹，说英明的他最不该娶个戏子做夫人。提到林彪，他说叛国的人没有好下场，可惜了他过人的军事才能。他还常说要是不结婚多好，光棍一条，就可以像弘一法师那样，做个出家人，青灯古刹旁，碧水青山中，远离政治运动，远离人与人之间的尔虞我诈，干干净净了此一生。李叔同的《送别》，是他除了曹子建的《洛神赋》之外，最喜欢的词了。父亲一唠叨他的和尚梦，母亲就抢白他，说李叔同是半路出家，他也可以像他那样抛妻弃子，遁入空门呀。父亲连说那可不行，老婆孩子没人照应，他不落忍。母亲说，就冲你恋酒的份儿上，这辈子也别想当和尚了！

父亲过度酗酒，年仅四十九岁就过世了。他走的那天，老天好像在开音乐会，轻灵的雪花如音符一样飞扬。怕他在那一世会冻着，我们为他穿上了厚厚的棉袄、棉裤和棉鞋，这使他看上去像个襁褓中的婴儿。他的形影不在了，可灵魂依然活跃，我们常常能从清晨起床的母亲嘴里，听到关于父亲的消息。父亲穿着中山装去城里开会了，父亲拉小提琴把鸟儿引来了，父亲找了个模样俊俏的女人给他做饭了等等。母亲幽幽诉说着，好像这一切不是梦，而是活生生的现实。

我也常梦见父亲。有一次，我在梦中见到他坐在溪畔的石头上，身披袈裟，抚琴而歌。他的头颅因为没有一丝头发，在幽暗的森林中，就像一盏青白的灯。

2010 年

图书在版编目（CIP）数据

炖马靴 / 迟子建著 . —北京：作家出版社，2022.9（2024.11重印）
（迟子建作品）
ISBN 978-7-5212-1795-7

Ⅰ. ①炖…　Ⅱ. ①迟…　Ⅲ. ①短篇小说－小说集－中国－当代　Ⅳ. ① I247.7

中国版本图书馆 CIP 数据核字（2022）第 014821 号

炖马靴

作　　者：迟子建
责任编辑：省登宇　周李立
装帧设计：好谢翔
出版发行：作家出版社有限公司
社　　址：北京农展馆南里 10 号　　　邮　　编：100125
电话传真：86-10-65067186（发行中心及邮购部）
　　　　　86-10-65004079（总编室）
E-mail:zuojia @ zuojia.net.cn
http://www.zuojiachubanshe.com
印　　刷：北京盛通印刷股份有限公司
成品尺寸：145×210
字　　数：180 千
印　　张：8
印　　数：13001—16000
版　　次：2022 年 9 月第 1 版
印　　次：2024 年 11 月第 3 次印刷
ISBN 978-7-5212-1795-7
定　　价：49.80 元（精）